Ziemlich viele Prinzessinnen

DIANA WYNNE JONES

# *Ziemlich viele Prinzessinnen*

Aus dem Englischen von Dorothee Haentjes

CARLSEN

Außerdem bei CARLSEN erschienen:
DIE WELT DES CHRESTOMANCI

- Zauberstreit in Caprona
- Neun Leben für den Zauberer
- Sieben Tage Hexerei
- Von Irgendwo nach Fastüberall
- Das Geheimnis des hundertsten Traumes

1 2 3 4 05 04 03

Originalverlag: Methuen Children's Books, Great Britain 1990
Originaltitel: CASTLE IN THE AIR
Aus dem Englischen von Dorothee Haentjes
Umschlagbild: Sabine Wilharm
Umschlagtypografie: Doris Künster
Lektorat: Susanne Klein
Satz: Dörlemann Satz, Lemförde aus der Minion und Poetica
Druck und Bindung: Pustet, Regensburg
ISBN 3-551-55321-1
Printed in Germany

Für Francesca

INHALT

# 1. KAPITEL *in welchem Abdullah einen Teppich kauft*

Tief im Süden des Landes Ingari, im Sultanat Rashput, lebte in der Stadt Zanzib ein junger Teppichhändler mit Namen Abdullah. Wie es mit den Geschäften eben so läuft, war er nicht gerade reich. Sein Vater war enttäuscht über ihn gewesen, und als er starb, hatte er Abdullah gerade so viel Geld hinterlassen, dass er sich eine bescheidene Bude an der nordwestlichen Ecke des Basars kaufen und einrichten konnte. Das restliche Geld seines Vaters und das große Teppichhandelshaus im Zentrum des Basars gingen an die Verwandtschaft der ersten Frau seines Vaters.

Abdullah war nie darüber aufgeklärt worden, warum sein Vater so enttäuscht von ihm gewesen war. Es hatte wohl mit einer Prophezeiung am Tag von Abdullahs Geburt zu tun. Aber Abdullah hatte sich nie die Mühe gemacht, mehr darüber herauszufinden. Stattdessen begann er schon in ziemlich jungen Jahren, sich Tagträume auszumalen. In diesen Tagträumen war er in Wirklichkeit der seit langem verschollene Sohn eines mächtigen Prinzen, was – natürlich – bedeutete, dass sein Vater gar nicht sein richtiger Vater war. Der Tagtraum war nichts weiter als ein Luftschloss, und Abdullah wusste das auch. Jedermann sagte ihm, dass er das Aussehen seines Vaters geerbt hatte. Wenn er in den Spiegel blickte, sah er einen recht ansehnlichen jungen Mann mit schmalem Habichtgesicht. Und er musste sich eingestehen, dass er dem Porträt seines Vaters als junger Mann wirklich außerordentlich glich – abgesehen von der Tatsache, dass sein Vater einen üppigen Schnauzbart trug, während Abdullah immer noch die sechs Haare auf seiner Oberlippe zusammenbürstete und hoffte, dass sie sich bald vermehrten.

Unglücklicherweise – wie ebenfalls jedermann der Meinung war – hatte Abdullah den Charakter von seiner Mutter geerbt, der zweiten Frau seines Vaters. Sie war eine träumerische und ängstliche Frau gewesen und für alle eine große Enttäuschung. Das störte Abdullah nicht sonderlich. Das Leben eines Teppichhändlers bietet wenig Gelegenheiten, Mut zu beweisen, und Abdullah war im Großen und Ganzen damit zufrieden. Die Bude, die er gekauft hatte, war zwar klein, stellte sich aber als recht gut platziert heraus. Sie lag nicht weit vom westlichen Viertel entfernt, wo die reichen Leute in ihren großen Häusern mit ihren wunderbaren Gärten lebten. Was aber noch besser war: Sie befand sich in dem Teil des Basars, an dem die Teppichknüpfer auf ihrem Weg aus der nördlich gelegenen Wüste nach Zanzib zuerst vorbeikamen. Sowohl die reichen Leute wie auch die Teppichknüpfer suchten normalerweise die größeren Geschäfte im Zentrum des Basars auf. Aber eine erfreulich große Anzahl von ihnen war doch bereit, eine Pause am Stand eines jungen Teppichhändlers einzulegen, wenn dieser junge Teppichhändler sich ihnen in den Weg stellte und ihnen mit überschwänglichster Höflichkeit Schnäppchen oder Rabatte anbot.

Auf diese Weise war Abdullah nicht selten in der Lage, kostbare Teppiche zu kaufen, bevor jemand anders sie zu sehen bekam, und sie dann auch noch Gewinn bringend weiterzuverkaufen. Zwischen dem Kaufen und dem Verkaufen konnte er in seiner Bude sitzen und seinen Tagtraum weiterträumen, was ihm sehr gelegen kam. Der einzige Misston in seinem Leben waren die Verwandten der ersten Frau seines Vaters, die ihn einmal im Monat besuchten, um an ihm herumzukritteln.

»Aber du legst ja nichts von deinem Gewinn auf die Seite!«, rief Hakim, der Sohn des Bruders der ersten Frau von Abdullahs Vater (den Abdullah nicht mochte), eines schicksalsträchtigen Tages aus.

Abdullah erklärte ihm, dass er den Gewinn aus dem Verkauf eines Teppichs gewöhnlich dazu benutze, einen neuen, wertvolleren Teppich zu erstehen. Auf diese Weise habe er das Geld zwar gleich wieder ausgegeben, dafür würde seine Ware aber immer wertvoller werden. Zum Leben habe er ohnehin genug. Und mehr brauche er nicht, wie er den Verwandten seines Vaters höflich erklärte, denn er sei nicht verheiratet.

»Du solltest aber verheiratet sein!«, schrie Fatima,

die Schwester der ersten Frau von Abdullahs Vater (die Abdullah noch weniger mochte). »Ich habe es dir schon oft gesagt, und ich werde es wieder und wieder sagen: Ein junger Mann wie du müsste mittlerweile schon mindestens zwei Frauen haben!« Und da ihr diese Feststellung allein offensichtlich nicht reichte, erklärte Fatima, dass sie sich nun daranmachen wollte, ihm ein paar Frauen auszusuchen – ein Angebot, bei dem Abdullah die Knie zitterten.

»Und je wertvoller deine Ware wird, umso wahrscheinlicher wird es, dass du ausgeraubt wirst, oder umso mehr wirst du verlieren, wenn dein Stand Feuer fängt. Hast du das schon einmal bedacht?«, bohrte Assif, der Sohn des Onkels der ersten Frau von Abdullahs Vater (ein Mann, den Abdullah noch mehr hasste als die beiden anderen zusammen), nach.

Abdullah versicherte Assif, dass er mit Lampen sehr vorsichtig umgehe und immer in seiner Bude schlafe. Worauf alle drei Verwandten der ersten Frau seines Vaters ihre Köpfe schüttelten, mit den Zungen schnalzten und gingen. Dies bedeutete in der Regel, dass sie ihn nun wieder für einen Monat in Frieden ließen. Abdullah seufzte erleichtert und ließ sich umgehend wieder in seinen Tagtraum sinken.

Der Tagtraum war mittlerweile recht ausgefeilt. Abdullah war darin der Sohn eines mächtigen Prinzen, der so weit im Osten lebte, dass man sein Land in Zanzib gar nicht kannte. Abdullah war im Alter von zwei Jahren von einem schrecklichen Räuber mit Namen Kabul Akba entführt worden. Kabul Akba hatte eine Hakennase wie ein Geierschnabel und trug in einem Nasenflügel einen goldenen Ring. Er besaß eine Pistole mit silberbeschlagenem Griff, mit der er Abdullah bedrohte, und auf seinem Turban prangte ein blutroter Stein, der ihm übermenschliche Kräfte zu verleihen schien. Abdullah hatte solche Angst, dass er in die Wüste floh, wo er von dem Mann gefunden wurde, den er jetzt seinen Vater nannte. Der Tagtraum kümmerte sich nicht um die Tatsache, dass Abdullahs Vater niemals in seinem Leben die Wüste betreten hatte. Stattdessen hatte er oft genug gesagt, dass jeder, der Zanzib in Richtung Wüste verließ, verrückt sein müsse. Trotzdem konnte sich Abdullah jeden albtraumhaften Zentimeter der staubigen, Durst verursachenden und die Füße schindenden Reise, die er durchmachen musste, bevor ihn der gute Teppichhändler fand, genau vorstellen. Und in gleicher Weise konnte er in allen Einzelheiten den Palast beschreiben, aus dem er entführt worden war: den Thronsaal mit den Säulen und dem Boden aus grünem Porphyr, die Frauengemächer und die Küchen, alles von äußerster Pracht. Das Dach besaß sieben Kuppeln, und alle bestanden aus reinem Gold.

In letzter Zeit allerdings hatte sich der Tagtraum mehr um die Prinzessin gedreht, der Abdullah bei seiner Geburt versprochen worden war. Sie war von ebenso hoher Geburt wie Abdullah, und während seiner Abwesenheit war sie zu einer außerordentlichen Schönheit mit makellosen Gesichtszügen und großen, geheimnisvollen dunklen Augen herangewachsen. Sie lebte in einem Palast, der ebenso prunkvoll war wie der von Abdullah. Die Allee, über die man in den Palast gelangte, wurde von Engelsstatuen gesäumt und führte durch sieben Vorhöfe aus Marmor, in deren Mitte jeweils ein Brunnen stand, der immer kostbarer war als der vorangegangene: vom ersten aus Chrysolith bis zum letzten aus Platin, der mit Smaragden besetzt war. An diesem Tag aber stellte Abdullah fest, dass er mit der Ausstattung nicht ganz zufrieden war. Dieses Gefühl hatte er häufig nach den Besuchen der Verwandtschaft der ersten Frau seines Vaters. Eine Ahnung beschlich ihn, dass ein ordentlicher Palast wunderbare Gärten haben müsste. Abdullah fand Gärten schön, auch wenn er sich nicht besonders gut mit ihnen auskannte. Seine Erfahrungen stammten größtenteils aus den Parks von Zanzib – wo die Beete zertrampelt waren und es kaum Blumen gab –, weil er dort manchmal seine Mittagsstunden verbrachte, wenn er es sich leisten konnte, dem einäugigen Jamal Geld für die Bewachung seiner Bude zu geben. Jamal besaß den Frittierstand nebenan und band für eine kleine Münze oder etwas Ähnliches seinen Hund am Eingang zu Abdullahs Stand an. Abdullah war sich sehr wohl darüber im Klaren, dass ihn seine bisherigen Erfahrungen nicht unbedingt dazu befähigten, sich einen angemessenen Palastgarten auszudenken. Aber da nun mal alles besser war, als sich die zwei Frauen auszumalen, die Fatima für ihn aussuchen würde, versenkte er sich in wedelnde Blattfächer und von Blütenduft erfüllte Wege in den Gärten seiner Prinzessin.

Jedenfalls war er kurz davor. Noch bevor Abdullah sich seinen Fantasien hingeben konnte, wurde er von einem großen, ungepflegt wirkenden Mann gestört, der einen schmuddeligen Teppich unter dem Arm trug.

»Handelst du mit Teppichen, Sohn eines mächtigen Hauses?«, fragte der Fremde mit einer kurzen Verbeugung.

Für jemand, der in Zanzib einen Teppich verkaufen wollte, wo die Käufer und Verkäufer auf höchst blumige und formelle Weise miteinander sprachen, drückte sich der Mann empörend direkt aus. Und Abdullah war ohnehin schon verärgert, weil sich sein Traumgarten durch diesen Einbruch der Wirklichkeit in nichts aufgelöst hatte. Er antwortete knapp: »So ist es, o König der Wüste. Wünschst du, von diesem nichtswürdigen Händler etwas zu kaufen?«

»Nicht kaufen – ich will etwas *verkaufen*, o Herr über einen Haufen Matten«, verbesserte ihn der Fremde.

*Matten!*, durchfuhr es Abdullah. Das war eine Beleidigung! Einer der Teppiche, die Abdullah vor seinem Stand ausstellte, war ein Teppich mit einem seltenen Blumenmuster aus Ingari – oder Ochinstan, wie das Land in Zanzib genannt wurde –, und im Inneren seiner Bude gab es noch mindestens zwei, aus Inhico und

Farktan, die selbst der Sultan für die kleineren Zimmer seines Palastes nicht verachtet hätte. Aber das sagte Abdullah natürlich nicht. Der in Zanzib herrschende Anstand ließ kein Selbstlob zu. Stattdessen verbeugte er sich, kühl und knapp.

»Es ist möglich, dass mein geringes und schäbiges Geschäft Euch bieten kann, was Ihr sucht, o Perle der Wanderer«, sagte er und ließ dabei seinen Blick kritisch über das schmutzige Gewand des Fremden gleiten, über den angelaufenen Ring im Nasenflügel des Mannes und sein zerrissenes Kopftuch.

»Es ist noch nichtswürdiger als schäbig, erhabener Händler der Vorleger«, stimmte der Fremde zu. Er deutete mit einem Ende seines schmuddeligen Teppichs in Richtung Jamal, der gerade in einer Wolke aus blauem, nach Fisch stinkendem Rauch Calamares frittierte.

»Verpestet die ehrenwerte Tätigkeit Eures Nachbarn nicht Eure Ware?«, fragte er. »Zum Beispiel mit einem durchdringenden Gestank nach Tintenfisch?«

In Abdullah stieg ein solcher Ärger auf, dass er seine Hände heftig gegeneinander pressen musste, um seine Wut zu verbergen. Bemerkungen dieser Art sollten die Leute sich sparen! Und ein leichtes Calamares-Aroma kann dem Ding, das der Fremde verkaufen will, nur gut tun, dachte er und beäugte den abgewetzten Lumpen unter dem Arm des Mannes.

»Euer bescheidener Diener wird sich bemühen,

das Innere seiner Bude ausreichend zu parfümieren, o Prinz der Weisheit«, sagte er. »Wird es die heldenhafte Empfindsamkeit der Nase des Prinzen daraufhin erlauben, dem armseligen Händler seine Ware zu zeigen?«

»Natürlich wird sie das erlauben, o Lilie zwischen Makrelen«, erwiderte der Fremde. »Warum sollte ich sonst noch hier stehen?«

Widerwillig schob Abdullah die Vorhänge beiseite und lud den Mann ein, das Innere seines Standes zu betreten. Dort drehte er die Lampe, die vom mittleren Stützpfosten herabhing, heller, schnüffelte und entschied sich, keine Räucherkerze auf diesen Mann zu verschwenden. Die Bude roch vom Vortag noch intensiv genug.

»Was für ein Wunderwerk habt Ihr vor meinen unwürdigen Augen denn auszubreiten?«, fragte er voller Zweifel.

»Dies hier, o Schnäppchenkäufer!«, sagte der Mann. Und mit einem kurzen Ruck seines Armes brachte er den Teppich dazu, sich auf dem Boden zu entrollen.

Das konnte Abdullah auch. Als Teppichhändler lernte man so etwas. Abdullah war kein bisschen beeindruckt. Er steckte seine Hände in seine Ärmel, nahm eine steife, dienstbeflissene Haltung ein und betrachtete die Ware eingehend. Der Teppich war nicht groß. Und ausgerollt wirkte er noch schmuddeliger, als Abdullah angenommen hatte – obwohl das Muster ungewöhnlich war, oder es zumindest hätte sein können, wenn nicht das meiste davon abgewetzt gewesen wäre. Was übrig geblieben war, war schmutzig und an den Ecken ausgefranst.

»Leider – dieser arme Händler kann für diesen buntesten aller Lumpen nicht mehr als drei Kupfermünzen bezahlen«, bemerkte er. »Das ist das Äußerste, was meine ausgemergelte Börse zu bieten hat. Die Zeiten sind hart, o Anführer zahlreicher Kamele. Ist der Preis in irgendeiner Weise akzeptabel?«

»Ich verlange FÜNFHUNDERT«, sagte der Fremde.

»Wie bitte?«, entgegnete Abdullah.

»Goldmünzen!«, fügte der Fremde hinzu.

»Der König aller Wüstengauner beliebt sicher zu scherzen?«, sagte Abdullah. »Oder wünscht er vielleicht – da es meinem Stand an allem außer dem Geruch nach Tintenfisch zu mangeln scheint – zu gehen und es bei einem reicheren Händler zu versuchen?«

»Eigentlich nicht«, antwortete der Fremde. »Obwohl ich gehen werde, sofern Ihr nicht interessiert seid, o Nachbar der Räucherheringe. Denn natürlich handelt es sich um einen Zauberteppich.«

So etwas hatte Abdullah schon oft gehört. Er beugte sich nach vorn. »Man sagt, dass Teppiche viele verschiedene Fähigkeiten besitzen können«, stimmte er zu. »Welche beansprucht der Poet der Wüste für diesen? Begrüßt er seinen Herrn, wenn er heim in sein Zelt kommt? Bringt er Frieden am häuslichen Herd? Oder«, sagte er und tippte mit einer Zehe vielsagend auf den ausgefransten Rand, »ist es etwa so, dass er nicht verschleißt?«

»Er fliegt«, sagte der Fremde. »Er fliegt dahin, wohin sein Besitzer es gebietet, o kleinstes aller kleinen Hirne.«

Abdullah sah auf und blickte in das finstere Gesicht des Mannes, auf dessen Wangen die Wüste tiefe Linien eingegraben hatte. Sein höhnisches Lächeln ließ diese Linien noch tiefer erscheinen. Abdullah stellte fest, dass er diesen Menschen ungefähr genauso wenig mochte wie den Sohn des Onkels der ersten Frau seines Vaters.

»Ihr müsst diesen Ungläubigen überzeugen«, sagte er. »Wenn der Teppich einer eingehenden Prüfung unterzogen werden kann, o Monarch der Verlogenheit, dann mag es zu einem Handel kommen.«

»Gern«, antwortete der hoch gewachsene Mann und stellte sich auf den Teppich.

In diesem Moment gab es einen der üblichen Tumulte am Frittierstand nebenan. Wahrscheinlich hatten Straßenjungen versucht, ein paar Tintenfischringe zu stehlen. Was auch immer geschehen war, Jamals Hund fing an zu bellen, mehrere Leute – darunter auch Jamal – riefen wild durcheinander, und dieser Lärm wurde fast noch übertönt vom Geklapper der Bratpfannen und dem Zischen des heißen Öls.

In Zanzib waren Betrügereien an der Tagesordnung. Abdullah erlaubte sich deshalb nicht eine Sekunde lang, seine Aufmerksamkeit von dem Fremden und seinem

Teppich abzuwenden. Es war gut möglich, dass der Mann Jamal bestochen hatte, irgendwie eine Ablenkung herbeizuführen. Schließlich hatte er Jamal ziemlich oft erwähnt, als wenn er an ihn hätte denken müssen. Abdullah hielt seine Augen fest auf die hohe Gestalt des Mannes und besonders auf seine schmutzigen Füße gerichtet, die auf dem Teppich standen. Aus den Augenwinkeln sah er, dass der Mann die Lippen bewegte. Trotz des Tumults von nebenan schnappten seine gespitzten Ohren sogar die Worte »zwei Fuß in die Höhe« auf. Und er sah noch genauer hin, als der Teppich sich sanft vom Boden erhob und etwa auf der Höhe von Abdullahs Knien schwebte, so dass die zerrissene Kopfbedeckung des Fremden fast schon das Dach der Bude berührte. Abdullah suchte nach Stützen unter dem Teppich. Er suchte nach Drähten, die heimlich am Dach befestigt worden waren. Er nahm die Lampe zur Hand und hielt sie so, dass ihr Licht über und unter den Teppich fiel.

Der Fremde stand mit verschränkten Armen da. Hohn lag auf seinem Gesicht, während Abdullah seine Untersuchungen durchführte. »Seht Ihr?«, fragte er. »Ist der hartnäckigste aller Zweifler nun überzeugt? Schwebe ich in der Luft oder nicht?« Er musste fast schreien. Der Lärm nebenan war immer noch ohrenbetäubend.

Abdullah musste zugeben, dass der Teppich ohne ein ersichtliches Hilfsmittel in der Luft schwebte. »Noch nicht ganz«, rief er zurück. »Im nächsten Teil der Vorführung werdet Ihr absteigen und ich werde den Teppich zum Fliegen bringen.«

Der Mann runzelte die Stirn. »Warum? Warum wollt Ihr dem Zeugnis Eurer Augen das anderer Sinne hinzufügen, o Drachen des Zweifels?«

»Es könnte ja ein Ein-Mann-Teppich sein«, brüllte Abdullah. »Wie manche Hunde auch.«

Jamals Hund bellte sich draußen immer noch die Lunge aus dem Hals, darum war es nahe liegend, so etwas zu denken. Jamals Hund biss jeden, bis auf Jamal selbst.

Der Fremde seufzte. »Hinunter«, sagte er, und der Teppich sank sanft zu Boden. Der Fremde trat beiseite und schob Abdullah nach vorn. »Der Versuch ist Euer, o Scheich der Verbohrtheit.«

Mit wachsender Spannung stellte sich Abdullah auf den Teppich. »Zwei Fuß in die Höhe«, sagte er – oder besser gesagt: schrie er. Mittlerweile klang es so, als seien Bedienstete der Stadtwache bei Jamals Stand eingetroffen. Sie ließen ihre Waffen klirren und brüllten, dass man ihnen sagen solle, was passiert sei.

Und der Teppich gehorchte Abdullah. Er hob sich mit sanftem Schwung zwei Fußbreit in die Höhe, allerdings ohne Abdullahs Magen mitzunehmen. Abdullah setzte sich schnell hin. Man saß ausgesprochen bequem auf diesem Teppich. Er fühlte sich an wie eine stabile Hängematte. »Dieser jämmerlich träge Geist lässt sich langsam überzeugen«, gab er dem Fremden gegenüber zu. »Wie war noch mal Euer Preis, o Vorbild der Großzügigkeit? Zweihundert Silbermünzen?«

»Fünfhundert Goldmünzen«, sagte der Fremde. »Sagt dem Teppich, er soll landen, dann werden wir die Sache besprechen.«

Abdullah befahl dem Teppich: »Hinunter auf den Boden«, und so geschah es. Auf diese Weise verschwand der kleine nagende Zweifel aus Abdullahs Kopf, dass der Fremde noch zusätzlich etwas gesagt haben könnte, was im Tumult von nebenan untergegangen war. Er erhob sich und das Handeln begann.

»Das Äußerste, was mein Geldbeutel zu bieten hat, sind hundertfünfzig Goldmünzen«, erklärte er. »Und auch das nur, wenn ich ihn ausschüttle und die Nähte abtaste.«

»Dann müsst Ihr eben Euren zweiten Geldbeutel zücken oder einmal unter Eurer Matratze nachfühlen«, antwortete der Fremde. »Denn die Grenze meiner Großzügigkeit liegt bei vierhundertneunzig Goldmünzen und ich würde überhaupt nicht verkaufen, wenn ich mich nicht in der allergrößten Notlage befände.«

»Vielleicht könnte ich weitere fünfundvierzig Goldmünzen aus der Sohle meines linken Schuhs hervorpressen«, antwortete Abdullah. »Mein Notgroschen und allererbärmlichster Rest.«

»Dann sieh in deinem rechten Schuh nach«, antwortete der Fremde. »Vierhundertfünfzig.«

Und so ging es weiter. Eine Stunde später entfernte

sich der Fremde vom Stand mit zweihundertzehn Goldstücken und hinterließ Abdullah als stolzen Besitzer eines echten – wenn auch schäbigen – Zauberteppichs. Aber Abdullah war immer noch misstrauisch. Er konnte sich nicht vorstellen, dass sich irgendjemand, selbst ein Wüsten-Nomade mit bescheidenen Bedürfnissen, für weniger als vierhundert Goldstücke von einem echten – wenn auch fast verschlissenen – fliegenden Teppich trennen würde. Er war einfach zu praktisch und viel besser als ein Kamel – weil er im Gegensatz zu diesem kein Futter brauchte. Und ein gutes Kamel kostete mindestens vierhundertfünfzig Goldmünzen. Die Sache musste einen Haken haben! Und es gab da einen Trick, von dem Abdullah schon gehört hatte. Normalerweise wurde er bei Pferden oder Hunden angewandt. Jemand kam und verkaufte einem gutgläubigen Bauern oder Jäger ein wirklich hervorragendes Tier für einen erstaunlich niedrigen Preis und behauptete, dass dies das Einzige sei, was ihn vor dem Hungertod retten könne. Der begeisterte Bauer (oder Jäger) stellte am Abend das Pferd in den Stall (oder den Hund in den Zwinger). Am Morgen war das Tier verschwunden, weil es darauf abgerichtet war, sich in der Nacht aus Halfter oder Halsband zu lösen und zu seinem Besitzer zurückzukehren. Abdullah konnte sich vorstellen, dass man einem halbwegs gehorsamen Teppich ebenfalls so etwas beibringen konnte. Bevor er seine Bude verließ, wickelte er darum den Teppich sehr sorgfältig um einen der Pfosten, die das Dach stützten, band ihn mit einer ganzen Rolle Schnur fest und verknotete dieselbe mit einem der Eisenpfähle, die sich am Fuß der Mauer befanden.

»Ich denke, so leicht kommst du mir jetzt nicht davon«, sagte er zu dem Teppich. Dann ging er hinaus, um nachzusehen, was am Frittier-Stand vor sich ging.

Dort war es nun still und leer. Jamal saß hinter seiner Theke und streichelte traurig seinen Hund.

»Was ist denn passiert?«, fragte Abdullah.

»Ein paar Nichtsnutze haben meine Calamares umgestoßen«, sagte Jamal. »Mein Vorrat für den ganzen Tag liegt im Dreck.«

Abdullah war mit seinem Handel so zufrieden, dass er Jamal zwei Silberstücke schenkte, damit er neuen Tintenfisch kaufen konnte. Jamal weinte vor Dankbarkeit und umarmte Abdullah. Und sein Hund vergaß sogar, Abdullah zu beißen. Stattdessen leckte er ihm die Hand. Abdullah lächelte. Das Leben war schön. Pfeifend ging er davon, um sich ein gutes Abendessen zu besorgen, während der Hund seinen Stand bewachte.

Als der Abend den Himmel hinter den Kuppeln und Minaretten von Zanzib rot färbte, kam Abdullah zurück. Er pfiff immer noch. Er hatte viele Ideen, wie er den Teppich an den Sultan persönlich verkaufen wollte – zu einem wahrhaft stattlichen Preis. Der Teppich war noch genau da, wo Abdullah ihn zurückgelassen hatte. Oder ob es besser wäre, damit an den Großwesir heranzutreten, überlegte er, während er sich wusch, und vorzuschlagen, dass der Wesir ihn ja dem Sultan zum Geschenk machen könne? Auf diese Weise konnte er sogar noch mehr Geld dafür verlangen. Bei der Vorstellung, wie wertvoll der Teppich dadurch würde, begann in Abdullahs Kopf wieder der Gedanke an das Pferd zu nagen, das zu seinem Besitzer zurückkehrte. Während er sich sein Nachthemd anzog, stellte er sich vor, wie sich der Teppich befreite. Er war alt und biegsam. Und vielleicht war er gut trainiert. Bestimmt konnte er sich unter der Schnur herauswinden. Und selbst, wenn er es nicht tat – Abdullah war klar, dass ihn allein die Vorstellung einer möglichen Flucht die ganze Nacht wach halten würde.

Schließlich schnitt er die Schnur vorsichtig auf und legte den Teppich auf den Stapel seiner kostbarsten Teppiche, den er als Bett benutzte. Dann setzte er seine Schlafmütze auf – was notwendig war, weil von der Wüste ein kalter Wind herüberwehte und durch die Bude pfiff –, breitete seine Decke über sich, blies die Lampe aus und schlief ein.

## 2. KAPITEL *in dem Abdullah für eine junge Dame gehalten wird*

Als Abdullah erwachte, lag er auf einer Bank in einem Garten, der schöner war als alles, was er sich je vorgestellt hatte. Der Teppich befand sich noch unter ihm.

Abdullah war fest davon überzeugt, dass er träumte. Dies war der Garten, den er sich gerade ausmalen wollte, als der Fremde ihn unterbrochen hatte. Der Mond war fast voll. Er stand hoch am Himmel und warf auf Hunderte kleiner duftender Blumen im Gras ein Licht, das wie weiße Farbe leuchtete. Kugelförmige gelbe Lampen hingen in den Bäumen und erhellten die schwarzen Schatten, die der Mond unter den Blattdächern erzeugte. Abdullah fand dies eine sehr hübsche Idee. Jenseits der Wiese konnte er im weißen und gelben Licht einen Bogengang aus Kletterpflanzen erkennen, der von schlanken Säulen getragen wurde. Und im Verborgenen – irgendwo in der Nähe – plätscherte leise Wasser.

Es hörte sich so kühl und himmlisch an, dass Abdullah aufstand und sich auf die Suche nach der verborgenen Wasserquelle machte. Er lief durch den Bogengang, wo sternförmige Blüten, deren Weiß im Mondlicht gedämpft schimmerte, sein Gesicht streichelten und glockenförmige Blumen den schwersten und süßesten Duft verströmten. Wie man es im Traum eben so macht, streichelte Abdullah hier eine große wachsartige Lilie und versenkte sich dort vorsichtig in ein Kissen heller Rosen. Einen so schönen Traum hatte er noch nie zuvor geträumt.

Das Wasser, das er hinter einigen großen farnartigen Büschen entdeckte, von denen der Tau tropfte, entpuppte sich als schlichter Marmorbrunnen, der wiederum auf einer Wiese stand. Er wurde von Lichterketten beschienen, die in den Büschen hingen und die bewegte Wasseroberfläche in ein Wunderwerk aus goldenen und silbernen Kreisen verwandelten. Abdullah lief eilig darauf zu.

Jetzt fehlte nur noch eins, um seine Fantasien zu vervollkommnen, und wie in allen guten Träumen ließ es nicht lange auf sich warten: Ein überaus liebliches Mädchen kam über die Wiese auf ihn zu. Sie lief mit ihren nackten Füßen schwerelos über das feuchte Gras. Das duftige Gewand, das sie umfloss, betonte ihre schlanke, aber keineswegs magere Gestalt – genau wie bei der Prinzessin aus Abdullahs Tagtraum. Als sie näher kam, sah Abdullah allerdings, dass ihr Gesicht ein nicht ganz so perfektes Oval war, wie er sich das Gesicht seiner Traumprinzessin vorgestellt hatte, und auch, dass ihre großen Augen kein bisschen verschleiert waren. Im Ge-

genteil: Sie musterten sein Gesicht unverhohlen und mit offensichtlichem Interesse.

Abdullah korrigierte seinen Traum ganz schnell, denn sie war wirklich sehr hübsch. Und als sie ihn ansprach, war der Klang ihrer Stimme genau so, wie er es sich gewünscht hätte: leicht und heiter wie das Wasser im Brunnen, und dabei gleichzeitig die Stimme einer sehr entschlossenen Person. »Bist du vielleicht ein neuer Diener?«, fragte sie.

Die Menschen in Träumen fragen ja immer komische Dinge, dachte Abdullah. »Nein, Meisterstück meiner Vorstellungskraft«, sagte er. »Wisset, dass ich in Wirklichkeit der vor langer Zeit verlorene Sohn eines entfernt lebenden Prinzen bin.«

»Oh«, sagte sie. »Das ist natürlich etwas anderes. Dann heißt das also, dass du eine andere Art Frau bist als ich?«

Abdullah sah das Mädchen seiner Träume ziemlich überrascht an. »Ich bin eigentlich überhaupt keine Frau«, sagte er.

»Bist du sicher?«, entgegnete sie. »Du trägst doch ein Kleid.«

Abdullah sah an sich herab und stellte fest, dass er – wie in Träumen üblich – sein Nachthemd trug. »Das ist nur mein fremdländisches Gewand«, sagte er hastig. »Mein Land liegt weit entfernt von hier. Ich versichere Euch, ich bin ein Mann.«

»O nein«, entgegnete sie entschieden. »Du kannst

kein Mann sein. Dazu hast du die falsche Figur. Männer sind doppelt so dick wie du, und ihre Bäuche stehen als fettes Etwas hervor und werden ›Wanst‹ genannt. Und sie haben überall im Gesicht graue Haare und auf dem Kopf nur noch spiegelglatte Haut. Du aber hast Haare auf dem Kopf wie ich und so gut wie kein einziges im Gesicht.« Und als Abdullah ein wenig betreten mit der Hand über die sechs Haare auf seiner Oberlippe strich, fragte sie: »Oder hast du etwa doch blanke Haut unter deiner Kappe?«

»Aber keineswegs«, sagte Abdullah, der sehr stolz auf sein dichtes, lockiges Haar war. Er führte die Hand zum Kopf und nahm das ab, was sich als seine Schlafmütze herausstellte. »Seht«, sagte er.

»Oh«, machte sie. Ihr liebliches Gesicht nahm einen verstörten Ausdruck an. »Dein Haar ist ja fast so hübsch wie meines. Ich verstehe nicht …«

»Ich leider auch nicht so ganz«, sagte Abdullah. »Kann es sein, dass Ihr noch nicht allzu viele Männer gesehen habt?«

»Aber natürlich nicht!«, sagte sie. »Stell dich nicht dumm – bisher habe ich nur meinen Vater gesehen. Von dem aber ziemlich viel, daher weiß ich, wie Männer aussehen.«

»Aber – geht Ihr denn niemals aus?«, fragte Abdullah fassungslos.

Sie lachte. »Doch, jetzt zum Beispiel. Dies ist mein Nachtgarten. Mein Vater hat ihn anlegen lassen, damit ich meine Schönheit nicht einbüße, wenn ich bei Sonnenschein ausgehe.«

»Ich meine – geht Ihr niemals in die Stadt und seht Euch die Leute an?«, hakte Abdullah nach.

»Ehrlich gesagt, nein. Im Moment jedenfalls noch nicht«, gab sie zu. Als wenn sie das ein bisschen in Verlegenheit gebracht hätte, machte sie ein paar Schritte zur Seite und setzte sich auf den Rand des Brunnens. Sie wandte sich um, sah zu ihm auf und sagte: »Mein Vater sagt, es kann sein, dass ich später ab und zu einmal in die Stadt gehen kann, wenn ich verheiratet bin. Falls mein Mann es mir erlaubt. Aber es wird nicht die Stadt meines Vaters sein. Er hat vor, mich mit dem Prinzen von Ochinstan zu verheiraten. Bis dahin muss ich natürlich innerhalb dieser Mauern bleiben.«

Abdullah hatte schon gehört, dass einige der reichsten Männer von Zanzib ihre Töchter – und manchmal auch ihre Ehefrauen – fast wie Gefangene in ihren großen Häusern hielten. Er hatte oft gewünscht, dass jemand es mit Fatima, der Schwester der ersten Frau seines Vaters, ebenso machen würde. Aber jetzt, in diesem Traum, fand er diese Sitte gegenüber diesem hübschen Mädchen mit einem Mal vollkommen unsinnig und außerdem gemein. Unvorstellbar, nicht zu wissen, wie ein junger Mann aussah!

»Entschuldigt meine Frage – aber könnte es sein, dass der Prinz von Ochinstan eher alt und ein bisschen hässlich ist?«, sagte er.

»Na ja«, antwortete sie. Offensichtlich war sie sich nicht ganz sicher. »Mein Vater sagt, er steht in der Blüte seiner Jahre. Genau wie mein Vater auch. Aber ich glaube eher, das ganze Problem liegt in der brutalen Art der Männer. Mein Vater sagt, wenn mich ein anderer Mann vor dem Prinzen sieht, wird er sich sofort in mich verlieben und mich mit sich nehmen – was natürlich alle Pläne meines Vaters durchkreuzen würde. Er sagt, die meisten Männer seien schreckliche Bestien. Bist du auch eine Bestie?«

»Aber ganz und gar nicht!«, sagte Abdullah.

»Das habe ich mir schon gedacht«, sagte sie und sah ihn sehr ernst an. »Du siehst jedenfalls nicht wie eine Bestie aus. Und deswegen bin ich mir auch ganz sicher, dass du auf keinen Fall ein Mann sein kannst.«

Offenbar gehörte sie zu der Sorte von Menschen, die nicht mehr von ihren Theorien lassen können, nachdem sie sie einmal entworfen haben. Als sie einen Moment nachgedacht hatte, fragte sie weiter: »Könnte es sein, dass dich deine Familie in völligem Irrglauben hat aufwachsen lassen – aus was für Gründen auch immer?«

Abdullah hätte ihr gern geantwortet, dass es ja wohl eher umgekehrt der Fall sei. Aber da ihm das unhöflich vorkam, schüttelte er nur den Kopf und dachte, wie edelmütig es von ihr war, sich solche Gedanken über ihn zu machen, und wie die Sorge auf ihrem Gesicht es noch schöner machte – ganz zu schweigen von der Art, wie ihre Augen im Widerschein der silbernen und goldenen Lichter des Brunnens mitleidig schimmerten.

»Vielleicht liegt es daran, dass du aus einem weit entfernten Land kommst«, sagte sie und klopfte neben sich auf den Rand des Brunnens. »Setz dich zu mir und erzähl mir davon.«

»Sagt mir erst Euren Namen«, sagte Abdullah.

»Es ist ein ziemlich alberner Name«, sagte sie ein wenig verlegen. »Ich heiße Blume-in-der-Nacht.«

Das ist genau der richtige Name für das Mädchen meiner Träume, dachte Abdullah. Er sah bewundernd zu ihr herab. »Mein Name ist Abdullah«, sagte er.

»Man hat dir auch noch einen Männernamen gegeben!«, rief Blume-in-der-Nacht empört aus. »Jetzt setz dich zu mir und erzähle mir.«

Abdullah setzte sich neben sie auf den Brunnenrand aus Marmor und dachte, dass dies ein ziemlich echter Traum war. Der Stein war kalt. Wasserspritzer aus dem Brunnen tropften auf sein Nachthemd, während der süße Duft von Rosenwasser, der von Blume-in-der-Nacht ausging, sich höchst wirklichkeitsnah mit dem Duft der Blumen im Garten vermischte. Aber da es sich ja um einen Traum handelte, folgte daraus, dass Abdullahs Tagträume hier, an diesem Ort, nun auch wahr sein mussten. Darum erzählte Abdullah Blume-in-der-Nacht von dem Palast, in dem er als Prinz gelebt hatte, und wie er von Kabul Akba entführt und in die Wüste geflohen war, wo ihn der Teppichhändler gefunden hatte.

Blume-in-der-Nacht lauschte mit großer Anteilnahme. »Wie schrecklich! Wie furchtbar!«, sagte sie. »Oder steckte dein Pflegevater etwa mit den Banditen, die dich entführt haben, unter einer Decke?«

Abgesehen von der Tatsache, dass er nur träumte, hatte Abdullah das wachsende Gefühl, die Sympathie von Blume-in-der-Nacht nur durch Vorspiegelung falscher Tatsachen zu erlangen. Er räumte ein, dass sein Vater möglicherweise von Kabul Akba bezahlt worden war, dann wechselte er das Thema. »Lasst uns auf Euren Vater und seine Pläne zurückkommen«, sagte er. »Es kommt mir ein wenig seltsam vor, dass Ihr diesen Prinzen von Ochinstan heiraten sollt, ohne jemals einen anderen Mann gesehen zu haben, um ihn mit ihm vergleichen zu können. Wie wollt Ihr denn sicher sein, ob Ihr ihn liebt oder nicht?«

»Du hast Recht«, sagte sie. »Das bereitet mir auch manchmal Sorge.«

»Dann will ich Euch etwas vorschlagen«, sagte Abdullah. »Wie wäre es, wenn ich morgen Nacht wiederkomme und Euch so viele Bilder von Männern mitbringe, wie ich bis dahin beschaffen kann? Dann hättet Ihr wenigstens einen Vergleich zum Prinzen.« Traum hin oder her – Abdullah hatte nicht den geringsten Zweifel, dass er in der nächsten Nacht wiederkommen wollte. Und nun hätte er auch noch einen guten Grund. Blume-in-der-Nacht erwog sein Angebot, wobei sie die Knie mit den Armen umschlang und unschlüssig vor- und zurückschaukelte. Abdullah konnte sehen, wie Reihen alter, dicker Männer mit grauen Bärten vor ihrem geistigen Auge vorüberzogen.

»Ich versichere Euch«, sagte er, »diese Männer werden die unterschiedlichsten Größen haben und ganz verschieden aussehen.«

»Es wäre also sehr lehrreich«, stimmte sie zu. »Und wenigstens hätte ich dann einen Grund, dich wiederzusehen. Du bist einer der nettesten Menschen, die ich je getroffen habe.«

Das bestärkte Abdullah in seinem Entschluss, morgen wiederzukommen. Er sagte sich, dass es einfach gemein sei, sie in einem solch unbedarften Zustand zu lassen. »Dasselbe denke ich auch von Euch«, sagte er schüchtern.

Zu seiner Enttäuschung stand Blume-in-der-Nacht in diesem Moment auf, um zu gehen. »Ich muss jetzt wieder hinein«, sagte sie. »Ein erster Besuch sollte nicht länger als eine halbe Stunde dauern, und ich bin sicher, du warst schon doppelt so lange hier. Aber jetzt kennen wir uns ja schon. Beim nächsten Mal kannst du mindestens zwei Stunden bleiben.«

»Danke. Das werde ich tun«, sagte Abdullah. Sie lächelte und verschwand wie ein Traum hinter dem Brunnen und zwei üppig blühenden Sträuchern.

Danach kamen Abdullah der Garten, das Mondlicht und der Duft eher mittelmäßig vor. Ihm fiel nichts Besseres ein, als den Weg, den er gekommen war, zurückzugehen. Und dort, auf der mondbeschienenen Bank, lag immer noch sein Teppich. Den hatte er völlig vergessen. Aber da er in diesem Traum nun vorhanden war, legte Abdullah sich darauf und schlief ein.

Einige Stunden später erwachte er vom gleißenden Tageslicht, das durch die Ritzen seiner Bude fiel. Der Geruch der Räucherkerze von vorgestern hing noch in der Luft und kam Abdullah billig und übel riechend vor. Sein ganzer Stand erschien ihm jetzt muffig und schlampig und schäbig. Und er hatte Ohrenschmerzen, weil er offenbar in der Nacht seine Schlafmütze verloren hatte. Aber immerhin stellte er bei seiner Suche nach der Mütze fest, dass sich der Teppich über Nacht nicht davongemacht hatte. Er lag noch unter ihm. Das war das einzige Gute, das er in dem erkennen konnte, was ihm plötzlich wie ein vollkommen nutzloses und trostloses Dasein vorkam.

Jetzt rief Jamal, der immer noch dankbar für die beiden Silbermünzen war, von draußen, dass er das Frühstück für sie beide fertig habe. Erfreut schlug Abdullah die Vorhänge der Bude beiseite. In der Ferne krähten Hähne. Der Himmel leuchtete blau und Strahlen hellsten Sonnenlichts kämpften sich durch den Staub und den abgestandenen Räucherdunst im Inneren des Standes. Aber selbst in diesem hellen Licht gelang es Abdullah nicht, seine Schlafmütze zu finden. Und ihm wurde noch deprimierter zu Mute als zuvor.

»Sag mal, fühlst du dich auch an manchen Tagen so unerklärlich traurig?«, fragte er Jamal, als die beiden sich mit gekreuzten Beinen zum Essen in die Sonne setzten.

Jamal fütterte seinen Hund zärtlich mit einem Stück Zuckergebäck. »Wenn es dich nicht gäbe«, sagte er, »wäre ich heute traurig. Ich glaube, jemand hat diese Lausejungen bezahlt, damit sie mich bestehlen. Sie waren so gründlich. Und zu allem Überfluss haben die Wachen mir noch ein Bußgeld auferlegt. Habe ich es nicht schon oft gesagt? Ich glaube, ich habe Feinde, mein Freund.«

Obwohl dies Abdullahs Verdacht gegen den Fremden, der ihm den Teppich verkauft hatte, verstärkte, waren ihm Jamals Worte keine große Hilfe. »Vielleicht solltest du besser darauf achten, wen du von deinem Hund beißen lässt.«

»Auf keinen Fall!«, rief Jamal aus. »Ich bin ein Verfechter des freien Willens. Wenn mein Hund sich entschieden hat, die gesamte menschliche Rasse zu hassen, mit Ausnahme von mir, dann hat er die Freiheit, dies zu tun.«

Nach dem Frühstück suchte Abdullah wieder nach seiner Schlafmütze. Aber sie war einfach nicht da. Er versuchte sich daran zu erinnern, wann er sie das letzte Mal getragen hatte. Als er sich gestern Abend schlafen gelegt und darüber nachgedacht hatte, den Teppich dem Großwesir zu bringen, hatte er die Mütze garantiert auf dem Kopf gehabt. Danach hatte der Traum begonnen. Er erinnerte sich, dass er auch darin seine

Schlafmütze getragen hatte. Er erinnerte sich, dass er sie abgenommen hatte, um Blume-in-der-Nacht (was für ein hübscher Name!) zu zeigen, dass er nicht kahlköpfig war. Von diesem Zeitpunkt an hatte er – soweit er sich erinnern konnte – die Schlafmütze in der Hand gehalten, bis zu dem Moment, als er sich neben sie auf den Brunnenrand gesetzt hatte. Danach, nachdem er die Geschichte seiner Entführung durch Kabul Akba erzählt hatte, konnte er sich genau erinnern, dass er während des Sprechens beide Hände frei gehabt und die Mütze in keiner Hand mehr gehalten hatte. Er wusste, dass in Träumen einige Dinge manchmal einfach so verschwinden konnten. Aber es sprach ja doch alles dafür, dass er die Mütze fallen gelassen hatte, als er sich setzte. Oder hatte er sie vielleicht neben dem Brunnen im Gras liegen gelassen? Wenn ja …

Abdullah blieb stocksteif in der Mitte seines Standes stehen und starrte in die Sonnenstrahlen, die jetzt – seltsam genug – nicht mehr aus schmutzigen Staub- und Rauchpartikelchen zu bestehen schienen. Stattdessen waren sie Strahlen puren Goldes vom Himmel selbst.

»Es war überhaupt kein Traum«, sagte Abdullah.

Irgendwie war seine Traurigkeit mit einem Schlag verschwunden. Sogar das Atmen fiel ihm leichter.

»Es war Wirklichkeit!«, sagte er.

Er wandte sich um und betrachtete nachdenklich den magischen Teppich. Der war in seinem Traum ja ebenfalls dabei gewesen. Und das hieß … »Du hast mich in den Garten eines reichen Mannes gebracht, während ich geschlafen habe«, sagte er. »Ich habe wohl im Schlaf gesprochen und dir diesen Befehl gegeben. Ja, so muss es gewesen sein! Ich habe einfach nur an Gärten gedacht. Und du bist noch viel wertvoller, als ich angenommen habe.«

## 3. KAPITEL *in welchem Blume-in-der-Nacht ein paar wichtige Entdeckungen macht*

Abdullah band den Teppich wieder sorgfältig am Stützpfosten fest und ging hinaus auf den Basar, wo er den Stand des begabtesten aller Künstler aufsuchte, die ihre Dienste dort anboten.

Nach den üblichen Eröffnungs-Höflichkeiten, in denen Abdullah den Künstler Fürst der Feder und Zauberer der Kreide nannte und der Künstler antwortete, indem er Abdullah Hochadeligen des Handels und Urahn der Urteilskraft nannte, sagte Abdullah: »Ich brauche Bilder von aller Art, jeglicher Größe und jedem Typus von Männern, die du je gesehen hast. Zeichne mir Könige und Bettler, Händler und Handwerker, Dicke und Dünne, Junge und Alte, Hübsche und Hässliche und vollkommen Durchschnittliche. Wenn es darunter welche gibt, die du noch nie gesehen hast, bitte ich dich, sie zu erfinden, o Prinz des Pinsels. Und wenn deine Erfindungsgabe nicht ausreicht, was ich kaum für möglich halte, o König der Künstler, dann musst du nur die Augen aufmachen und dich umsehen.«

Abdullah streckte seinen Arm aus und deutete auf die geschäftig drängelnde Menge, die im Basar einkaufte. Es rührte ihn fast zu Tränen, dass dieser alltägliche Anblick etwas war, das Blume-in-der-Nacht noch nie gesehen hatte.

Der Künstler fuhr sich zweifelnd mit der Hand über seinen struppigen Bart. »Sicherlich kann ich dies tun, erhabener Bewunderer der Menschheit«, sagte er. »Aber könnte der Erkenner der Erkenntnis vielleicht den bescheidenen Zeichner darüber informieren, wozu diese vielen Männer-Bildnisse dienen sollen?«

»Warum will die Krone und das Diadem des Zeichenbretts dies wissen?«, entgegnete Abdullah, ein wenig bestürzt.

»Sicher wird das Oberhaupt aller Händler einsehen, dass dieser armselige Wurm es wissen muss, um die richtige Technik zu wählen«, antwortete der Künstler. In Wirklichkeit machte ihn dieser ungewöhnliche Auftrag einfach nur überaus neugierig. »Ob ich in Öl auf Holz oder Leinwand male, mit Stift auf Papier oder auf Pergament, oder gar ein Fresko auf eine Wand – das hängt davon ab, was die Perle unter den Auftraggebern mit diesen Porträts zu tun wünscht.«

»Ach so – Papier bitte«, sagte Abdullah hastig. Er hatte nicht den Wunsch, über seine Begegnung mit Blume-in-der-Nacht öffentlich zu sprechen. Ihm war klar, dass ihr Vater ein sehr reicher Mann sein musste, der es einem jungen Teppichhändler sicher übel nehmen würde, wenn er ihr neben dem Prinzen von Ochinstan noch andere Männer zeigte. »Diese Bilder sind für einen

Invaliden, der noch niemals in seinem Leben durch die Straßen gehen konnte, wie andere Menschen es tun.«

»Dann seid Ihr ein Beispiel an Barmherzigkeit«, sagte der Künstler und erklärte sich bereit, die Bilder für eine erstaunlich kleine Summe zu malen.

»Nein, nein, Sohn des Glücks, dankt nicht mir«, sagte er, als Abdullah seine Dankbarkeit ausdrücken wollte. »Ich habe drei Gründe dafür. Erstens besitze ich schon viele Porträts, die ich zu meinem eigenen Vergnügen gemalt habe. Es wäre nicht aufrichtig, Euch dafür zahlen zu lassen, da ich sie ja ohnehin gemalt hätte. Zweitens ist die Aufgabe, die Ihr mir stellt, zehnmal interessanter als meine übliche Arbeit, die darin besteht, junge Frauen oder ihre Bräutigame zu malen, oder Pferde und Kamele; und sie alle müssen hübsch sein, egal, wie sie in Wirklichkeit aussehen. Oder ich habe reihenweise schmuddelige Kinder – wahre Rotzlöffel – zu malen, deren Eltern sie als Engel sehen möchten. Und mein dritter Grund ist, dass ich glaube, Ihr seid verrückt, ehrenwertester aller Händler, und Euch übers Ohr zu hauen würde Unglück bringen.«

Es sprach sich sogleich im Basar herum, dass Abdullah, der junge Teppichhändler, seinen Verstand verloren hatte und jedes Porträt kaufte, das die Leute zu verkaufen hatten. Das war ein großes Ärgernis für Abdullah. Denn für den Rest des Tages wurde er von Leuten belästigt, die mit langen und blumigen Reden das Bild ihrer Großmutter anpriesen und beteuerten, dass es nur die

Not sei, die sie dazu brächte, sich davon zu trennen. Oder das Porträt des Rennkamels des Sultans, das jemand *gefunden* hatte; oder das Medaillon mit dem Porträt ihrer Schwester. Es kostete Abdullah eine Menge Zeit, diese Leute wieder loszuwerden – und bei der einen oder anderen Gelegenheit kaufte er sogar ein Bild oder eine Zeichnung, sofern der Dargestellte ein Mann war. Wodurch natürlich immer mehr Leute angelockt wurden.

»Nur heute. Mein Angebot gilt nur bis Sonnenuntergang«, erklärte er der versammelten Menge schließlich. »Alle, die das Bild eines Mannes zu verkaufen haben, sollen eine Stunde vor Sonnenuntergang zu mir kommen, und ich werde es kaufen. Aber nur dann.«

Dies verschaffte ihm ein paar Stunden Ruhe, in denen er den Teppich ausprobieren konnte. Mittlerweile fragte er sich, ob sein Besuch in dem Garten wirklich mehr als ein Traum gewesen war. Denn der Teppich rührte sich nicht. Abdullah hatte ihn natürlich nach dem Frühstück ausprobiert und ihm befohlen, sich wieder zwei Fuß über den Boden zu erheben – nur um sicherzugehen, dass er immer noch funktionierte. Aber der Teppich war einfach auf dem Boden liegen geblieben. Er versuchte es noch mal, als er vom Stand des Malers zurückkehrte, und wieder blieb der Teppich einfach liegen.

»Vielleicht habe ich dich nicht gut behandelt«, sagte Abdullah zu dem Teppich. »Du bist treu bei mir geblieben – im Gegensatz zu meinem Verdacht. Und ich habe dich damit belohnt, dass ich dich um den Pfahl gebunden habe. Würdest du dich besser fühlen, wenn ich dich frei auf dem Boden liegen ließe, mein Freund? Wäre dir das lieber?«

Er ließ den Teppich auf dem Boden liegen, aber er wollte immer noch nicht fliegen. Er hätte genauso gut irgendein alter Lumpen sein können.

In den kurzen Pausen, die Abdullah blieben – wenn er nicht gerade damit beschäftigt war, Leute abzuwimmeln, die ihm ihre Bilder verkaufen wollten – versank er in Gedanken. Er kam noch einmal auf seinen Verdacht gegenüber dem Fremden zurück, der ihm diesen Teppich verkauft hatte. Und zu dem großen Tumult, der gerade in dem Moment an Jamals Stand ausgebrochen war, als der Fremde dem Teppich befohlen hatte, sich zu erheben. Er erinnerte sich, dass er beide Male gesehen hatte, wie sich die Lippen des Fremden bewegten. Leider hatte er aber nicht alles gehört, was er sagte.

»Jetzt habe ich es!«, rief er aus und schlug mit der Faust in seine Handfläche. »Man braucht ein Zauberwort, damit der Teppich fliegt, was der Mann – aus welcher Absicht auch immer, aber sicher keiner lauteren – mir vorenthalten hat. Dieser Betrüger! Und dieses Wort muss ich im Schlaf ausgesprochen haben.«

Er lief in den hinteren Teil seiner Bude und grub ein zerfleddertes Wörterbuch aus, das er früher in der Schule gebraucht hatte. Dann stellte er sich auf den Teppich und rief: »Aalquappe! Bitte flieg!«

Nichts geschah. Weder zu diesem Zeitpunkt noch bei einem anderen Wort, das mit »A« begann. Verbissen ging Abdullah zu »B« über, und als das nicht funktionierte, wechselte er zum nächsten Buchstaben, bis er das Wörterbuch durchhatte. Bei den ständigen Unterbrechungen durch die Leute, die ihre Bilder verkaufen wollten, brauchte das seine Zeit. Schließlich kam er am frühen Abend bei »Zytozid« an, ohne dass der Teppich auch nur gezuckt hätte.

»Dann muss es ein erfundenes Wort oder ein Wort in einer anderen Sprache sein!«, rief er hitzig aus. Und wenn auch das nicht, dann musste er sich damit abfinden, dass Blume-in-der-Nacht eben doch nur ein Traum gewesen war. Aber selbst, wenn es sie wirklich gab, schienen seine Chancen, sich vom Teppich zu ihr bringen zu lassen, von Moment zu Moment geringer zu werden. Er stand da und gab alle merkwürdigen Laute und fremdländischen Worte von sich, die ihm nur einfielen, und immer noch bewegte sich der Teppich kein bisschen.

Eine Stunde vor Sonnenuntergang wurde Abdullah wieder unterbrochen. Draußen hatte sich eine große Menge versammelt, die Bündel und große flache Pakete bei sich trug. Der Künstler musste sich mit Gewalt mit seiner Mappe einen Weg durch die Menge bahnen. Die nächste Stunde war die reinste Qual.

Abdullah prüfte Bilder, wies Porträts von Müttern und Tanten zurück und handelte hohe Preise für schlechte Bilder von Neffen herunter. Im Verlauf dieser Stunde erwarb er – neben den hundert hervorragenden Werken des Künstlers – achtundsiebzig weitere Bilder, Medaillons, Zeichnungen und sogar ein Stück Wand, auf das ein Gesicht gezeichnet war. Er opferte dafür fast das ganze Geld, das er vom Kauf des fliegenden Teppichs zurückbehalten hatte – wenn es denn ein fliegender Teppich war. Als er den Mann, der behauptete, das Ölbild der Mutter seiner vierten Frau ginge durchaus als Bild eines Mannes durch, davon überzeugt hatte, dass dies nicht der Fall war und ihn aus seiner Bude hinausgeschoben hatte, war es dunkel. Er war viel zu müde und erschöpft, um zu essen. Er wäre gleich zu Bett gegangen, wenn nicht Jamal – der ein Bombengeschäft damit gemacht hatte, Essen an die wartende Menge zu verkaufen – mit einem Spieß zarten Fleisches zu ihm gekommen wäre.

»Ich weiß nicht, was in dich gefahren ist«, sagte Jamal. »Ich habe dich eigentlich immer für normal gehalten. Aber ob verrückt oder nicht – du musst etwas essen.«

»Mit Verrücktsein hat das gar nichts zu tun«, sagte Abdullah. »Ich habe nur einen neuen Geschäftszweig eröffnet.« Aber er aß das Fleisch.

Schließlich stapelte er seine Bilder – zusammen mit den am Nachmittag gekauften waren es hundertneunundachtzig – auf den Teppich und legte sich dazu.

»Jetzt hör mir mal gut zu«, sagte er zum Teppich.

»Falls ich aus irgendeinem glücklichen Zufall im Schlaf dein Befehlswort ausspreche, musst du ganz schnell in den Garten von Blume-in-der-Nacht fliegen.« Mehr schien er nicht mehr tun zu können. Abdullah brauchte sehr lang, bis er eingeschlafen war.

Er erwachte, umgeben vom traumhaften Duft der in der Nacht blühenden Blumen. Eine Hand stupste ihn sacht an. Blume-in-der-Nacht beugte sich über ihn. Abdullah merkte, dass sie noch viel schöner war, als er sie in Erinnerung gehabt hatte.

»Du hast ja tatsächlich die Bilder mitgebracht!«, sagte sie. »Du bist wirklich sehr nett.«

Ich hab es geschafft!, dachte Abdullah triumphierend. »Ja«, sagte er. »Ich habe einhundertneunundachtzig verschiedene Porträts von Männern mitgebracht. Ich dachte, damit könntet Ihr Euch zumindest mal einen groben Eindruck verschaffen.«

Er half ihr, einige der gelben Lampen abzuhängen und sie in einem Kreis um die Bank aufzustellen. Dann führte Abdullah ihr die Bilder vor, indem er sie zuerst unter eine Lampe hielt und dann gegen die Bank lehnte. Er kam sich vor wie ein Pflastermaler.

Blume-in-der-Nacht betrachtete jeden Mann, den Abdullah ihr zeigte, eingehend und mit höchster Konzentration. Dann nahm sie eine der Lampen und sah sich alle Bilder noch einmal an. Das gefiel Abdullah. Der Künstler war wirklich ein Meister seines Fachs. Er hatte alle möglichen Männer gemalt, genau wie Abdullah es ihm aufgetragen hatte: von einem heldenhaften, majestätischen Mann, bei dem ihm offenbar eine Statue als Vorbild gedient hatte, bis hin zu einem Buckligen, der im Basar Schuhe putzte. Und dazwischen befand sich sogar ein Selbstporträt von ihm.

»Ja, jetzt sehe ich es«, sagte Blume-in-der-Nacht schließlich. »Männer können sehr verschieden aussehen, genau, wie du gesagt hast. Mein Vater ist alles andere als ein typischer Vertreter – und du natürlich auch nicht.«

»Dann gebt Ihr also zu, dass ich keine Frau bin?«, fragte Abdullah.

»Ich bin dazu gezwungen«, sagte sie. »Ich entschuldige mich für mein Versehen.« Dann ging sie mit ihrer Lampe die Bank entlang und betrachtete einige der Bilder zum dritten Mal.

Abdullah bemerkte mit ziemlicher Nervosität, dass diejenigen, die sie auswählte, die ansehnlichsten Männer waren. Er beobachtete, wie sie sich mit einer kleinen Falte zwischen den Augenbrauen, die von einer lockigen Strähne ihres dunklen Haars verdeckt wurde, über sie beugte und sie bedenklich intensiv betrachtete. Langsam fragte er sich, was er sich da eingebrockt hatte.

Blume-in-der-Nacht sammelte die Bilder ein und legte sie säuberlich neben der Bank in einem Stapel aufeinander. »Es ist genau, wie ich es mir gedacht habe«, sagte sie. »Ich ziehe dich jedem einzelnen dieser Männer vor. Einige von ihnen sehen viel zu eitel aus und andere selbstsüchtig und grausam. Du bist bescheiden und freundlich. Ich werde meinen Vater fragen, ob er mich nicht mit dir verheiraten kann anstatt mit dem Prinzen von Ochinstan. Wärst du einverstanden?«

Der Garten schien sich in einem Wirbel aus Gold, Silber und Dunkelgrün um Abdullah herum zu drehen. »Ich … ich glaube, das wird nicht gehen«, brachte er schließlich hervor.

»Warum nicht?«, fragte sie. »Bist du schon verheiratet?«

»Nein, nein«, sagte er. »Das ist es nicht. Das Gesetz erlaubt einem Mann, so viele Frauen zu heiraten, wie er ernähren kann, aber …«

Die Falte zwischen Blume-in-der-Nachts Augenbrauen kehrte zurück. »Und wie viele Männer sind den Frauen erlaubt?«, fragte sie.

»Nur einer«, antwortete Abdullah, ein wenig schockiert.

»Das ist aber sehr ungerecht«, bemerkte Blume-in-der-Nacht nachdenklich. Sie setzte sich auf die Bank und grübelte. »Meinst du, der Prinz von Ochinstan hat möglicherweise auch schon andere Frauen?«

Abdullah sah, wie die Falte zwischen ihren Augenbrauen tiefer wurde und die schlanken Finger ihrer rechten Hand ein wenig gereizt auf das Gras trommelten. Ihm wurde klar, dass er sich jetzt wirklich etwas eingebrockt hatte. Blume-in-der-Nacht ging auf, dass ihr Vater sie in Unkenntnis einer Reihe wichtiger Tatsachen gelassen hatte. »Wenn er ein Prinz ist«, sagte Abdullah ziemlich nervös, »halte ich es für gut möglich, dass er schon einige Frauen hat. Jawohl.«

»Dann ist er also unersättlich«, stellte Blume-in-der-Nacht fest. »Das nimmt eine große Last von meiner Seele. Warum hast du gesagt, dass ich dich nicht heiraten kann? Gestern hast du doch erwähnt, du seist ein Prinz.«

Abdullah fühlte, wie sein Gesicht heiß wurde. Er verfluchte sich selbst, weil er ihr so ohne weiteres von seinem Tagtraum erzählt hatte. Auch die Tatsache, dass er zu diesem Zeitpunkt allen Grund zu der Annahme hatte, er befinde sich in einem Traum, tröstete ihn nicht allzu sehr. »Stimmt. Aber ich habe Euch auch erzählt, dass ich allein und weit entfernt von meinem Reich lebe«, sagte er. »Wie Ihr vielleicht verstehen werdet, muss ich meinen Lebensunterhalt nun mit Hilfe bescheidener Mittel bestreiten. Ich verkaufe Teppiche im Basar von Zanzib. Euer Vater ist offenbar ein reicher Mann. Er wird dies nicht für eine passende Verbindung halten.«

Blume-in-der-Nachts Finger trommelten jetzt ziemlich ärgerlich. »Du redest, als wäre es mein Vater, der dich heiraten will!«, sagte sie. »Was ist los? Ich liebe dich. Liebst du mich auch?«

Während sie dies sagte, sah sie Abdullah ins Gesicht. Und er blickte sie an, ihr Gesicht, das nur aus dunklen Augen zu bestehen schien. Er merkte, wie er »Ja« sagte.

Blume-in-der-Nacht lächelte. Abdullah lächelte. Und ein paar mondbeschienene Unendlichkeiten vergingen.

»Wenn du von hier fortgehst, werde ich mit dir kommen«, sagte Blume-in-der-Nacht. »Denn was du da von der Haltung meines Vaters zu dir sagst, könnte durchaus zutreffen. Wir müssen zuerst heiraten und es danach meinem Vater sagen. Dann kann er nichts mehr dagegen tun.«

Abdullah, der einige Erfahrungen mit reichen Männern gemacht hatte, hätte sich gewünscht, dessen sicher sein zu können. »So einfach wird es aber vielleicht nicht sein«, sagte er. »Ehrlich gesagt, wenn ich darüber nachdenke, bin ich sicher, dass wir uns nur schützen können, indem wir Zanzib verlassen. Was einfach sein dürfte. Denn ich besitze zufällig einen fliegenden Teppich. Da drüben liegt er, auf der Bank. Er hat mich hierher gebracht. Leider aber wird er mit einem Zauberwort zum Fliegen gebracht, das ich offenbar nur im Schlaf aussprechen kann.«

Blume-in-der-Nacht nahm eine Lampe und hielt sie in die Höhe, so dass sie den Teppich betrachten konnte. Abdullah sah ihr zu und bewunderte die Eleganz, mit der sie sich hinunterbeugte. »Er scheint sehr alt zu sein«, sagte sie. »Ich habe schon mal etwas über solche Teppiche gelesen. Das Zauberwort ist möglicherweise ein ganz einfaches Wort, das nur auf eine alte Weise ausgesprochen werden muss. Soviel ich weiß, dienten diese Teppiche vor allem dazu, dass man sie in einer

Notsituation schnell benutzen konnte. Darum kann das Wort nichts allzu Außergewöhnliches sein. Willst du mir nicht alles, was du über ihn weißt, ganz genau erzählen? Zu zweit finden wir vielleicht das richtige Wort.«

In diesem Moment wurde Abdullah klar, dass Blume-in-der-Nacht – wenn man mal von den Lücken in ihrem Wissen absah – sowohl intelligent wie auch sehr gebildet war. Und er bewunderte sie noch mehr. Er erzählte ihr jede Einzelheit über den Teppich, sofern er sie kannte, und auch von dem Tumult an Jamals Bude, der ihn daran gehindert hatte, das Zauberwort zu hören.

Blume-in-der-Nacht hörte zu und nickte bei jedem neuen Detail. »Also«, sagte sie. »Lassen wir mal die Frage beiseite, warum dir jemand einen echten Zauberteppich verkauft und gleichzeitig dafür sorgt, dass du ihn nicht benutzen kannst. Das ist etwas so Unsinniges, dass ich glaube, wir sollten uns lieber später damit beschäftigen. Lass uns erst einmal darüber nachdenken, was dieser Teppich tut. Du sagst, er ist wieder gelandet, als du es ihm befohlen hast. Hat denn vielleicht der Fremde etwas gesagt?«

Sie war gewitzt und dachte logisch. Ich habe wahrlich eine Perle unter den Frauen gefunden, dachte Abdullah. »Ich bin mir ziemlich sicher, dass er nichts gesagt hat«, sagte er.

»Dann«, fuhr Blume-in-der-Nacht fort, »braucht man das Zauberwort also nur, um den Teppich zum

Fliegen zu bringen. Und damit sehe ich jetzt zwei Möglichkeiten: erstens, dass der Teppich tut, was du ihm sagst, solange er sich in der Luft befindet. Oder zweitens, dass er nur so lange deinem Willen gehorcht, bis er sich wieder an dem Ort befindet, von dem er losgeflogen ist …«

»Das lässt sich leicht überprüfen«, sagte Abdullah. Vor Bewunderung für ihre Logik war er ganz durcheinander. »Ich denke, die zweite Möglichkeit ist die richtige.« Er sprang auf den Teppich und rief versuchsweise: »Hinauf, und zurück zu meinem Stand!«

»Nein, nein! Bitte nicht! Warte!«, rief Blume-in-der-Nacht im selben Augenblick. Aber es war schon zu spät. Der Teppich erhob sich in die Luft und flog dann mit solcher Plötzlichkeit und Geschwindigkeit davon, dass Abdullah hintenüberfiel, so heftig, dass es ihm die Luft aus den Lungen presste und er sich halb über den ausgefransten Rand hängend in beängstigender Höhe über der Erde wiederfand. Als er endlich wieder Luft bekam, raubte ihm der Fahrtwind den Atem. Um nicht ganz hinunterzufallen, blieb Abdullah nichts anderes übrig, als sich fest an die Fransen am hinteren Rand des Teppichs zu klammern. Und bevor er sich wieder nach oben arbeiten konnte – an einen möglichen Landebefehl war mangels Stimme nicht zu denken –, sackte der Teppich plötzlich nach unten – wodurch Abdullahs gerade zurückgekehrter Atem in den oberen Luftschichten hängen blieb –, bahnte sich seinen Weg durch die Vorhänge der Basarbude – wobei er Abdullah fast verlor – und landete schließlich – sehr sanft – im Inneren des Standes auf dem Boden.

Abdullah lag auf dem Bauch und rang nach Luft. Er erinnerte sich undeutlich an Türme, die vor einem sternenübersäten Himmel an ihm vorübergewirbelt waren. Alles war so schnell gegangen, dass ihm zunächst nur in den Sinn kam, wie überraschend gering der Abstand zwischen seiner Bude und dem nächtlichen Garten war. Dann, als sein Atem sich endlich normalisierte, hätte er sich ohrfeigen können. Was für eine Dummheit hatte er nur begangen! Er hätte wenigstens warten und Blume-in-der-Nacht Zeit lassen können, auf den Teppich zu steigen. Jetzt sagte ihm Blume-in-der-Nachts Logik, dass es keinen anderen Weg zurück in den Garten gab, als erneut einzuschlafen und zu hoffen, dass er im Schlaf zufällig wieder das Zauberwort sagen würde. Und nachdem er dies schon zweimal getan hatte, war er recht zuversichtlich, dass er es auch ein drittes Mal tun würde. Und noch viel sicherer war er sich, dass Blume-in-der-Nacht dasselbe denken und im Garten auf ihn warten würde. Sie war die Intelligenz in Person – eine Perle unter den Frauen. Sie würde ihn wahrscheinlich in etwa einem Stündchen wieder erwarten.

Nach einer Stunde, in der er abwechselnd sich selbst verflucht und Blume-in-der-Nacht in den Himmel gehoben hatte, gelang es Abdullah einzuschlafen. Aber leide befand er sich, als er erwachte, immer noch in seiner Bude bäuchlings auf seinem Teppich. Das Gebell von Jamals Hund hatte ihn aufgeweckt.

»Abdullah!«, rief die Stimme des Sohns des Bruders der ersten Frau seines Vaters. »Bist du wach, dadrinnen?«

Abdullah stöhnte. Das hatte ihm gerade noch gefehlt.

## 4. KAPITEL *in dem es ums Heiraten und um Prophezeiungen geht*

Abdullah hatte keine Ahnung, was Hakim wollte. Die Verwandten der ersten Frau seines Vaters kamen normalerweise nur einmal im Monat vorbei, und diesen Besuch hatten sie ihm erst vor zwei Tagen abgestattet. »Was willst du, Hakim?«, rief er müde.

»Mit dir sprechen natürlich«, rief Hakim zurück. »Es ist dringend.«

»Dann schieb den Vorhang beiseite und tritt ein«, sagte Abdullah.

Hakim schob seinen dicklichen Körper zwischen den Vorhängen hindurch. »Ich muss schon sagen: Wenn dies deine viel gepriesene Absicherung sein soll, Sohn des Mannes meiner Tante«, begann er, »dann halte ich nicht allzu viel davon. Jedermann kann hereinkommen und dich im Schlaf überraschen.«

»Der Hund draußen hat mir dein Erscheinen bereits gemeldet«, sagte Abdullah.

»Was nützt das schon?«, fragte Hakim. »Was hättest du denn tun wollen, wenn ich mich als Dieb herausgestellt hätte? Mich mit einem Teppich erwürgen? Nein, deine Sicherheitsvorkehrungen kann ich nicht gutheißen.«

»Was wolltest du mir sagen?«, fragte Abdullah. »Oder bist du nur gekommen, um mir wie üblich meine Fehler vorzuhalten?«

Hakim ließ sich bedeutungsvoll auf einem Stapel Teppiche nieder. »Du lässt deine dir sonst so eigene Höflichkeit vermissen, Cousin durch Heirat«, sagte er. »Wenn der Sohn des Onkels meines Vaters dich hören würde, wäre er nicht erfreut.«

»Ich bin Assif keine Rechenschaft über mein Verhalten oder über sonst etwas schuldig«, fuhr Abdullah auf. Er fühlte sich ausgesprochen elend. Sein Herz sehnte sich nach Blume-in-der-Nacht und er konnte nicht zu ihr. Für andere Dinge brachte er im Moment keine Geduld auf.

»Dann will ich dich mit meiner Nachricht nicht belästigen«, sagte Hakim hochmütig und stand auf.

»Umso besser«, sagte Abdullah. Er ging in den hinteren Teil seiner Bude, um sich zu waschen.

Aber es war klar, dass Hakim nicht gehen würde, ohne seine Nachricht loszuwerden. Als Abdullah vom Waschen zurückkehrte, war Hakim immer noch da. »Du tätest gut daran, die Kleider zu wechseln und einen Barbier aufzusuchen, Cousin durch Heirat«, sagte er zu Abdullah. »Im Moment siehst du nicht wie ein Mensch aus, den wir in unserem Handelshaus gerne sehen würden.«

»Warum sollte ich mich denn dort blicken lassen?«, fragte Abdullah ein wenig überrascht. »Ihr habt mir doch alle schon vor langer Zeit klar gemacht, dass ich nicht willkommen bin.«

»Weil«, sagte Hakim, »die Prophezeiung zu deiner Geburt wieder zum Vorschein gekommen ist. In einer Kiste, von der wir lange angenommen hatten, dass sie Räucherpulver enthielte. Wenn du dir also die Mühe machen willst, das Handelshaus in angemessener Kleidung zu betreten, soll dir die Kiste überreicht werden.«

Abdullah hatte nicht das geringste Interesse an dieser Prophezeiung. Und er sah auch nicht ein, warum er persönlich erscheinen und sie abholen sollte, wenn Hakim sie ihm ebenso gut hätte mitbringen können. Er wollte gerade ablehnen, als ihm einfiel, dass er und Blume-in-der-Nacht wahrscheinlich heute Nacht zusammen durchbrennen würden, um zu heiraten – falls es ihm gelingen würde, im Schlaf das richtige Wort auszusprechen (wovon er fest überzeugt war, nachdem es ihm ja schon zweimal gelungen war). Ein anständiger Mann sollte aber korrekt gekleidet und rasiert zu seiner Hochzeit erscheinen. Darum konnte er – wenn er sowieso ins Bad und zum Barbier ging – genauso gut auf dem Rückweg einen kleinen Umweg machen und die alberne Prophezeiung abholen.

»Also gut«, sagte er. »Ihr könnt mich zwei Stunden vor Sonnenuntergang erwarten.«

Hakim runzelte die Stirn. »Warum so spät?«

»Weil ich zu tun habe, Cousin durch Heirat«, erklärte Abdullah. Der Gedanke an seine bevorstehende

Liebesflucht entzückte ihn derart, dass er Hakim anlächelte und sich mit größter Höflichkeit verbeugte. »Obwohl ich ein geschäftiges Leben führe, in dem wenig Zeit bleibt, deinen Befehlen zu gehorchen, werde ich kommen. Keine Angst.«

Hakim runzelte noch immer die Stirn und behielt diesen Ausdruck auch, als er Abdullah beim Hinausgehen noch einmal über die Schulter hinweg anblickte. Er war offensichtlich sowohl unerfreut als auch misstrauisch. Abdullah schenkte diesem Umstand keinerlei Beachtung. Sobald Hakim außer Sicht war, gab er Jamal voller Freude die Hälfte seines letzten Geldes, damit er für den Rest des Tages auf seinen Stand aufpasste. Im Gegenzug war er gezwungen, von dem mit wachsender Dankbarkeit erfüllten Jamal ein Frühstück entgegenzunehmen, das aus allen Delikatessen bestand, die Jamals Bude zu bieten hatte. Vor Aufregung war Abdullah der Appetit vergangen. Das Essen war jedoch so reichlich, dass er, um Jamal nicht zu verletzen, das meiste davon heimlich Jamals Hund gab – allerdings sehr vorsichtig und darauf bedacht, dem Hund nicht zu nahe zu kommen. Der schien jedoch die Dankbarkeit seines Herrn zu teilen. Er wedelte freundlich mit dem Schwanz, fraß alles, was Abdullah ihm anbot, und versuchte dann, ihm das Gesicht abzulecken.

Diese höfliche Geste lehnte Abdullah allerdings ab. Der Atem des Hundes roch nach altem Tintenfisch. Abdullah tätschelte vorsichtig den knotigen Schädel des

Hundes, dankte Jamal und eilte dann auf den Basar. Hier gab er sein allerletztes Geld aus, um einen Handwagen zu mieten. Diesen Wagen belud er mit seinen wertvollsten und exotischsten Teppichen – seinem Blumenteppich aus Ochinstan, der leuchtenden Brücke aus Inhico, den goldenen Farktans, den herrlich gemusterten aus dem Herzen der Wüste und den beiden aus dem fernen Thayack, die ein Paar bildeten. Dann karrte er die kostbare Fracht zu den großen Ständen im Zentrum des Basars, wo die reichsten Kaufleute ihre Geschäfte tätigten. Bei all seiner Aufregung blieb Abdullah doch ein praktischer Mensch. Der Vater von Blume-in-der-Nacht war offensichtlich sehr reich. Nur die wohlhabendsten Männer konnten die Mitgift aufbringen, die man für die Heirat mit einem Prinzen brauchte. Darum war Abdullah klar, dass er und Blume-in-der-Nacht sehr, sehr weit weg gehen mussten. Ansonsten könnte ihr Vater es sehr, sehr unangenehm für sie werden lassen. Aber es war Abdullah auch klar, dass Blume-in-der-Nacht daran gewöhnt war, von allem das Beste zu haben. Sie würde bestimmt nicht glücklich darüber sein, ihre Ansprüche herunterschrauben zu müssen. Darum brauchte Abdullah Geld. Er verbeugte sich vor dem Händler am teuersten der teuren Stände und bot ihm, nachdem er ihn den König der Kaufleute und hervorragendsten der hervorragenden Händler genannt hatte, den Blumenteppich aus Ochinstan für eine wahrhaft irrwitzige Summe an.

Der Kaufmann war ein Freund von Abdullahs Vater gewesen. »Und warum, Sohn des Berühmtesten des Basars«, fragte er, »solltest du dich von dem trennen, was – dem Preis nach zu urteilen – das Juwel deiner Sammlung sein muss?«

»Ich wechsle den Geschäftszweig«, antwortete Abdullah. »Wie Ihr vielleicht gehört habt, habe ich Gemälde und andere Kunstgegenstände gekauft. Um Platz dafür zu schaffen, bin ich gezwungen, die wertlosesten meiner Teppiche zu verkaufen. Und mir kam in den Sinn, dass ein Händler himmlischer Webwaren wie Ihr vielleicht in Betracht ziehen könnte, dem Sohn seines alten Freundes zu helfen, indem er mir dieses erbärmliche Blumending zu einem Schleuderpreis abnimmt.«

»Die Güter deines Standes mögen künftig meine Auswahl bereichern«, sagte der Händler. »Ich biete dir die Hälfte dessen, was du forderst.«

»Ach, Gewitztester aller gewitzten Männer«, sagte Abdullah. »Selbst ein Schnäppchen kostet noch Geld. Aber für euch will ich meinen Preis um zwei Kupfermünzen senken.«

Es war ein langer, heißer Tag. Aber am frühen Abend hatte Abdullah seine besten Teppiche für beinahe das Doppelte von dem verkauft, was er selbst dafür bezahlt hatte. Jetzt glaubte er genug Geld zu besitzen, um Blume-in-der-Nacht für etwa drei Monate den ihr gebührenden Luxus bieten zu können. Danach, so hoffte er, würde sich entweder etwas anderes ergeben oder die

Lieblichkeit ihres Charakters würde sie mit der Armut aussöhnen. Er ging ins Bad. Er ging zum Barbier. Er schickte nach dem Parfümierer und ließ sich mit Ölen einreiben. Dann ging er zurück zu seiner Basarbude und zog seine besten Kleider an. Diese Kleider hatten, wie die Kleider der meisten Kaufleute, verschieden gearbeitete Besätze, Passen mit Stickereien und zu Ornamenten geflochtenen Schnüren. Diese Verzierungen waren nicht nur Kleiderschmuck, sondern dienten als raffinierte Geheimfächer für Geld. Abdullah verteilte sein gerade erworbenes Gold in diesen Verstecken, dann war er endlich mit allem fertig. Nicht allzu begeistert ging er zum früheren Handelshaus seines Vaters. Er sagte sich selbst, dass ihm der Besuch helfen würde, sich die Zeit bis zu seiner Liebesflucht zu vertreiben.

Es war ein eigenartiges Gefühl, die flachen Stufen aus Zedernholz hinaufzugehen und den Ort zu betreten, wo er so viel Zeit seiner Kindheit verbracht hatte. Der Geruch dieses Ortes, das Zedernholz und die Gewürze und der fettige Wollgeruch der Teppiche, war so vertraut, dass Abdullah sich – wenn er die Augen schloss – vorstellen konnte, wieder zehn Jahre alt zu sein und hinter einer Teppichrolle zu spielen, während sein Vater mit einem Käufer schacherte. Wenn er sich aber mit offenen Augen umsah, vergingen ihm diese Kindheitserinnerungen sofort. Die Schwester der ersten Frau seines Vaters hatte nämlich eine bedauerliche Schwäche für kräftiges Violett. Die Wände, die durchbrochenen Trennwände, die Stühle für die Besucher, der Tisch des Kassierers und sogar die Kasse waren in Fatimas Lieblingsfarbe gestrichen. Und Fatima selbst kam Abdullah in einem Gewand derselben Farbe entgegen.

»Nanu, Abdullah! Wie pünktlich du kommst und wie elegant du aussiehst«, sagte sie und gab auf diese Weise zu verstehen, dass sie ihn verspätet und in Lumpen erwartet hatte.

»Er sieht ja fast aus, als hätte er sich für seine Hochzeit angekleidet«, sagte Assif, der ebenfalls mit einem Lächeln auf seinem schmalen, schlecht gelaunten Gesicht näher kam.

Assif lächelte so selten, dass Abdullah für einen Moment glaubte, Assif habe sich nur den Hals verrenkt und verziehe vor Schmerz das Gesicht. Dann kicherte Hakim los, wodurch Abdullah erst klar wurde, was Assif gerade gesagt hatte. Zu seinem Ärger merkte er, dass er knallrot anlief. Er musste sich verbeugen, um sein Gesicht zu verstecken.

»Es ist vollkommen unnötig, den Jungen zum Erröten zu bringen!«, rief Fatima aus. Was Abdullah natürlich noch tiefer erröten ließ. »Abdullah, was hört man da für ein Gerede, dass du plötzlich mit Gemälden handeln willst?«

»Und die besten Stücke aus deinem Vorrat verkaufst, um Platz für die Bilder zu schaffen?«, fügte Hakim hinzu.

Abdullahs Gesicht nahm wieder einen normalen Farbton an. Ihm ging auf, dass er nur hierher zitiert worden war, um sich kritisieren zu lassen. Und diese Annahme bestätigte sich, als Assif jetzt auch noch vorwurfsvoll hinzufügte: »Unsere Gefühle sind ein wenig verletzt, Sohn des Mannes der Nichte meines Vaters, weil du offenbar gar nicht daran gedacht hast, dass wir dir unter die Arme greifen könnten, indem wir dir ein paar Teppiche abnehmen.«

»Liebe Verwandte«, sagte Abdullah. »Es ist doch selbstverständlich, dass ich meine Teppiche nicht an euch verkaufen konnte. Mein Ziel war es, Gewinn zu machen, und euch – die mein Vater geliebt hat – hätte ich kaum melken können.« Abdullah war so verärgert, dass er sich umdrehte und gehen wollte. Aber er musste feststellen, dass Hakim unbemerkt die Türen geschlossen und verriegelt hatte.

»Wozu sollten sie weiter offen bleiben?«, sagte er unschuldig. »Endlich sind wir mal unter uns. Die ganze Familie.«

»Der arme Junge«, sagte Fatima. »Noch nie hat er seine Familie mehr gebraucht, um einen klaren Kopf zu bewahren.«

»Ja, allerdings«, sagte Assif. »Abdullah, auf dem Basar erzählt man sich, dass du verrückt geworden bist. Das passt uns nicht.«

»Er benimmt sich ja auch wirklich komisch«, stimmte Hakim zu. »Und wir mögen es nicht, dass unsere ehrbare Familie in Zusammenhang mit solchem Tratsch gebracht wird.«

Es war noch schlimmer als sonst. Abdullah sagte: »Mit meinem Kopf ist alles in Ordnung. Ich weiß genau, was ich tue. Und mein Ziel ist, euch künftig keine Gelegenheit mehr zu geben, an mir herumzukritteln. Vielleicht schon ab morgen. Zunächst aber, lasst uns zur Sache kommen: Hakim hat mir gesagt, ich solle vorbeikommen, weil ihr die Prophezeiung vom Tag meiner Geburt gefunden habt. Stimmt das, oder war es nur ein Vorwand?« Er war noch nie zuvor so grob zu den Verwandten der ersten Frau seines Vaters gewesen, aber er war sehr verstimmt und hatte das Gefühl, dass sie es verdient hatten.

Seltsamerweise, anstatt nun ihrerseits wiederum verärgert über Abdullah zu sein, begannen alle drei Verwandten der ersten Frau seines Vaters aufgeregt im Handelshaus hin und her zu laufen.

»Wo ist diese Kiste denn nur?«, fragte Fatima.

»Wir müssen sie finden! Wir müssen sie finden!«, rief Assif. »Sie enthält die wahrhaftigen Worte des Weissagers, den sein armer Vater eine Stunde nach Abdullahs Geburt an das Bett seiner zweiten Frau geholt hat. Abdullah muss sie lesen.«

»Von deines Vaters eigener Hand geschrieben«, sagte Hakim zu Abdullah. »Dein größter Schatz.«

»Hier ist sie!«, rief Fatima und holte triumphierend eine geschnitzte Holzkiste von einem hohen Regal herunter. Sie reichte die Kiste Assif, der sie wiederum Abdullah in die Hände drückte.

»Öffne sie! Öffne sie!«, riefen alle drei aufgeregt.

Abdullah stellte die Kiste auf den violetten Kassentisch und drückte auf den Verschluss. Der Deckel öffnete sich und aus dem Inneren der Kiste entwich ein muffiger Geruch. Sie war leer, bis auf ein zusammengefaltetes vergilbtes Stück Papier.

»Nimm es heraus! Lies es!«, sagte Fatima, die vor Begeisterung fast überschnappte.

Abdullah konnte nicht verstehen, was die ganze Aufregung sollte, aber er faltete das Papier auseinander. Darauf waren ein paar Zeilen in der Handschrift seines Vaters geschrieben, die Schrift war bereits ziemlich verblichen. Er drehte sich mit dem Papier zur Deckenlampe. Nachdem Hakim die großen Türen geschlossen hatte, konnte man bei all dem Violett fast nichts erkennen.

»Er kann kaum etwas sehen«, sagte Fatima.

Assif sagte: »Kein Wunder. Hier ist ja auch so gut wie kein Licht. Bringen wir ihn ins Hinterzimmer. Dort sind die Oberlichter geöffnet.«

Er und Hakim fassten Abdullah an den Schultern und schoben ihn in die hinteren Räume des Handelshauses. Abdullah war so damit beschäftigt, die blasse und zittrige Schrift seines Vaters zu entziffern, dass er sie gewähren ließ, bis er sich unter den großen Deckenfenstern im Wohngemach hinter dem Handelshaus wiederfand. Hier war es besser! Und jetzt wusste er, warum sein Vater so enttäuscht über ihn gewesen war. Die Schrift besagte:

*Dies sind die Worte des weissagenden Propheten: »Dein Sohn wird dir in deinem Gewerbe nicht nachfolgen. Zwei Jahre nach deinem Tod, wenn er noch ein sehr junger Mann ist, wird er über alle anderen in diesem Land erhöht werden. Wie das Schicksal es bestimmt hat, so habe ich gesprochen.«*

*Das Glück meines Sohnes bedeutet für mich eine große Enttäuschung. Das Schicksal möge mir weitere Söhne schenken, damit sie mir in meinem Gewerbe folgen. Sonst habe ich vierzig Goldstücke für diese Prophezeiung verschleudert.*

»Wie du siehst, erwartet dich eine großartige Zukunft, lieber Junge«, sagte Assif.

Jemand kicherte.

Abdullah blickte von dem Papier auf. Er fühlte sich ein wenig benebelt. Die Luft war von schweren Düften erfüllt.

Das Kichern war wieder zu hören, sogar zweistimmig, und zwar ganz in seiner Nähe. Abdullah riss die Augen auf. Es schien, als wollten sie ihm aus den Höhlen treten.

Zwei ausgesprochen dicke junge Frauen standen vor ihm. Sie erwiderten seinen staunenden Blick und kicherten wieder. Verlegen. Beide waren reichlich aufgedonnert, in glänzenden Satin und duftige, hauchdünne Baumwolle gekleidet – die Rechte in Rosa, die Linke in

Gelb – und mit mehr Ketten und Armbändern behängt, als überhaupt möglich zu sein schien. Bei der Rosafarbenen, die die Fettere der beiden war, baumelte eine in ihren kunstvoll gekräuselten Haaren befestigte Perle auf ihre Stirn herab. Die Gelbe, die nur unwesentlich weniger fett war, hatte ein bernsteinfarbenes Diadem auf dem Kopf und noch krausere Haare. Beide trugen jede Menge Make-up, was in beiden Fällen ein schwerer Fehler war.

Sobald sie sicher waren, dass Abdullah seine Aufmerksamkeit nicht von ihnen abwandte – was sie nicht zu fürchten brauchten, denn er war starr vor Entsetzen –, holten beide Mädchen einen Schleier hinter ihren massigen Schultern hervor – einen rosa Schleier bei der linken und einen gelben Schleier bei der rechten – und breiteten ihn züchtig über Kopf und Gesicht. »Sei gegrüßt, lieber Ehemann«, riefen sie im Chor unter ihren Schleiern hervor.

»Wie bitte?«, rief Abdullah aus.

»Wir verschleiern uns«, fuhr die Rosafarbene fort.

»Weil du nicht mehr in unsere Gesichter sehen sollst«, sagte die Gelbe.

»Bis wir verheiratet sind«, endete die in Rosa.

»Das muss ein Missverständnis sein«, sagte Abdullah.

»Aber nicht im Geringsten«, sagte Fatima. »Dies sind die beiden Nichten meiner Nichte, und sie sind gekommen, um dich zu heiraten. Erinnerst du dich nicht, dass ich mich darum kümmern wollte, dir ein paar nette Frauen zu besorgen?«

Die beiden Nichten kicherten wieder. »Er sieht ja so gut aus«, sagte die Gelbe.

Nach einer ziemlich langen Pause, in der Abdullah krampfhaft schluckte und versuchte, seine Fassung zu wahren, sagte er höflich: »Sagt mir, o Verwandte der ersten Frau meines Vaters, habt ihr die Prophezeiung gekannt, die vor langer Zeit bei meiner Geburt entstanden ist?«

»Seit Jahren natürlich«, sagte Hakim. »Oder hältst du uns für dumm?«

»Dein lieber Vater hat sie uns gezeigt«, sagte Fatima. »Damals, als er sein Testament gemacht hat.«

»Und natürlich wollen wir nicht, dass dich deine glanzvolle Zukunft von der Familie entfernt«, erklärte Assif. »Wir haben nur auf den Moment gewartet, in dem du das Gewerbe deines Vaters an den Nagel hängen würdest – was wahrscheinlich das Zeichen für den Sultan ist, dich zum Wesir zu machen oder dich zu bitten, seine Truppen zu führen oder dich in irgendeiner anderen Weise zu erhöhen. Und dann haben wir die nötigen Schritte unternommen, um sicherzugehen, dass wir an deinem Glück teilhaben werden. Diese beiden Mädchen, deine Bräute, sind eng mit uns allen verwandt. Du wirst uns bei deinem Aufstieg natürlich nicht vergessen. Darum, mein lieber Junge, bleibt mir nun bloß noch, dich dem Magistrat vorzustellen, der sich – wie du sehen wirst – schon bereithält, um dich zu vermählen.«

Bis jetzt war Abdullah nicht in der Lage gewesen, seinen Blick von den massigen Gestalten der beiden Nichten abzuwenden. Jetzt aber sah er auf und traf den zynischen Blick des Basar-Richters, der gerade hinter einer Trennwand hervortrat und das Heiratsregister in der Hand hielt. Abdullah fragte sich, was er dafür bekommen hatte.

Abdullah verbeugte sich höflich vor dem Richter. »Ich fürchte, dies wird nicht möglich sein«, sagte er.

»Ach, ich habe doch gewusst, dass er unfreundlich und unkooperativ sein würde!«, sagte Fatima. »Abdullah, denk doch nur an das Unglück und die Enttäuschung dieser beiden armen Mädchen, wenn du sie jetzt zurückweist! Nachdem sie den langen Weg auf sich genommen und sich so hübsch gemacht haben, in der Erwartung verheiratet zu werden. Das kannst du doch nicht machen, Neffe!«

»Außerdem habe ich sämtliche Türen abgeschlossen«, sagte Hakim. »Denk also nicht, dass du weglaufen kannst.«

»Es tut mir Leid, die Gefühle zweier so atemberaubender junger Damen …«, begann Abdullah.

Aber die Gefühle der beiden Bräute waren bereits verletzt. Beide Mädchen stießen ein Winseln aus. Und beide legten ihre verschleierten Gesichter in die Hände und schluchzten aus tiefstem Herzen.

»Das ist ja furchtbar«, wimmerte die Rosafarbene.

»Ich wusste doch, dass sie ihn vorher hätten fragen sollen«, weinte die Gelbe.

Abdullah bemerkte, dass er sich beim Anblick weinender Frauen – vor allem solcher dicker, die dabei überall schwabbelten – äußerst elend fühlte. Er wusste, dass er ein Flegel und ein Grobian war. Er schämte sich. Das Ganze war ja nicht die Schuld der Mädchen. Sie waren von Assif, Fatima und Hakim nur benutzt worden, genau wie Abdullah. Aber der eigentliche Grund, warum er sich so grob vorkam und weswegen er sich wirklich schämte, war, dass er unbedingt wollte, dass sie aufhörten. Dass sie den Mund hielten und zu schwabbeln aufhörten. Ansonsten waren ihm ihre Gefühle völlig gleichgültig. Wenn er sie mit Blume-in-der-Nacht verglich, fand er sie einfach nur abstoßend. Die Vorstellung, sie heiraten zu müssen, bereitete ihm Übelkeit. Ihm war ganz schlecht. Weil sie aber nun mal vor ihm standen und jammerten und schnieften und schwabbelten, ertappte er sich bei der Überlegung, dass drei Frauen aber so viele nun auch nicht waren. Die beiden konnten Blume-in-der-Nacht Gesellschaft leisten, wenn sie alle weit von Zanzib und der Heimat entfernt waren. Er würde ihnen die Situation erklären müssen und sie auf den fliegenden Teppich verladen …

Das brachte Abdullah mit einem Schlag zurück in die Wirklichkeit. Mit einem solchen Schlag, mit dem auch ein fliegender Teppich zu Boden gehen würde, wenn er mit zwei so schwergewichtigen Frauen beladen wäre – vorausgesetzt, dass er sich überhaupt vom Boden erheben könnte. Sie waren ja so unglaublich dick. Und der Gedanke, dass sie Blume-in-der-Nacht Gesellschaft leisten würden – pfui! Sie war intelligent, gebildet und freundlich und ebenso schön (und schlank). Diese beiden mussten ihm erst noch beweisen, dass sie ein Hirn besaßen. Sie wollten geheiratet werden und ihre Heulerei war ein Versuch, ihn dazu zu zwingen.

Außerdem kicherten sie. Abdullah hatte Blume-in-der-Nacht noch nie kichern gehört. Fast ein wenig überrascht, stellte Abdullah fest, dass er Blume-in-der-Nacht wirklich und wahrhaftig so sehr liebte, wie er es sich auch bei der Prinzessin seiner Träume vorgestellt hatte. Er merkte, wie sehr er sie respektierte. Er wusste, ohne sie würde er zu Grunde gehen. Und wenn er sich einverstanden erklärte, diese beiden dicken Nichten zu heiraten, hätte er damit Blume-in-der-Nacht für immer verloren. Sie würde ihn als unersättlich bezeichnen, wie den Prinzen von Ochinstan.

»Es tut mir sehr Leid«, sagte er über die lauten Schluchzer hinweg. »Ihr hättet mich wirklich besser vorher fragen sollen, o Verwandte der ersten Frau meines Vaters, o verehrter und gerechtester Richter. Dann wäre es zu diesem bedauerlichen Versehen gar nicht erst gekommen. Ich kann nicht heiraten. Ich habe ein Gelübde abgelegt.«

»Was denn für ein Gelübde?«, riefen alle, einschließlich der fetten Bräute, und der Richter fügte hinzu: »Habt Ihr dieses Gelübde eintragen lassen? Um Rechtsgültigkeit zu erlangen, müssen alle Gelübde beim Magistrat eingetragen werden.«

Damit hatte Abdullah nicht gerechnet. Fieberhaft suchte er nach einer Erklärung: »Allerdings, es ist eingetragen, o verehrte Waagschale der Gerichtsbarkeit«, sagte er. »Mein Vater hat mich zu einem Magistrat gebracht, um es eintragen zu lassen, als er mir befahl, es abzulegen. Damals war ich noch ein kleines Kind. Was ich damals nicht verstand, sehe ich heute klarer: Mein Vater tat dies wegen der Prophezeiung. Da er ein umsichtiger Mann war, wollte er seine vierzig Goldstücke nicht verschwendet wissen. Er ließ mich schwören, dass ich nicht heiraten würde, bis das Schicksal mich über alle anderen dieses Landes gestellt hätte. Ihr seht also …« Abdullah schob die Hände in die Ärmeln seines besten Gewandes und verbeugte sich bedauernd vor den fetten Bräuten, »ich kann euch jetzt noch nicht heiraten, o Zwillingsbrocken aus kandiertem Zucker, aber die Zeit wird kommen.«

»Tja, wenn das so ist …!«, riefen alle in den verschiedensten Stimmlagen der Unzufriedenheit, und zu Abdullahs tiefer Erleichterung wandten sich die meisten von ihm ab.

»Ich habe immer gewusst, dass dein Vater ein ziemlich geiziger Mann war«, sagte Fatima noch.

»Selbst noch im Grab«, stimmte Assif zu. »Dann

müssen wir also auf die Erhöhung dieses lieben Jungen warten.«

Der Richter aber hakte weiter nach. »Und welcher Magistrat war das, bei dem Ihr das Gelübde abgelegt habt?«, fragte er.

»Seinen Namen kenne ich nicht«, gab Abdullah zu und klang zutiefst bedauernd. In Wirklichkeit schwitzte er. »Ich war ein kleiner Junge, und er war für mich ein alter Mann mit einem langen weißen Bart.« Dies, dachte er, müsste als Beschreibung auf etwa jeden Magistrat passen, den es jemals gegeben hatte, einschließlich des Richters, der vor ihm stand.

»Dann werde ich wohl alle Register durchsehen müssen«, sagte der Richter säuerlich. Er wandte sich Assif, Hakim und Fatima zu und verabschiedete sich – reichlich unterkühlt – mit den üblichen Floskeln.

Abdullah wandte sich ebenfalls zum Gehen, wobei er sich fast an die Amtsschärpe des Richters geklammert hätte, um nur wegzukommen, vom Handelshaus und von den beiden dicken Bräuten.

## 5. KAPITEL *in dem erzählt wird, wie Blume-in-der-Nachts Vater Abdullah über alle anderen im Land erhöhen will*

»Was für ein Tag!«, sagte Abdullah zu sich, als er wieder in seiner Basarbude stand. »Wenn ich weiterhin so viel Glück habe, würde es mich nicht wundern, wenn ich den Teppich nie mehr zum Fliegen brächte.« Oder, überlegte er weiter, als er sich – noch immer in seinen besten Kleidern – auf den Teppich legte, wenn er wieder in den Garten gelangte und dort feststellen müsste, dass Blume-in-der-Nacht über seine Dummheit von letzter Nacht viel zu verärgert war, um ihn noch zu lieben. Oder dass sie ihn vielleicht noch liebte, sich aber entschieden hatte, doch nicht mit ihm durchzubrennen. Oder … Er brauchte eine ganze Weile, bis er eingeschlafen war.

Als er erwachte, war alles in bester Ordnung. Der Teppich setzte gerade zu einer sanften Landung auf der mondbeschienenen Bank an. Also hatte er das Zauberwort wohl doch gesagt. Und seitdem er es ausgesprochen hatte, war nur so wenig Zeit vergangen, dass er sich fast noch daran erinnern konnte, wie es lautete. Allerdings verschwand es in dem Moment aus seinem

Kopf, als Blume-in-der-Nacht eilig zwischen den duftenden Blumen und den gelben Kugellampen auf ihn zugelaufen kam.

»Da bist du ja!«, rief sie im Laufen. »Ich habe mir schon Sorgen gemacht.«

Sie war nicht ärgerlich! Abdullahs Herz jubilierte. »Bist du bereit zu fliehen?«, rief er zurück. »Spring auf den Teppich!« Blume-in-der-Nacht lachte fröhlich – es war auf keinen Fall ein Kichern – und überquerte die Wiese. Genau in diesem Moment schien der Mond hinter einer Wolke zu verschwinden, denn Abdullah sah sie für einen Moment, allein von den Lampen beschienen, in goldenem Licht und voller Eifer auf ihn zulaufend. Er erhob sich und streckte ihr seine Hände entgegen.

Währenddessen senkte sich die Wolke weiter herab, bis sie auch das Licht der Lampen verdunkelte. Aber es war gar keine Wolke. Es waren große, schwarze, lederne Flügel, die lautlos auf und ab schlugen. Ein Paar lederne Arme mit Händen, die krallenähnliche Fingernägel hatten, kamen aus dem Schatten der schlagenden Flügel hervor und schlangen sich um Blume-in-der-Nacht. Abdullah sah, wie sie zusammenfuhr, als die Arme sie packten. Sie wandte den Kopf und blickte nach oben. Und was immer sie dort sah, brachte sie zum Schreien: ein unvermittelter, durchdringender, ängstlicher Schrei, der erstickt wurde, als einer der ledernen Arme seine Stellung veränderte und seine riesige Krallenhand auf ihr Gesicht legte.

Blume-in-der-Nacht schlug mit den Fäusten auf diesen Arm ein und trat und strampelte. Aber es war alles umsonst. Sie wurde hochgehoben – eine kleine weiße Gestalt vor einer riesigen schwarzen Masse. Die großen Flügel schlugen wieder lautlos auf und ab. Ein riesiger Fuß mit langen Krallen drückte die Wiese nieder, etwa einen Meter von der Bank entfernt, wo Abdullah sich gerade von seinem Teppich erheben wollte, und ein ledernes Bein spannte seine mächtigen Wadenmuskeln an, als das Ding – was immer es war – in die Höhe sprang. Einen endlosen Augenblick lang starrte Abdullah in ein Furcht erregendes ledernes Gesicht, mit einer ringgeschmückten Hakennase und großen, schräg stehenden, tief liegenden und grausam blickenden Augen. Aber das Ding sah ihn gar nicht an. Es war zu sehr darauf konzentriert, sich selbst und seine Beute in die Luft zu katapultieren.

Im nächsten Augenblick stieg es in die Lüfte. Einen Herzschlag lang sah Abdullah über sich einen riesigen fliegenden Dschinn, in dessen Armen ein blasses menschliches Wesen, ein Mädchen, baumelte. Dann verschluckte ihn die Nacht. Dies alles schien im Bruchteil einer Sekunde geschehen zu sein.

»Hinterher, los! Dem Dschinn nach!«, befahl Abdullah dem Teppich.

Der Teppich schien zu gehorchen. Er erhob sich von der Bank. Dann aber, fast als hätte jemand ihm einen anderen Befehl gegeben, sank er zurück und rührte sich nicht mehr.

»Du mottenzerfressener Türvorleger!«, schrie Abdullah ihn an.

Jetzt erklang aus dem hinteren Teil des Gartens ein Ruf: »Hier entlang, Männer! Der Schrei kam von da vorne!«

Im Laubengang sah Abdullah Mondlicht auf Metallhelmen schimmern und – schlimmer noch – goldenes Lampenlicht auf Schwertern und Armbrüsten. Er wartete nicht ab, bis er diesen Leuten erklären konnte, warum er geschrien hatte. Er legte sich flach auf den Teppich.

»Zurück zur Basarbude«, flüsterte er ihm zu. »Und zwar schnell, bitte!«

Dieses Mal gehorchte der Teppich so zügig wie in der Nacht zuvor. Augenblicklich erhob er sich von der Bank und schwebte dann seitlich über eine unglaublich hohe Mauer davon. Abdullah konnte nur noch einen flüchtigen Blick auf eine große Schar von Söldnern aus dem Norden erhaschen, die im von Lampen erleuchteten Garten umherliefen, bevor er über die schlafenden Dächer und mondbeschienenen Türme von Zanzib dahinschoss. Ihm blieb kaum Zeit, sich Gedanken darüber zu machen, dass Blume-in-der-Nachts Vater noch reicher sein musste, als er gedacht hatte – denn nur wenige Leute konnten sich so viele gemietete Soldaten leisten, und die Söldner aus dem Norden waren die teuersten überhaupt –, bevor der Teppich schon wieder hinabschwebte und ihn sanft durch die Vorhänge hindurch mitten in seine Bude beförderte. Dort überließ er sich der Verzweiflung. Ein Dschinn hatte Blume-in-der-Nacht entführt und der Teppich hatte ihm nicht gehorchen wollen. Abdullah wusste, dass er sich darüber nicht zu wundern brauchte. Wie jedermann in Zanzib wusste, verfügte ein Dschinn über ungeheure Kräfte, in der Luft und auf der Erde. Zweifellos hatte der Dschinn allen lebenden und toten Dingen im Garten befohlen, sich nicht zu rühren, während er Blume-in-der-Nacht entführte. Möglicherweise hatte er den Teppich – oder den darauf sitzenden Abdullah – noch nicht mal bemerkt. Aber die geringere magische Kraft des Teppichs hatte sich dem Befehl des Dschinns beugen müssen. Auf diese Weise hatte der Dschinn Blume-in-der-Nacht, die Abdullah mehr liebte als seine eigene Seele, genau in dem Moment gestohlen, als sie in seine Arme laufen wollte – und dagegen konnte er nichts machen.

Er weinte.

Als er sich ein wenig beruhigt hatte, beschloss er, all sein sorgsam verstecktes Geld wegzuwerfen. Es war nutzlos geworden. Bevor er aber zur Tat schritt, überließ er sich noch einmal seinem Schmerz, zunächst mit geräuschvollem Klagen, bei dem er sein Elend laut herausschrie und sich gegen die Brust schlug, wie es in Zanzib üblich war; dann, als die Hähne krähten und die Menschen aus ihren Häusern kamen, verfiel er in stumme Verzweiflung. Selbst die kleinste Bewegung hatte ihren Sinn verloren. Mochten die anderen Leute herumlaufen und pfeifen und mit ihren Eimern klappern. Abdullah nahm an diesem Leben nicht mehr teil. Er blieb zusammengekrümmt auf seinem Teppich liegen und wünschte, er wäre tot.

Er war so traurig, dass ihm noch nicht mal der Gedanke kam, dass er sich möglicherweise selbst in Gefahr befand. Er achtete nicht darauf, dass plötzlich alle Geräusche des Basars verstummten, wie die Vögel, wenn ein Jäger den Wald betritt. Er bemerkte weder das Trampeln schwerer Schritte noch das regelmäßige Klong-Klong von Waffen, das sie begleitete. Und als vor seiner Bude jemand »Halt!« schrie, drehte er noch nicht mal den Kopf. Das tat er erst, als die Vorhänge seines Standes heruntergerissen wurden. Er war auf träge Weise überrascht. Er blinzelte mit seinen geschwollenen Augen in das strahlende Sonnenlicht und fragte sich schwerfällig, warum ein Trupp von Soldaten des Nordens seinen Stand betrat.

»Das ist er«, sagte jemand in Zivilkleidung, der Hakim gewesen sein mochte und der vorsichtshalber wieder verschwand, bevor Abdullah ihn genauer mustern konnte.

»Du!«, fuhr ihn der Kommandant der Truppe an. »Heraus da! Komm mit!«

»Wie bitte?«, fragte Abdullah.

»Ergreift ihn«, sagte der Kommandant.

Abdullah war verwirrt. Er protestierte schwach, als sie ihn auf die Füße zerrten und ihm die Arme verdrehten, damit er sich in Bewegung setzte. Er protestierte etwas lauter, als sie ihn im Laufschritt – klong-klong, klong-klong – aus dem Basar heraus in das westliche Viertel führten. Und schließlich protestierte er lautstark. »Was soll das?«, stieß er keuchend hervor. »Als Bürger dieser Stadt … verlange ich zu wissen … wohin wir … gehen.«

»Schweig! Du wirst es schon sehen«, antworteten sie. Sie waren so trainiert, dass sie dabei noch nicht mal außer Atem geriet.

Bald darauf liefen sie mit Abdullah unter einem großen Steintor hindurch, dessen weiße Steinquader in der Sonne leuchteten, und kamen in einen sonnendurchfluteten Hof, wo sie fünf Minuten vor einem kleinen Schmiedeofen verbrachten und Abdullah in Ketten legten. Er war nun wirklich aufgebracht: »Was soll das? Wo sind wir hier? Ich will es auf der Stelle wissen!«

»Schweig!«, sagte der Kommandant der Truppe. Mit seinem barbarisch klingenden Akzent aus dem Norden bemerkte er zu seinem zweiten Kommandanten: »Die jammern immer so, diese Zanziber. Kein Funken Würde im Leib.«

Während der Kommandant dies sagte, flüsterte der Schmied, der ebenfalls aus Zanzib stammte, Abdullah zu: »Der Sultan lässt dich holen. Ich fürchte, nicht gerade zu deinem Besten. Der Letzte, den ich in Ketten gelegt habe, wurde gekreuzigt.«

»Aber ich habe überhaupt nichts getan!«, protestierte Abdullah.

»SCHWEIG!«, schrie der Kommandant. »Bist du fertig, Schmied? Gut. Im Laufschritt!« Und sie setzten sich wieder in Bewegung, Abdullah in ihrer Mitte, über den sonnendurchfluteten Hof in ein großes Gebäude, das dahinter lag.

Abdullah hätte behauptet, dass schon das Gehen in diesen Ketten unmöglich war. So schwer waren sie. Aber es ist erstaunlich, wozu man in der Lage ist, wenn ein Haufen grimmig dreinblickender Soldaten einen dazu treibt. Er lief – kling-schepper, kling-schepper, rassel –, bis er schließlich mit einem erschöpften Klimpern am Fuß eines erhöhten Throns aus Fliesen in Gold und kühlem Blau ankam, der mit Kissen gepolstert war. Dort beugten die Soldaten alle in würdiger, ehrerbietiger Weise ein Knie, wie die Soldaten des Nordens es gewöhnlich vor den Leuten machten, die sie bezahlten.

»Der Gefangene Abdullah, o Sultan, mein Herrscher«, sagte der Kommandant.

Abdullah kniete nicht nieder. Er folgte den Anstandsregeln Zanzibs und warf sich auf sein Gesicht. Außerdem war er erschöpft, und es war leichter, sich mit lautem Scheppern hinzuwerfen, als irgendetwas anderes zu tun. Die angenehme Kühle des Fliesenbodens erschien ihm ungemein wohltuend.

»Zwingt den Sohn eines Kamel-Exkrements auf die Knie«, sagte der Sultan. »Bringt diese Kreatur dazu, uns ins Gesicht zu sehen.« Seine Stimme war leise, zitterte aber vor Zorn.

Ein Soldat zog an den Ketten und zwei andere zerrten an Abdullahs Armen, bis sie ihn einigermaßen auf die Knie gestellt hatten. In dieser Position hielten sie ihn fest, und Abdullah war froh darüber. Sonst wäre er vor Furcht zusammengesunken. Der Mann auf dem gefliesten Thron war dick und kahlköpfig und hatte einen buschigen, grauen Bart. Obwohl er in Wirklichkeit fürchterlich zornig war, klopfte er wie gelangweilt auf einem Kissen herum, und zwar mit einem weißen Ding aus Baumwolle, von dessen Spitze eine Quaste herabhing. Und genau an diesem Ding mit der Quaste erkannte Abdullah, in welchem Schlamassel er sich befand. Es war nämlich seine Schlafmütze.

»Und? Sohn eines Misthaufens?«, fragte der Sultan. »Wo ist meine Tochter?«

»Ich habe keine Ahnung«, sagte Abdullah unglücklich.

»Willst du leugnen«, fuhr der Sultan fort und schüttelte die Schlafmütze wie einen Kopf, den er an den Haaren in die Höhe hielt, »dass dies hier deine Schlafmütze ist? Da steht nämlich dein Name drin, du erbärmlicher Kaufmann. Ich habe sie gefunden – *wir* höchstpersönlich – im Schmuckkästchen meiner Tochter, und die Bilder von zweiundachtzig gewöhnlichen Menschen, die von meiner Tochter an zweiundachtzig entlegenen Orten versteckt worden sind. Leugnest du, dass du dich in meinen Garten eingeschlichen hast und meiner Tochter diese Bilder gezeigt hast? Leugnest du, dass du meine Tochter entführt hast?«

»Ja, das leugne ich«, sagte Abdullah. »Ich leugne aber weder, der Besitzer der Schlafmütze, noch der Überbringer der Bilder zu sein, o höchster Verteidiger der Schwachen – wiewohl ich bemerken muss, dass Eure Tochter geschickter im Verstecken ist als Ihr im Finden, großer Schwertführer der Weisheit. Denn ich habe ihr einhundertsieben Bilder mehr gegeben, als Ihr gefunden habt. Aber Blume-in-der-Nacht entführt, das habe ich ganz sicher nicht getan. Sie wurde vor meinen Augen von einem riesigen und furchtbaren Dschinn verschleppt. Ich habe keine genauere Vorstellung als Euer himmlisches Selbst, wo sie sich nun befindet.«

»Eine höchst glaubwürdige Geschichte«, sagte der Sultan. »Ein Dschinn. Tatsächlich. Lügner! Elender Wurm!«

»Ich schwöre, es ist die Wahrheit!«, rief Abdullah aus. Er war so verzweifelt, dass er kaum noch wusste, was er sagte. »Holt einen heiligen Gegenstand Eurer Wahl und ich schwöre darauf. Hypnotisiert mich, damit ich die Wahrheit sage, und ich werde bei meiner Aussage bleiben, o mächtiger Beseitiger der Kriminellen. Denn es ist die Wahrheit. Und da ich über den Verlust Eurer Tochter vermutlich noch viel bestürzter bin als Ihr selbst, großer Sultan, Ruhm unseres Landes, bitte ich Euch nun, mich zu töten und mir ein Leben in Jammer zu ersparen.«

»Ich werde dich sehr gern töten lassen«, sagte der Sultan. »Aber erst einmal sagst du mir, wo sie steckt.«

»Aber ich habe es Euch doch gesagt, o Wunder dieser Welt«, sagte Abdullah. »Ich weiß nicht, wo sie ist.«

»Bringt ihn fort«, sagte der Sultan seelenruhig zu seinen knienden Soldaten. Sie sprangen dienstbereit auf und zerrten Abdullah auf die Füße. »Foltert die Wahrheit aus ihm heraus«, fuhr der Sultan fort. »Wenn wir meine Tochter gefunden haben, könnt ihr ihn umbringen. Aber haltet ihn solange am Leben. Wenn ich die Mitgift verdopple, nimmt der Prinz von Ochinstan sie vielleicht auch als Witwe.«

»Ihr macht einen Fehler, o Herrscher aller Herrscher«, stieß Abdullah keuchend hervor, während ihn die Soldaten über die Fliesen schleiften. »Ich habe keine Ahnung, wohin der Dschinn verschwunden ist, und mein größter Schmerz ist, dass er sie entführt hat, bevor wir uns vermählen konnten.«

»Was sagst du da?«, schrie der Sultan. »Bringt ihn zurück!« Sofort schleiften die Soldaten Abdullah an seinen Ketten zurück vor den gefliesten Thron, wo der Sultan sich nun nach vorne beugte und Abdullah ins Gesicht starrte. »Ist mein sauberes Ohr dadurch verschmutzt worden, dass es dich sagen hörte, du habest dich *nicht* mit meiner Tochter verheiratet, du Stück Dreck?«, fragte er.

»So ist es, mein Monarch«, sagte Abdullah. »Der Dschinn kam, bevor wir durchbrennen konnten.«

Der Sultan sah ihn mit offensichtlichem Schrecken an. »Ist das die Wahrheit?«

»Ich schwöre es«, sagte Abdullah. »Bisher habe ich Eure Tochter nicht mal geküsst. Ich wollte einen Magistraten aufsuchen, sobald wir weit genug von Zanzib entfernt wären. Ich weiß, was sich gehört. Aber ich fand es auch richtig, erst einmal sicherzugehen, dass Blume-in-der-Nacht mich wirklich heiraten will. Ihre Entscheidung schien mir in Unwissenheit gefallen zu sein, trotz der hundertneunundachtzig Bilder. Wenn Ihr mir dafür vergeben wollt, dass ich so spreche, o Schützer aller Einwohner, Eure Art, Eure Tochter zu erziehen, ist gänzlich ungeeignet. Als sie mich zum ersten Mal sah, hielt sie mich für eine Frau.«

»Soso«, sagte der Sultan nachdenklich. »Dann hätte es also beinahe ein Unglück gegeben, als ich letzte Nacht meine Soldaten ausschickte, um den Eindringling im Garten zu töten. Du Dummkopf«, sagte er zu Abdullah, »Sklave und Bastard, der es wagt, mich zu kritisieren! Natürlich war es richtig, wie ich meine Tochter erzogen habe. Die Prophezeiung bei ihrer Geburt besagte, dass sie den ersten Mann, den sie zu Gesicht bekäme – mit Ausnahme von mir –, heiraten würde.«

Trotz der Ketten richtete Abdullah sich auf. Zum ersten Mal an diesem Tag schöpfte er einen Funken Hoffnung.

Der Sultan starrte in den wunderschön gefliesten und mit Ornamenten bemalten Raum und dachte nach.

»Die Prophezeiung kam mir sehr gelegen«, bemerkte er. »Ich hatte mir schon lange eine Verbindung mit den Ländern des Nordens gewünscht. Sie haben bessere Waffen, als wir hier herstellen können. Einige sind wahre Zauberwaffen, soviel ich weiß. Aber die Prinzen von Ochinstan sind schwer zu haben. Darum dachte ich, ich müsste meine Tochter einfach nur isolieren und verhindern, dass sie jemals einen Mann außer mir zu sehen bekäme. – Natürlich ließ ich ihr auf der anderen Seite die beste Ausbildung zukommen, damit sie singen und tanzen und einem Prinzen gefallen kann. Als meine Tochter dann im heiratsfähigen Alter war, lud ich den Prinzen zu einem Staatsbesuch ein. Er wollte nächstes Jahr kommen, wenn er das Land zu Ende unterworfen hat, das er gerade mit diesen hervorragenden Waffen erobert hatte. Und ich war mir sicher, sobald meine Tochter ihn zu sehen bekommen hätte, wäre er durch die Prophezeiung todsicher mein Schwiegersohn geworden.« Seine Augen blickten giftig auf Abdullah herab. »Aber dann wurden meine Pläne durch ein Insekt wie dich durchkreuzt.«

»Das ist unglücklicherweise wahr, o umsichtigster aller Herrscher«, gab Abdullah zu. »Aber sagt, ist der Prinz von Ochinstan vielleicht zufällig ein wenig alt und hässlich?«

»Ich halte ihn für ebenso unansehnlich wie diese Söldner aus dem Norden«, sagte der Sultan, woraufhin Abdullah die Soldaten betrachtete: Die meisten von ihnen neigten zu Sommersprossen und rotem, ein wenig abstehendem Haar. »Warum fragst du das, du Hund?«

»Weil mir das Eurer Tochter gegenüber ein wenig unfair vorkommt – wenn Ihr weitere Kritik an Eurer großen Weisheit vergeben wollt, o Ernährer der Nation«, bemerkte Abdullah. Er spürte, wie sich die Augen der Soldaten voller Erstaunen über seine Unverschämtheit auf ihn richteten. Abdullah kümmerte sich nicht darum. Er hatte das Gefühl, dass er wenig zu verlieren hatte.

»Frauen zählen überhaupt nicht«, entgegnete der Sultan. »Darum ist es gar nicht möglich, ihnen gegenüber unfair zu sein.«

»Da bin ich anderer Ansicht«, sagte Abdullah, und die Soldaten starrten ihn noch verwunderter an.

Der Sultan sah wütend auf ihn herab. Seine mächtigen Hände würgten die Mütze, als sei sie Abdullahs Hals. »Schweig, du aussätzige Kröte!«, sagte er. »Sonst vergesse ich mich noch und ordne deine sofortige Tötung an!«

Abdullah entspannte sich ein wenig. »O unbesiegbares Schwert unter den Bürgern, ich bitte Euch sogar, mich gleich zu töten«, sagte er. »Ich habe gefehlt und gesündigt und bin in Euren Garten eingedrungen …«

»Schweig still!«, sagte der Sultan. »Du weißt sehr gut, dass ich dich nicht umbringen kann, bis ich meine Tochter gefunden und sichergestellt habe, dass sie dich heiratet.«

Abdullah entspannte sich noch mehr. »Euer Sklave kann Eurer Argumentation nicht folgen, o Juwel der Gerichtsbarkeit«, erwiderte er. »Ich verlange sofort zu sterben.«

»Eines habe ich bei dieser bedauerlichen Angelegenheit lernen müssen«, knurrte der Sultan ihn jetzt an. »Nämlich dass sogar ich, der Sultan von Zanzib, das Schicksal nicht betrügen kann. Die Prophezeiung wird sich in irgendeiner Art erfüllen, dessen bin ich sicher. Wenn ich also will, dass meine Tochter den Prinzen von Ochinstan heiratet, muss ich mich zuerst der Prophezeiung beugen.«

Abdullah war jetzt vollkommen gelöst. Er hatte dies alles natürlich von Anfang an verstanden, nur hatte er Sorge gehabt, dass der Sultan vielleicht nicht darauf kommen könnte. Aber er war darauf gekommen. Offensichtlich hatte Blume-in-der-Nacht ihren logischen Verstand von ihrem Vater geerbt.

»Also. Wo ist meine Tochter?«, fragte der Sultan.

»Ich habe Euch doch schon gesagt, o Sonne, die über Zanzib scheint«, begann Abdullah, »der Dschinn …«

»Ich glaube auch nicht einen Moment lang an diese Geschichte mit dem Dschinn«, donnerte der Sultan. »Das ist mir viel zu primitiv. Du hast das Mädchen irgendwo versteckt. Bringt ihn fort«, sagte er zu den Soldaten, »und werft ihn in den sichersten Kerker, den wir haben. Lasst ihn in Ketten. Er muss einen Zauber angewendet haben, um in den Garten zu gelangen, und er wird ihn möglicherweise auch zur Flucht verwenden, wenn wir nicht aufpassen.«

Darauf konnte Abdullah nichts erwidern. Der Sultan bemerkte es und lächelte hinterhältig. »Dann«, sagte er, »soll in allen Häusern der Stadt nach meiner Tochter gesucht werden. Sobald sie gefunden worden ist, soll sie zur Hochzeit in den Kerker gebracht werden.« Gemächlich ließ er seinen Blick wieder zu Abdullah wandern. »Bis dahin«, sagte er, »werde ich mir die Zeit damit vertreiben, mir neue Wege einfallen zu lassen, dich umzubringen. Im Moment bevorzuge ich es, dich zu pfählen, auf einem vierzig Fuß hohen Pfahl, und dann Geier loszulassen, die kleine Stücke aus dir heraushacken. Aber sofern mir etwas noch Schrecklicheres einfällt, könnte ich meine Meinung noch ändern.«

Während die Soldaten ihn fortschleiften, wurde Abdullah wieder von Verzweiflung ergriffen. Er dachte an die Prophezeiung bei seiner eigenen Geburt. Ein vierzig Fuß hoher Pfahl würde ihn wirklich weit über alle anderen im Lande erhöhen.

## 6. KAPITEL *in welchem berichtet wird, wie Abdullah vom Regen in die Traufe gerät*

Sie warfen Abdullah in einen dunklen, stinkenden Kerker, in den nur durch ein kleines Gitter hoch oben in der Decke ein wenig Licht einfiel. Aber dieses Licht war kein Tageslicht. Offenbar stammte es von einem Fenster am entfernten Ende eines Ganges im darüber liegenden Stockwerk, wo das Gitter ein Teil des Fußbodens war.

Da Abdullah geahnt hatte, dass ihm nun eine lange Zeit in vielleicht völliger Dunkelheit bevorstand, hatte er – als die Soldaten ihn wegführten – versucht, so viel Licht wie möglich in sich aufzunehmen. Während die Soldaten die Eingangstür zu den Kerkerräumen öffneten, wandte er den Kopf und sah in die Höhe. Sie befanden sich in einem finsteren kleinen Hof, der rundum von Mauern aus glatten Steinen umgeben war, die wie steile Felsen emporragten. Aber wenn er seinen Kopf in den Nacken legte, konnte Abdullah in einiger Entfernung eine schlanke Turmspitze sehen, die sich gegen das Gold des aufziehenden Morgens abzeichnete. Es überraschte ihn, dass es erst eine Stunde nach Sonnenaufgang sein musste. Über der Turmspitze war der Himmel tiefblau. Nur eine einzige Wolke stand dort.

Friedvoll. Das Morgenlicht färbte sie rot und golden und verlieh ihr das Aussehen eines hoch aufragenden Schlosses mit goldenen Fenstern. Goldenes Licht schimmerte auf den Flügeln eines weißen Vogels, der den Turm umkreiste. Abdullah war sich sicher, dass dies das letzte Schöne war, was er in seinem Leben sehen sollte. Noch während die Soldaten ihn nach drinnen stießen, blickte er unverwandt auf die schlossähnliche Wolke.

Er versuchte dieses Bild zu bewahren, als er in dem kalten, düsteren Kerker eingesperrt wurde. Aber es war unmöglich. Der Kerker war wie eine andere Welt. In den ersten Minuten war er viel zu traurig, um zu spüren, wie sehr ihn die Ketten beengten. Als es ihm auffiel, begann er sich auf dem kalten Boden klimpernd hin und her zu winden, um sie irgendwie zu lockern. Aber es half nicht viel.

»Ich muss mich darauf einstellen, hier mein Leben zu verbringen«, sagte er sich. »Jedenfalls so lange, bis Blume-in-der-Nacht gerettet wird.« Was nicht unbedingt zu erwarten war, da der Sultan sich ja weigerte, an die Geschichte mit dem Dschinn zu glauben.

Er versuchte seiner Verzweiflung mit seinem Tagtraum Herr zu werden. Aber irgendwie half ihm die Vorstellung, er sei ein entführter Prinz, jetzt kein bisschen. Er wusste ja, dass es nicht stimmte. Und voller Schuldgefühle dachte er wieder daran, dass Blume-in-der-Nacht es ihm geglaubt hatte. Sie musste sich entschlossen haben, ihn zu heiraten, weil sie ihn für einen Prinzen hielt – da sie ja selbst eine Prinzessin war, wie er jetzt wusste. Nie würde er es wagen, ihr die Wahrheit zu sagen. Und eine Weile kam es ihm so vor, als verdiente er tatsächlich das schlimmste Schicksal, das der Sultan sich für ihn ausdenken konnte.

Dann kreisten seine Gedanken um Blume-in-der-Nacht selbst. Wo immer sie jetzt war – sicher war sie mindestens genauso verängstigt und traurig wie er. Abdullah sehnte sich danach, sie zu trösten. So gern hätte er sie gerettet, dass er sogar eine Weile an seinen Ketten herumzerrte – natürlich ohne Erfolg.

»Da wahrscheinlich niemand anders etwas zu ihrer Rettung unternehmen wird«, murmelte er, »muss ich eben versuchen, hier rauszukommen.«

Es musste ihm gelingen, den Zauberteppich herbeizurufen – obwohl er sich sicher war, dass dies ein ebenso nutzloses Ansinnen war wie Trost in seinem Tagtraum finden zu wollen. Er stellte sich vor, wie der Teppich in seiner Basarbude auf dem Boden lag, und rief laut nach ihm – immer und immer wieder. Er sprach alle magisch klingenden Wörter aus, die ihm einfielen, und hoffte, dass eins von ihnen das Zauberwort sei. Aber nichts geschah. Es war ja auch albern zu glauben, dass es etwas bewirken könnte, überlegte Abdullah. Selbst wenn der Teppich ihn aus dem Kerker rufen hörte – und vorausgesetzt, Abdullah würde schließlich auf das Zauberwort kommen –, könnte sich doch selbst ein Zauberteppich niemals durch so ein kleines Gitter quetschen. Und mal angenommen, er hätte sich irgendwie hindurchgequetscht – würde dies Abdullah noch lange nicht helfen, selbst hinauszugelangen.

Abdullah gab auf und lehnte sich, halb dösend, halb verzweifelnd, gegen die Wand. Die heißeste Stunde des Tages, während der die meisten Leute in Zanzib eine kleine Pause einlegten, musste nun angebrochen sein. Wenn Abdullah zu dieser Zeit nicht einen der öffentlichen Gärten aufsuchte, setzte er sich normalerweise im Schatten seiner Bude auf einen Stapel der weniger wertvollen Teppiche, trank – sofern er es sich erlauben konnte – Fruchtsaft oder Wein und hielt einen kleinen Plausch mit Jamal. Damit war es nun vorbei. Und dies war erst der erste Tag, dachte er düster. Ab nun werde ich jede einzelne Stunde zählen. Wie lange wird es dauern, bis ich vergessen habe, welcher Tag ist?

Er schloss seine Augen. Etwas Gutes hatte das Ganze aber doch: Die Suche nach der Tochter des Sultans in allen Häusern der Stadt würde Fatima, Hakim und Assif wenigstens ein bisschen Ärger bereiten – einfach deshalb, weil sie bekanntermaßen Abdullahs einzige Familienangehörige waren. Er hoffte, dass die Soldaten in dem violetten Handelshaus das Unterste zuoberst kehrte. Dass sie die Wände einrissen und die Teppiche ausrollten. Er hoffte, sie verhafteten …

Auf dem Boden, vor Abdullahs Füßen, landete etwas.

Sie werfen mir etwas zu essen hinein, dachte Abdullah. Aber eher wollte er verhungern. Er öffnete langsam die Augen. Und riss sie plötzlich weit auf.

Vor ihm, auf dem Boden des Kerkers, lag der fliegende Teppich. Und darauf lag – friedlich schlafend – Jamals angriffslustiger Köter. Abdullah war fassungslos. Er konnte sich gut vorstellen, wie sich der Hund in der Mittagshitze im Schatten von Abdullahs Stand hingelegt hatte. Er konnte sich auch vorstellen, dass er sich auf einen Teppich gelegt hatte, weil es bequem war. Aber wie es einem Hund – *einem Hund!* – gelingen sollte, das Zauberwort auszusprechen – das lag jenseits seiner Auffassungsgabe! Während er den Hund betrachtete, begann dieser zu träumen. Seine Pfoten zuckten. Seine Lefzen zogen sich zurück und er schnüffelte, als wenn er den lieblichsten Geruch wahrnähme. Und dann stieß er ein leises Winseln aus, als wenn sich das, was auch immer er in seinem Traum gerochen hatte, wieder verflüchtigt hätte.

»Kann es sein, mein Freund«, sprach Abdullah ihn an, »dass du von mir geträumt hast und von dem Morgen, als ich dir fast mein ganzes Frühstück gegeben habe?«

Der Hund hörte ihn im Schlaf. Er stieß ein lautes Schnauben aus und erwachte. Ganz nach Hundeart verschwendete er keine Zeit damit, sich zu wundern, wie er in diesen seltsamen Kerker gelangt war. Er schnupperte und erkannte Abdullah. Mit einem begeisterten Jaulen sprang er auf, stellte seine Pfoten zwischen die Ketten auf Abdullahs Brust und leckte ihm voller Freude das Gesicht.

Abdullah lachte und drehte den Kopf weg, um seine Nase nicht dem fischigen Atem des Hundes aussetzen zu müssen. Er freute sich fast so wie der Hund. »Du hast also wirklich von mir geträumt?«, sagte er. »Mein Freund, ich werde dafür sorgen, dass du täglich eine ganze Schüssel Calamares bekommst. Du hast mein Leben gerettet, und das von Blume-in-der-Nacht möglicherweise auch.«

Als das Entzücken des Hundes ein wenig abgeklungen war, begann Abdullah sich rollend und kriechend auf dem Boden fortzubewegen, bis er, auf einen Ellbogen gestützt, auf dem Teppich lag. Er seufzte tief. Jetzt war er in Sicherheit. »Komm her«, sagte er zu dem Hund. »Komm zu mir auf den Teppich.«

Aber offenbar hatte der Hund in einer Ecke des Kerkers die Witterung einer Ratte aufgenommen. Er folgte der Spur mit begeistertem Schnauben. Bei jedem Schnauben fühlte Abdullah den Teppich unter sich erzittern. Und da ging ihm ein Licht auf: Das war es also!

»Komm her«, sagte er zu dem Hund. »Wenn ich dich hier lasse, werden sie dich finden, wenn sie kommen, um mich zu verhören. Sie werden glauben, dass ich mich in einen Hund verwandelt habe. Dann wird mein Schicksal deins sein. Du hast mir den Teppich gebracht und mir sein Geheimnis enthüllt. Und ich möchte dich nicht auf einem vierzig Fuß hohen Pfahl sehen müssen.«

Der Hund hatte seine Nase immer noch tief in die Ecke versenkt. Er schenkte Abdullah keinerlei Beachtung. Plötzlich hörte Abdullah das selbst durch die dicken Mauern des Kerkers unverwechselbare Trampeln von Füßen und das Rasseln von Schlüsseln. Da kam jemand! Er gab es auf, dem Hund weiter gut zuzureden. Stattdessen legte er sich flach auf den Teppich.

»Komm her, Junge«, sagte er. »Du darfst mir das Gesicht abschlecken.«

Das verstand der Hund sofort. Er kam aus der Ecke hervor, sprang Abdullah auf die Brust und gehorchte freudig.

»Teppich«, flüsterte Abdullah, halb erstickt von der eifrig schleckenden Zunge. »Zum Basar. Aber nicht dort landen. Bleib neben Jamals Bude in der Schwebe.«

Der Teppich erhob sich und machte einen Schlenker zur Seite – zum Glück! Denn schon hörte man, wie sich der Schlüssel im Schloss der Kerkertür drehte. Abdullah bekam nicht genau mit, wie der Teppich den Kerker verließ, denn der Hund leckte immer noch sein Gesicht ab, weswegen er gezwungen war, seine Augen geschlossen zu halten. Er fühlte nur einen nasskalten Schatten, der über ihn hinwegglitt – möglicherweise in dem Moment, als sie die Mauer durchdrangen –, und nur Sekunden später blendete sie helles Sonnenlicht. Der Hund hob verwirrt seine Schnauze in die Sonne. Abdullah schielte über seine Ketten hinweg und sah die Rückseite einer hohen Mauer erst vor sich und dann hinter sich zurückbleiben, als der Teppich sanft darüber hinwegschwebte. Sie flogen über eine Reihe von Türmen und Dächern, die Abdullah ziemlich bekannt vorkamen, da er sie erst in der vergangenen Nacht gesehen hatte. Und schließlich sank der Teppich herab und segelte zum äußeren Rand des Basars. Der Palast des Sultans lag tatsächlich nur fünf Minuten zu Fuß von Abdullahs Stand entfernt.

Jamals Bude kam in Sicht und daneben Abdullahs völlig zerstörter Stand, vor dem überall verstreut Teppiche herumlagen. Offensichtlich hatten die Soldaten hier nach Blume-in-der-Nacht gesucht. Jamal döste, mit dem Kopf auf den Armen, zwischen einem Topf mit siedendem Tintenfisch und einem Holzkohlengrill, auf dem Fleischspieße brieten. Als der Teppich vor ihm in der Luft stehen blieb, hob er den Kopf und öffnete sein einziges Auge.

»Hinunter, Junge«, sagte Abdullah. »Jamal, ruf mal deinen Hund.«

Verständlicherweise war Jamal sehr verängstigt. Es ist kein Vergnügen, seine Bude neben jemand zu haben, den der Sultan an einem Mast aufpfählen will. Es schien ihm die Sprache zu verschlagen. Da auch der Hund nicht reagierte, richtete sich Abdullah unter Rasseln, Scheppern und Schwitzen mühsam auf. Das ließ den Hund hochfahren. Behände sprang er zur Theke von Jamals Bude, wo dieser ihn mit abwesendem Blick in die Arme nahm. »Was soll ich tun?«, fragte er und schielte auf die Ketten. »Den Schmied holen?«

Abdullah war über diesen Freundschaftsbeweis gerührt. Allerdings hatte er in seiner aufrechten Position jetzt Ausblick auf die Wege zwischen den Buden. Er konnte die Sohlen fliehender Füße und ein flatterndes Gewand sehen. Anscheinend war ein Standbesitzer drauf und dran, die Wachen zu holen – wobei diese Person, die dort lief, etwas an sich hatte, das Abdullah stark an Assif erinnerte.

»Nein«, sagte er. »Dazu ist jetzt keine Zeit.« Unter Rasseln schob er sein linkes Bein über den Rand des Teppichs. »Aber etwas anderes kannst du für mich tun: Leg deine Hand auf die Stickerei auf meinem linken Stiefel.«

Gehorsam streckte Jamal seinen muskulösen Arm aus und berührte – sehr, sehr vorsichtig – die Stickerei. »Ist das ein Zauber?«, fragte er nervös.

»Nein«, sagte Abdullah. »Ein Geheimfach. Steck die Hand hinein und hol das Geld heraus.«

Jamal war verdattert. Aber seine Finger suchten und fanden den Weg in den geheimen Geldbeutel und kamen mit einer Faust voll Gold wieder heraus. »Das ist ja ein Vermögen«, sagte er. »Erkaufst du dir damit deine Freiheit?«

»Nein«, sagte Abdullah. »Aber deine. Sie werden dich und deinen Hund verfolgen, weil du mir geholfen hast. Nimm das Gold und den Hund und lauf weg. Verlass Zanzib. Zieh in den Norden zu den Barbaren. Da kannst du dich verstecken.«

»In den Norden?«, sagte Jamal. »Aber was soll ich denn im Norden?«

»Kauf dir, was du brauchst, und mach ein rashputisches Restaurant auf«, sagte Abdullah. »Gold hast du genug dazu, und du bist ein ausgezeichneter Koch. Du kannst dort dein Glück machen.«

»Wirklich?«, sagte Jamal und sah abwechselnd zwischen Abdullah und seiner Hand voll Geld hin und her. »Meinst du, dass ich das wirklich kann?«

Abdullah hatte vorsichtshalber die Straße im Auge behalten. Nun sah er, dass sie sich füllte, zwar nicht mit Wachen, aber mit Söldnern aus dem Norden. Und sie näherten sich im Laufschritt. »Nur, wenn du jetzt gehst«, sagte er.

Jamal hörte das Klong-Klong der rennenden Soldaten. Er blickte die Straße hinab, um sich selbst zu überzeugen. Dann pfiff er nach seinem Hund und war schon verschwunden, schnell und leise. Abdullah konnte ihn nur bewundern. Jamal hatte sogar noch Zeit gefunden, das Fleisch vom Grill zu nehmen, damit es nicht anbrannte. Alles, was die Soldaten hier noch vorfinden würden, war ein Kessel mit halbgarem Tintenfisch.

Abdullah flüsterte dem Teppich zu: »In die Wüste. Schnell.«

Augenblicklich schoss der Teppich mit seinem üblichen Schlenker los. Abdullah wäre sicher heruntergefallen, wenn er nicht die Ketten gehabt hätte, die mit ihrem Gewicht den Teppich in der Mitte wie eine Hängematte eindrückten. Aber das hohe Tempo war der Situation durchaus angemessen. Die Soldaten schrien ihm hinterher. Dann hörte man das laute Knallen von Schüssen. Einige Augenblicke lang frästen sich zwei Kugeln und der Bolzen einer Armbrust neben dem Teppich durch den blauen Himmel, bis sie schließlich zurückblieben. Der Teppich raste weiter, über Dächer, Mauern, an Türmen vorbei und dann über Palmen und Gemüsegärten. Schließlich schoss er in eine heiße, graue Einöde hinein, die unter einer riesigen Himmelskuppel weiß und gelb schimmerte, und Abdullahs Ketten wurden unangenehm warm.

Das Brausen der Luft ließ nach. Abdullah hob den Kopf und erblickte Zanzib als eine überraschend kleine Ansammlung von Türmen am Horizont. Der Teppich segelte gemächlich an jemand vorbei, der auf einem Kamel ritt und der daraufhin sein tief verschleiertes Gesicht dem Teppich zuwandte und ihm nachblickte. Dann begann der Teppich auf den Sand zu sinken. In diesem Moment wendete der Jemand sein Kamel und ließ es im Trott hinter dem Teppich herlaufen. Abdullah konnte ihm ansehen, wie er voller böser Absicht darüber nachdachte, dass dies seine Chance war, einen echten, funktionstüchtigen fliegenden Teppich in die Hände zu bekommen, dessen Besitzer in Ketten lag und sich nicht wehren konnte.

»Nach oben! Nach oben!«, schrie Abdullah den Teppich mehr oder weniger an. »Flieg nach Norden.«

Der Teppich erhob sich wieder in die Lüfte. Ärger und Verstimmtheit strömten aus jeder seiner Fasern. Er wendete in einem weiten Halbkreis und segelte gemächlich im Schritttempo Richtung Norden. Der Mensch auf dem Kamel schnitt den Halbkreis in der Mitte ab und wechselte in den Galopp. Da sich der Teppich nur gut zwei Meter über dem Boden befand, war er für jemand, der auf einem galoppierenden Kamel saß, ein leicht zu erhaschendes Ziel.

Abdullah hatte den Eindruck, dass es Zeit für ein kurzes Gespräch sei. »Nehmt Euch in Acht!«, rief er dem Kamelreiter zu. »Zanzib hat mich in Ketten vor die Tore geworfen, aus Angst, dass ich die Plage, an der ich leide, weiterverbreite.« Der Reiter war ein wenig verunsichert. Er zügelte sein Kamel und folgte etwas vorsichtigeren Schrittes, während er eine Zeltstange aus seinem Gepäck nestelte. Offensichtlich hatte er vor, Abdullah damit vom Teppich zu stoßen.

Abdullah wandte sich rasch an seinen Teppich: »O erlesenster aller Teppiche«, sagte er. »O strahlendst gemusterter und köstlichst gewebter, dessen liebliches Material so listig mit Magie verknüpft ist, ich fürchte, ich habe dich bislang nicht mit dem nötigen Respekt behandelt. Ich habe Befehle ausgestoßen und dich sogar angeschrien, wo ich doch nun sehe, dass dein zartes Gemüt nur die demütigsten Bitten erheischt. Vergib mir, o vergib!«

Das gefiel dem Teppich. Er straffte sein Gewebe ein wenig und legte eine Idee an Geschwindigkeit zu.

»Und, Hund, der ich bin«, fuhr Abdullah fort, »ich verursache dir solche Mühen in der Hitze der Wüste, die erschwert werden durch das furchtbare Gewicht meiner Ketten. O schönster und elegantester aller Teppiche, ich will jetzt nur noch an dich denken und wie ich dich am besten von diesem großen Gewicht befreien kann. Wenn du vielleicht mit verträglicher Geschwindigkeit – sagen wir, eine Kleinigkeit schneller, als ein Kamel galoppieren kann – zum nächstgelegenen Ort in der nördlichen Wüste fliegen könntest, wo ich jemand finden kann, der mir diese Ketten abnimmt – wäre das zu vereinbaren mit deinem liebenswerten und aristokratischen Charakter?«

Er schien den richtigen Ton angeschlagen zu haben. Der Teppich strahlte einen selbstzufriedenen Stolz aus. Er stieg etwa einen Fuß höher, korrigierte ein wenig die Richtung und flog dann mit zügigem Tempo weiter. Abdullah klammerte sich an den Rand und sah zurück zu dem enttäuschten Kamelreiter, der hinter ihnen schnell zu einem winzigen Punkt in der Wüste zusammenschnurrte.

»O edelstes aller Kunsterzeugnisse. Du bist der Sultan unter den Teppichen und ich bin dein nichtswürdiger Sklave«, sagte Abdullah ohne jede Scham.

Dem Teppich gefiel das so gut, dass er noch schneller dahinflog.

Zehn Minuten später wallte er über eine Sanddüne und kam auf der anderen Seite, gleich unterhalb der Spitze, überraschend zum Stillstand. Abdullah rollte in einer Wolke aus Sand hilflos hinunter. Und er rollte weiter, rasselnd, klappernd und klimpernd und immer mehr Sand mit sich reißend, und landete schließlich – in einer Woge Sand mit den Füßen voraus – direkt am Rand eines kleinen schlammigen Teichs in einer Oase. Eine Reihe zerlumpt gekleideter Leute, die am Rand dieser Pfütze standen und sich über irgendetwas beugten, sprangen auf und stoben auseinander, als Abdullah zwischen sie purzelte. Abdullahs Füße trafen auf das Ding, über das sie sich gebeugt hatten, und stießen es zurück in den Teich. Einer der Männer schrie entsetzt auf und rannte, um es zu retten, in den Teich hinein, dass das Wasser nur so spritzte. Die Übrigen zogen ihre Säbel und Messer – und in einem Fall auch eine lange Pistole – und umzingelten Abdullah mit drohenden Blicken.

»Schneidet ihm die Kehle durch«, sagte einer.

Abdullah blinzelte sich den Sand aus den Augen und dachte, dass er selten einen wilderen Haufen von Männern gesehen hatte. Sie hatten allesamt Narben, einen hinterhältigen Blick, schlechte Zähne und finstere Mienen. Der Mann mit der Pistole war der unangenehmste von allen. In einem Flügel seiner großen Hakennase trug er eine Art Ohrring. Und er hatte einen sehr buschigen Schnauzbart. Sein Turban wurde auf einer Seite von einem leuchtenden roten Stein in einer goldenen Fassung zusammengehalten.

»Wie kommst du hierher?«, fragte dieser Mann. Er verpasste Abdullah einen Tritt. »Erklär dich!«

Alle Männer, auch der, der mit einer Flasche aus dem Teich herausgewatet kam, sahen Abdullah mit einem Gesichtsausdruck an, der ihm empfahl, für sein plötzliches Erscheinen eine gute Erklärung zu liefern.

Andernfalls …

## 7. KAPITEL *in dem der Flaschengeist vorgestellt wird*

Während Abdullah weiterhin versuchte seine Augen durch Blinzeln vom Sand zu befreien, musterte er den Mann mit der Pistole eingehend. Er war das reinste Abbild des schrecklichen Räubers aus seinem Tagtraum. Das musste wieder einer dieser Zufälle sein …

»Ich bitte hundertmal um Entschuldigung, Kavaliere der Wüste«, sagte Abdullah mit größtmöglicher Höflichkeit, »dass ich Euch in diesem unwürdigen Aufzug belästige. Aber bin ich hier richtig, bei dem unvergleichlichen Kabul Akba, dem weltbekannten Banditen?«

Die wilden Männer um ihn herum sahen ihn verblüfft an. Abdullah hörte genau, wie einer sagte: »Woher weiß er das?« Der Mann mit der Pistole hingegen grinste nur höhnisch, wozu sein Gesicht bestens geeignet war: »Allerdings. Der bin ich«, sagte er. »Und berühmt bin ich auch noch?«

Es ist tatsächlich einer dieser Zufälle, dachte Abdullah. Nun, zumindest wusste er nun, wo er sich befand. »Ach, Ihr Wanderer in der Wildnis«, sagte er. »Ich bin – wie Ihr Ehrenwerten auch – ein Ausgestoßener und Unterdrückter. Ich habe ganz Rashput Rache geschworen. Ich bin eigens hierher gekommen, um mich Euch anzuschließen und die Kraft meines Geistes und meiner Muskeln den Euren hinzuzufügen.«

»Hattest du das tatsächlich vor?«, fragte Kabul Akba. »Und wie bist du hierher gekommen? Bist du vom Himmel gefallen, mit den Ketten und allem Drum und Dran?«

»Durch Zauberei«, antwortete Abdullah bescheiden. Er dachte, dass diese Antwort am besten geeignet war, um die Räuber zu beeindrucken. »Ich bin tatsächlich vom Himmel gefallen, nobelster aller Nomaden.«

Leider schienen die Männer aber nicht sonderlich beeindruckt zu sein. Die meisten lachten sogar. Mit einem Nicken schickte Kabul Akba zwei seiner Leute auf die Sanddüne hinauf, um Abdullahs Landeplatz in Augenschein zu nehmen. »Du kannst also zaubern?«, sagte er. »Haben vielleicht diese Ketten, die du trägst, etwas damit zu tun?«

»Natürlich«, sagte Abdullah. »Ich bin ein so mächtiger Zauberer, dass der Sultan von Zanzib persönlich mich aus Angst vor meinen Fähigkeiten in Ketten gelegt hat. Befreie mich aus diesen Ketten und löse meine Handschellen, dann wirst du die wunderbarsten Dinge erleben.« Aus dem Augenwinkel sah er die beiden Männer zurückkommen. Sie trugen den Zauberteppich. Abdullah hoffte sehr, dass dies eine glückliche Entwicklung war. »Wie Ihr wisst, behindert Eisen einen Zauberer bei der Ausübung von Magie«, sagte er ernst. »Ihr seid eingeladen, es von mir zu nehmen und zu sehen, wie sich eine neue Welt vor Euch auftut.«

Die übrigen Räuber sahen ihn zweifelnd an. »Wir haben aber keinen Meißel«, sagte einer. »Und auch keinen Hammer.«

Kabul Akba wandte sich den beiden Männern mit dem Teppich zu. »Mehr haben wir nicht gefunden«, berichteten sie. »Kein Anzeichen für etwas, worauf man reiten kann. Keine Spuren.«

Jetzt strich sich der Räuberhauptmann über seinen Schnauzbart. Abdullah fragte sich, ob er sich nicht manchmal in seinem Nasenring verhedderte. »Hm«, sagte er. »Dann möchte ich wetten, dass es ein Zauberteppich ist. Ich werde ihn behalten.« Er wandte sich voller Spott an Abdullah. »Tut mir Leid, dich enttäuschen zu müssen, Zauberer«, sagte er. »Aber da du dich ja praktischerweise gleich in Ketten geliefert hast, werde ich dich einfach so liegen lassen und mich deines Teppichs bemächtigen. Vorsichtshalber. Wenn du dich uns wirklich anschließen willst, kannst du dich ja erst einmal nützlich machen.«

Zu seiner großen Überraschung stellte Abdullah fest, dass er eher wütend als ängstlich war. Vielleicht hatte er ja schon all seine Angst an diesem Morgen vor dem Thron des Sultans verbraucht? Vielleicht lag es aber auch nur daran, dass ihm alles wehtat. Als er die Sanddüne hinuntergerutscht war, hatte er sich überall

Aufschürfungen zugezogen. Abdullah fühlte sich wund am ganzen Körper und eine seiner Fußfesseln scheuerte ganz furchtbar. »Aber ich habe Euch doch gesagt«, sagte er herablassend, »dass ich Euch nicht von Nutzen sein kann, solange ich die Ketten trage.«

»Deine Zauberkünste brauchen wir ja auch nicht«, sagte Kabul Akba. »Wir brauchen dein Wissen.« Er winkte dem Mann zu, der in den Teich gewatet war. »Erklär uns, was das hier für ein Ding ist«, sagte er, »und vielleicht lösen wir dann zum Dank deine Fußfesseln.«

Der Mann ging in die Knie und zeigte Abdullah eine rauchblaue, bauchige Flasche. Abdullah stützte sich auf die Ellbogen und betrachtete sie nachdenklich. Sie schien ganz neu zu sein. Durch das rauchige Glas des Halses war ein sauberer neuer Korken zu erkennen, der mit einem gestempelten Bleisiegel verschlossen war, das ebenfalls neu zu sein schien. Die Flasche sah aus wie ein Parfümflakon, von dem das Etikett abgegangen war. »Sie ist ziemlich leicht«, sagte der Mann, der neben ihm kniete, und schüttelte die Flasche. »Und sie rasselt und gluckert auch nicht.«

Abdullah dachte darüber nach, wie er die Situation nutzen konnte, um seine Ketten loszuwerden. »Das ist die Flasche eines Flaschengeistes«, sagte er. »Wisset, Wohnhafte der Wüste, dass so ein Geist sehr gefährlich sein kann. Nehmt mir um Himmels willen diese Ketten ab! Dann werde ich den Flaschengeist zähmen und

Sorge dafür tragen, dass er all Euren Wünschen gehorcht. Im Übrigen sollte diese Flasche lieber nicht berührt werden.«

Der Mann, der die Flasche in der Hand hielt, ließ sie eilig fallen, aber Kabul Akba lachte nur und hob sie wieder auf. »Sieht eher nach etwas Gutem zu trinken aus«, sagte er. Er drückte die Flasche einem anderen Mann in die Hand. »Mach sie auf.« Der Mann legte seinen Säbel ab und holte ein großes Messer hervor, mit dem er auf das Bleisiegel einhieb.

Abdullah sah seine Chance, die Ketten loszuwerden, schwinden. Und was noch schlimmer war: Er würde als Betrüger entlarvt werden. »Es ist wirklich sehr gefährlich, o Rubine unter den Räubern«, protestierte er. »Wenn Ihr das Siegel geöffnet habt, dürft Ihr auf keinen Fall den Korken herausziehen.«

Während er sprach, riss der Mann das Siegel ab und ließ es in den Sand fallen. Dann versuchte er den Korken herauszuziehen, während ein anderer Mann die Flasche festhielt.

»Wenn Ihr den Korken schon herausziehen müsst«, brabbelte Abdullah, »dann klopft vorher wenigstens auf richtige Weise, und sooft es der Zauber erfordert, an die Flasche, damit der Flaschengeist schwört …«

PLOPP. Der Korken glitt heraus. Ein feiner malvenfarbener Nebel stieg aus dem Flaschenhals auf. Abdullah hoffte, dass er giftig sei. Aber beinahe im selben Moment wuchs sich der Nebel zu einer Wolke aus, die aus der Flasche emporstieg wie ein bläulich-malvenfarbener Dampf aus einem kochenden Wasserkessel. Dieser Dampf formte sich zu einem Gesicht – groß und ärgerlich und blau – und Armen und dem Umriss eines Körpers, der mit der Flasche verbunden war. Das ganze Gebilde wuchs immer weiter, bis es mindestens zehn Fuß groß war.

»Ich habe geschworen«, brüllte das Gesicht mit lauter, durchdringender Stimme, »dass der, der meine Flasche öffnet, büßen soll. So!« Die Arme vollführten einige Bewegungen.

Die beiden Männer mit dem Korken und der Flasche schienen sich aufzulösen. Korken und Flasche fielen zu Boden, was den Flaschengeist zwang, sich seitlich aus dem Flaschenhals herauszubeugen. Unter dem bläulichen Nebel krochen zwei große Kröten hervor, die sich verwirrt umsahen. Der Flaschengeist stellte sich langsam und in wallenden Bewegungen aufrecht und schwebte dann, seine Raucharme verschränkt und mit einem Ausdruck schrecklichster Wut auf dem Gesicht, über der Flasche.

Inzwischen waren alle außer Abdullah und Kabul Akba fortgelaufen. Abdullah nicht, weil er sich in seinen Ketten kaum bewegen konnte, und Kabul Akba nicht, weil er offenbar unerwartet mutig war. Der Flaschengeist sah auf sie beide herab.

»Ich bin der Sklave der Flasche«, sagte er. »Sosehr ich die ganze Angelegenheit hasse und verachte, muss ich euch sagen, dass der, der mich besitzt, jeden Tag einen Wunsch frei hat, und dass ich gezwungen bin, ihn zu erfüllen.« Und mit drohender Stimme fügte er hinzu: »Was ist Euer Wunsch?«

»Ich will …«, begann Abdullah. Aber Kabul Akba verschloss Abdullahs Mund blitzschnell mit seiner stinkenden Hand. »Ich bin hier derjenige, der sich etwas wünschen kann«, sagte er. »Dass das mal klar ist, Flaschengeist.«

»Ich höre«, sagte der Geist. »Was ist dein Wunsch?«

»Einen Moment«, sagte Kabul Akba. Er senkte sein Gesicht nah an Abdullahs Ohr. Sein Atem roch noch schlimmer als seine Hand, allerdings war beides – wie Abdullah zugeben musste – verglichen mit Jamals Hund eine Lappalie. »Pass auf, Zauberer«, flüsterte der Bandit. »Du hast bewiesen, dass du weißt, wovon du sprichst. Sag mir, was ich mir wünschen soll, dann werde ich einen freien Mann aus dir machen und ein ehrenvolles Mitglied meiner Bande. Wenn du aber versuchst, dir selbst etwas zu wünschen, bringe ich dich um. Verstanden?« Er drückte den Lauf seiner Pistole an Abdullahs Kopf und sagte laut: »Was soll ich mir wünschen?«

»Tja«, sagte Abdullah. »Der weiseste und freundlichste Wunsch wäre, dass sich Eure beiden Kröten wieder in Männer zurückverwandeln.«

Kabul Akba warf einen überraschten Blick auf die beiden Kröten. Sie krochen unsicher am schlammigen

Ufer des Teichs entlang und waren sich offenbar nicht im Klaren, ob sie schwimmen konnten oder nicht. »Ein überflüssiger Wunsch«, sagte er. »Denk weiter nach.«

Abdullah zermarterte sich sein Gehirn, was einem Räuberhauptmann wohl am besten gefallen würde. »Ihr könntet Euch natürlich grenzenlosen Reichtum wünschen«, sagte er. »Aber dann müsstet Ihr Euer Geld selbst tragen. Darum solltet Ihr Euch vielleicht lieber erst einmal eine Herde kräftiger Kamele wünschen. Und natürlich müsstet Ihr diesen Schatz auch beschützen. Vielleicht sollte Euer erster Wunsch eine vollständige Ausrüstung, bestehend aus den berühmten Waffen des Nordens, sein, oder …«

»Aber welche denn?«, wollte Kabul Akba wissen. »Beeil dich. Der Flaschengeist wird langsam ungeduldig.«

Das stimmte. Der Flaschengeist klopfte zwar nicht gerade mit dem Fuß auf den Boden, aber irgendetwas in seinem finster blickenden blauen Gesicht ließ erkennen, dass gleich noch zwei Kröten am Teich sitzen würden, wenn er noch lange warten musste.

Ein kurzer Augenblick der Besinnung reichte, um Abdullah davon zu überzeugen, dass sich die Situation – bei all seinen Ketten – noch zuspitzen würde, wenn er in eine Kröte verwandelt würde. »Warum wünscht Ihr Euch nicht einfach ein ordentliches Festmahl?«, sagte er matt.

»Das ist eine gute Idee«, sagte Kabul Akba. Er klopfte

Abdullah wohlwollend auf die Schulter und sprang auf. »Ich wünsche mir ein üppiges Festmahl«, sagte er.

Der Flaschengeist verbeugte sich, etwa wie die Flamme einer Kerze, die sich im Luftzug neigt. »Schon geschehen«, sagte er säuerlich. »Wohl bekomm's.« Und er ließ sich vorsichtig zurück in seine Flasche gleiten. Es war ein wirklich pompöses Festmahl. Es erschien sofort, mit einem dumpfen, lauten Knall, auf einer langen Tafel unter gestreiften Markisen, die Schatten spendeten, und mit Dienern in Uniform, die servierten. Die übrigen Banditen legten ihre Furcht sehr schnell ab und eilten herbei, um sich auf den Kissen niederzulassen und die köstlichsten Speisen von goldenen Tellern zu essen, während sie gleichzeitig den Sklaven mit lauter Stimme befahlen, noch mehr, mehr, mehr zu bringen! Wie Abdullah herausfand, als er Gelegenheit hatte, mit einigen der Sklaven zu sprechen, waren sie Diener des Sultans von Zanzib. Und das Festmahl war eigentlich für den Sultan gedacht.

Nach dieser Neuigkeit fühlte Abdullah sich ein wenig besser. Das Fest verbrachte er allerdings noch an eine Palme gelehnt in Ketten. Obwohl er nichts anderes von Kabul Akba erwartet hatte, grämte es ihn doch. Aber wenigstens erinnerte sich der Räuberhauptmann von Zeit zu Zeit an ihn und schickte, mit einer großzügigen Geste seiner Hand, einen Sklaven mit einem goldenen Teller oder einem Becher Wein zu ihm.

Denn es war von allem genug da. Immer wieder gab

es einen dumpfen Knall, und ein neuer Gang traf ein, der von einer neuen Schar verstörter Sklaven aufgetragen wurde, oder ein offenbar aus dem Weinkeller des Sultans stammendes Fass auf einem mit Juwelen besetzten Karren, oder eine erstaunt blickende Gruppe von Musikanten. Sooft Kabul Akba einen neuen Sklaven zu Abdullah sandte, beantwortete dieser Abdullah höchst bereitwillig einige Fragen.

»Wirklich, erhabener Gefangener eines Wüstenkönigs«, sagte der eine, »der Sultan war höchst erbost, als der erste und der zweite Gang auf so mysteriöse Weise verschwanden. Beim dritten Gang, diesem gebratenen Pfau, den ich gerade auftrage, befahl er einer Gruppe von Söldnern, dass sie uns auf dem Weg von der Küche begleiten sollten. Aber wir wurden ihnen von der Seite gerissen, als wir die Tür des Festsaals erreichten, und fanden uns stattdessen im selben Moment in der Oase wieder.«

Abdullah schätzte, dass der Sultan mittlerweile einen Mordshunger haben musste.

Später erschien eine Gruppe Tänzerinnen, die auf dieselbe Weise entführt worden waren. Was den Sultan sicher noch mehr erbost hatte. Diese Tänzerinnen machten Abdullah traurig. Er dachte an Blume-in-der-Nacht, die zweimal so hübsch war wie jede einzelne dieser Tänzerinnen, und Tränen traten in seine Augen. Während die Begeisterung rund um den Tisch wuchs, saßen die beiden Kröten am seichten Ufer des Teiches und quakten gramvoll. Ohne Zweifel waren sie von der Angelegenheit mindestens genauso enttäuscht wie Abdullah.

Als es Nacht wurde, verschwanden die Sklaven, die Musiker und die Tänzerinnen. Die Reste des Essens aber und der Wein blieben. Bis dahin hatten die Räuber sich bereits die Bäuche voll geschlagen und danach sogar noch mal zugegriffen. Schließlich schliefen die meisten da ein, wo sie sich zum Essen niedergelassen hatten. Zu Abdullahs Missfallen stand Kabul Akba aber – ruhelos, wie er war – noch mal auf und holte die Flasche mit dem Flaschengeist unter dem Tisch hervor. Er vergewisserte sich, dass sie verkorkt war. Dann ging er hinüber zum Zauberteppich und legte sich, mit der Flasche in der Hand, darauf. Dann schlief er sofort ein.

Den Rücken gegen die Palme gelehnt, saß Abdullah von wachsender Sorge erfüllt da. Wenn der Flaschengeist die gestohlenen Sklaven zurück in den Palast nach Zanzib gebracht hatte – und es schien sehr wahrscheinlich, dass er das getan hatte –, dann würde es jemand geben, der ihnen wütend Fragen stellte. Sie würden allesamt dieselbe Geschichte erzählen, dass sie gezwungen worden waren, eine Räuberbande zu bedienen, während ein gut gekleideter junger Mann in Ketten an eine Palme gelehnt dabeisaß und zusah. Der Sultan würde zwei und zwei zusammenzählen. Er war ja nicht dumm. Und vielleicht wurde gerade in diesem Moment eine

Truppe auf schnellen Kamelen ausgesandt, um die Wüste nach einer bestimmten kleinen Oase abzusuchen.

Aber das war nicht Abdullahs Hauptproblem. Den schlafenden Kabul Akba betrachtete er mit weitaus größeren Bedenken. Er war drauf und dran, den fliegenden Teppich und gleichzeitig vor allem einen extrem nützlichen Flaschengeist zu verlieren.

Wie es kommen musste, rollte Kabul Akba nach etwa einer halben Stunde auf den Rücken und blieb mit offenem Mund liegen. Und wie es zweifellos auch Jamals Hund getan hatte und Abdullah selbst ebenfalls – allerdings bestimmt nicht derart geräuschvoll! –, stieß Kabul Akba ein ungeheuer lautes, rasselndes Schnauben und Schnarchen aus. Der Teppich erzitterte. Abdullah konnte im Licht des aufgehenden Mondes beobachten, wie er sich etwa einen Fuß in die Höhe erhob, wo er stehen blieb und wartete. Abdullah nahm an, dass er damit beschäftigt war, herauszufinden, was Kabul Akba gerade träumte. Abdullah hatte keine Ahnung, was ein Räuberhauptmann träumen mochte. Aber der Teppich schien es zu wissen. Er stieg in die Höhe und setzte sich in Bewegung.

Abdullah sah, wie er über die Palmwedel über ihm glitt, und machte einen verzweifelten Versuch, ihn zu beeinflussen.

»O unglücklichster aller Teppiche!«, rief er zärtlich. »Ich würde dich so viel höflicher behandeln.«

Vielleicht hatte der Teppich ihn gehört. Oder vielleicht war es auch nur ein Zufall. Aber etwas Bauchiges und sanft Schimmerndes rollte vom Rand des Teppichs herab und fiel mit einem leisen Kling! in den Sand, nur ein kleines Stück weit von Abdullah entfernt. Es war die Flaschengeist-Flasche. Abdullah streckte den Arm aus – so schnell er dies ohne allzu lautes Rasseln und Klimpern seiner Ketten vermochte –, zog die Flasche zu sich und versteckte sie zwischen seinem Rücken und der Palme. Dann blieb er sitzen und wartete, schon wesentlich hoffnungsvoller, auf den Morgen.

## 8. KAPITEL *in dem Abdullahs Tagträumen weiter wahr werden*

Genau in dem Moment, als die Sonne die Sanddünen in ein hellrosa Licht tauchte, zog Abdullah den Korken aus der Flasche des Flaschengeists.

Wieder quoll Dampf heraus, ein bläulich-malvenfarbener Strahl stieg nach oben und nahm die Form des Flaschengeists an, der – sofern das möglich war – noch ärgerlicher als beim ersten Mal aussah. »Ich sagte, einen Wunsch pro Tag«, verkündete die dröhnende Stimme.

»Ja, richtig. Und dies ist ein neuer Tag, malvenfarbener Magnifikus. Ich bin dein neuer Besitzer«, sagte Abdullah. »Und ich habe einen ganz einfachen Wunsch: Ich will diese Ketten loswerden.«

»Das lohnt ja kaum, darauf einen Wunsch zu verschwenden«, sagte der Flaschengeist abfällig und zog sich eilig wieder in seine Flasche zurück. Abdullah wollte gerade einwenden, dass es für ihn aber äußerst wichtig war, diese Ketten loszuwerden, auch wenn der Flaschengeist diesen Wunsch zu gewöhnlich fand, als er plötzlich feststellte, dass er sich wieder ohne Rasseln und Klimpern bewegen konnte. Er sah an sich hinunter, die Ketten waren verschwunden.

Abdullah presste den Korken wieder in den Flaschenhals und stand auf. Seine Glieder waren schrecklich steif. Um sich überhaupt bewegen zu können, musste er sich erst einmal flinke Kamele mit Soldaten auf dem Rücken vorstellen, die auf die Oase zugaloppierten, und das, was passieren würde, wenn die Räuber aufwachten und ihn ohne Ketten vorfanden. Das brachte ihn auf die Beine. Wie ein alter Mann humpelte er zur Festtafel. Dort sammelte Abdullah sehr vorsichtig, um all die Räuber nicht zu stören, die dort mit den Gesichtern auf dem Tischtuch eingeschlafen waren, ein wenig Essen zusammen und wickelte es in eine Serviette. Er griff nach einer Flasche Wein und band sie und die Flasche des Flaschengeistes mit zwei weiteren Servietten an seinen Gürtel. Zum Schluss nahm er noch eine Serviette, um damit seinen Kopf zu bedecken, falls er einen Sonnenstich bekommen würde – Reisende hatten ihm erzählt, dass dies in der Wüste eine echte Gefahr war. Dann machte sich Abdullah, so schnell er humpeln konnte, auf den Weg in Richtung Norden.

Nachdem er eine Weile gelaufen war, ließ die Steifheit allmählich nach. Das Gehen wurde richtig angenehm und die erste Hälfte des Vormittags schritt Abdullah entschlossen aus, dachte an Blume-in-der-Nacht, aß schmackhafte Pasteten und nahm während des Wanderns immer mal wieder einen Schluck aus der Weinflasche. Die zweite Hälfte des Vormittags war weniger gut. Die Sonne stand senkrecht über ihm. Der

Himmel wurde gleißend hell und alles flimmerte. Abdullah wünschte sich, dass er den Wein weggegossen und stattdessen die Flasche in dem schlammigen Teich mit Wasser gefüllt hätte. Wein half nicht gegen Durst, sondern machte ihn nur noch schlimmer. Er befeuchtete die Serviette mit Wein und legte sie sich über den Nacken, wo sie nach kurzer Zeit wieder trocknete. Gegen Mittag glaubte er sterben zu müssen. Die Wüste verschwamm vor seinen Augen, und das gleißende Licht schmerzte. Er kam sich vor wie ein Stück lebende Grillkohle.

»Das Schicksal hat offenbar beschlossen, dass sich auch wirklich mein ganzer Tagtraum erfüllen soll«, krächzte er.

Bisher hatte Abdullah gedacht, er hätte sich seine Flucht vor dem schrecklichen Kabul Akba bereits in allen Einzelheiten ausgemalt. Jetzt aber merkte er, wie weit seine Vorstellungen von der Realität entfernt gewesen waren. Wie furchtbar es tatsächlich war, in sengender Hitze herumzulaufen, während ihm unentwegt Schweiß in die Augen rann. Wie der Sand auf unerklärliche Weise überallhin gelangte, sogar in seinen Mund. Und sein Tagtraum hatte nicht berücksichtigt, wie schwierig es war, sich an der Sonne zu orientieren, wenn die Sonne direkt über einem stand. Der winzige Fleck Schatten um seine Füße herum gab ihm keine Auskunft über seine Marschrichtung. Er musste immer wieder zurückblicken, ob die Spur seiner Füße gerade verlief. Das beunruhigte ihn, weil er damit Zeit vergeudete.

Schließlich – vergeudete Zeit hin oder her – war Abdullah gezwungen anzuhalten und Rast zu machen. Er kauerte sich in eine Sandkuhle, wo es ein wenig Schatten gab, und fühlte sich wie ein Stück Fleisch auf Jamals Holzkohlengrill. Abdullah tauchte die Serviette in den Wein und legte sie über seinen Kopf. Und dann sah er zu, wie der Wein in roten Tropfen auf seine besten Kleider herabrann. Das Einzige, was ihn weiter daran glauben ließ, dass er nicht sterben würde, war die Prophezeiung für Blume-in-der-Nacht. Wenn das Schicksal entschieden hatte, dass sie ihn heiraten sollte, dann musste er überleben – weil er ja noch nicht mit ihr verheiratet war. Seine Gedanken wandten sich wieder seiner eigenen Prophezeiung zu, die sein Vater aufgeschrieben hatte. Sie konnte mehr als eine Bedeutung haben. Und vielleicht war sie sogar schon wahr geworden. Denn war er nicht dadurch über alle im Land erhöht worden, dass er mit einem Zauberteppich geflogen war? Oder bezog sie sich vielleicht doch auf einen vierzig Fuß hohen Pfahl? Diese Vorstellung zwang Abdullah aufzustehen und weiterzulaufen.

Der Nachmittag wurde noch schlimmer. Abdullah war jung und gesund, aber das Leben eines Teppichhändlers kennt keine langen Fußmärsche. Von den Fersen bis zur Schädeldecke tat ihm alles weh, nicht zu vergessen seine Zehen, die ganz wund geworden waren.

Außerdem stellte sich jetzt heraus, dass der eine seiner Stiefel an der Stelle scheuerte, wo sich das Geheimfach befand. Seine Beine waren so müde, dass er sie kaum bewegen konnte. Aber er wusste, dass er den Horizont zwischen sich und die Oase legen musste, bevor die Räuber begannen, nach ihm Ausschau zu halten, und bevor die Reihe der flinken Kamele auftauchte. Da Abdullah sich über die Entfernung bis zum Horizont nicht im Klaren war, schleppte er sich weiter.

Am Abend hielt ihn nur noch die Gewissheit aufrecht, dass er am nächsten Tag Blume-in-der-Nacht wiedersehen würde. Das sollte nämlich sein nächster Wunsch an den Flaschengeist sein. Nebenbei schwor Abdullah, niemals mehr Wein zu trinken und kein einziges Sandkorn mehr anzusehen. Als die Nacht kam, ließ er sich am Fuß einer Sanddüne fallen und schlief ein.

Als der Morgen graute, klapperten seine Zähne und er fragte sich, ob er schon Frostbeulen hatte. Nachts war die Wüste so kalt, wie sie tagsüber glühend heiß war. Abdullah tröstete sich mit dem Gedanken, dass seine Probleme so gut wie überwunden waren. Er setzte sich auf die geschütztere Seite der Düne, blickte nach Osten, in den goldenen Anbruch der Dämmerung, und labte sich mit dem letzten Rest seines Essens und einem letzten Schluck des verhassten Weines. Seine Zähne hörten zu klappern auf, aber er hatte einen Geschmack im Mund, der ihn an den Atem von Jamals Hund erinnerte.

Es war so weit. Voller Vorfreude lächelnd, zog Abdullah den Korken aus der Flaschengeist-Flasche.

Der malvenfarbene Rauch wallte heraus und richtete sich zu der unsympathischen Erscheinung des Flaschengeistes auf. »Weshalb grinst du?«, fragte die dröhnende Stimme.

»Wegen meines Wunsches, o Amethyst unter den Flaschengeistern, dessen Farbe schöner ist als die der Stiefmütterchen«, antwortete Abdullah. »Mögen Veilchen deinen Atem versüßen. Ich möchte, dass du mich an die Seite meiner zukünftigen Braut trägst, zu Blume-in-der-Nacht.«

»Ach, tatsächlich?« Der Flaschengeist verschränkte seine Raucharme, drehte sich ein paarmal um sich selbst und blickte in alle Richtungen. Was, zu Abdullahs Überraschung, den Teil von ihm, der im Flaschenhals steckte, in eine elegante Korkenzieherform brachte. »Und wo ist die junge Dame?«, fragte der Flaschengeist ungeduldig, als er sich wieder zu Abdullah wandte. »Ich kann sie nirgends entdecken.«

»Sie ist von einem Dschinn aus ihrem Garten im Palast des Sultans von Zanzib entführt worden«, berichtete Abdullah.

»Das erklärt natürlich alles«, sagte der Flaschengeist. »Ich kann dir deinen Wunsch nicht erfüllen. Sie ist nirgendwo auf der Erde.«

»Dann muss sie sich wohl noch im Reich des Dschinns befinden«, sagte Abdullah ängstlich. »Und du, o violetter Prinz unter den Flaschengeistern, kennst dieses Reich doch sicher wie deine Westentasche.«

»Da sieht man mal, wie beschränkt du bist«, sagte der Flaschengeist. »Ein Geist in der Flasche ist von allen Geisterreichen ausgeschlossen. Wenn sich deine Liebste dort befindet, kann ich dir nicht helfen. Ich kann dir nur raten, den Korken wieder auf meine Flasche zu stecken und dich auf den Weg zu machen. Aus dem Süden nähert sich nämlich ein großer Trupp Kamele.«

Abdullah sprang auf die Kuppe der Sanddüne. Tatsächlich kam mit sanften Wiegeschritten die Reihe flinker Kamele auf ihn zu, vor der er sich gefürchtet hatte. Obwohl die Soldaten auf ihren Kamelen durch die Entfernung nur wie dunkelblaue Schatten wirkten, konnte er an ihren Umrissen erkennen, dass sie bis an die Zähne bewaffnet waren.

»Siehst du?«, sagte der Flaschengeist und blies sich auf, bis er genauso groß wie Abdullah war. »Es kann natürlich sein, dass sie dich nicht entdecken. Allerdings bezweifle ich das.« Diese Vorstellung bereitete ihm offensichtlich Vergnügen.

»Du musst mir einen anderen Wunsch erfüllen, und zwar schnell«, sagte Abdullah.

»O nein!«, sagte der Flaschengeist. »Einen Wunsch am Tag. Und du hattest schon einen.«

»Das ist richtig, o Herrlichkeit aus lila Rauch«, stimmte Abdullah hastig und mit wachsender Verzweiflung zu. »Aber das war ein Wunsch, den du nicht erfüllen konntest. Und die Bedingungen lauten – ich habe es genau gehört, als du sie das erste Mal erwähnt hast –, dass du deinem Besitzer täglich einen Wunsch *erfüllst*. Und das hast du bis jetzt nicht getan.«

»Um Himmels willen!«, sagte der Flaschengeist angewidert. »Der junge Mann ist ja ein Korinthenkacker.«

»Von mir aus bin ich das!«, sagte Abdullah ziemlich hitzig. »Jedenfalls bin ich ein Bürger Zanzibs. Und dort lernt schon jedes Kind, auf seine Rechte zu achten, denn es kann sicher sein, dass niemand anders sie achten wird. Und ich beanstande, dass du mir heute noch keinen Wunsch *erfüllt* hast.«

»Haarspaltereien!«, sagte der Flaschengeist und schwebte anmutig mit gekreuzten Armen vor Abdullah. »Du hast dir etwas gewünscht.«

»Aber der Wunsch ist nicht erfüllt worden«, beharrte Abdullah.

»Es ist nicht meine Schuld, wenn du dir Dinge wünschst, deren Erfüllung mir unmöglich ist«, sagte der Flaschengeist. »Es gibt Millionen hübscher Mädchen, zu denen ich dich stattdessen bringen könnte. Wenn du grünes Haar magst, kann ich dir eine Meerjungfrau besorgen. Oder kannst du vielleicht nicht schwimmen?«

Die Reihe galoppierender Kamele war nun schon ein gutes Stück näher gekommen. Abdullah sagte schnell: »Bedenke eins, o schimmernde Perle der Zauberei, und lass dich erweichen: Diese Soldaten, die sich uns nähern, werden mir sicher, sobald sie bei uns sind, die Flasche abnehmen. Wenn sie dich zum Sultan bringen, wird er dich zwingen, ihm tagtäglich die aufwändigsten Wünsche zu erfüllen. Du wirst ihm Waffen und Armeen liefern müssen und Feinde, die er unterwerfen kann. Wenn die Soldaten dich aber selbst behalten – und das könnte durchaus der Fall sein, denn nicht alle Soldaten sind ehrlich –, wirst du von Hand zu Hand gereicht werden und musst möglicherweise mehrere Wünsche täglich erfüllen. Einen für jedes Mitglied der Truppe. In beiden Fällen wirst du viel härter arbeiten müssen als für mich, der nur eine Kleinigkeit von dir verlangt.«

»Was für eine Beredsamkeit!«, sagte der Flaschengeist. »Obwohl du irgendwie Recht hast. Aber hast du andererseits einmal daran gedacht, welch vielfältige Gelegenheiten ich beim Sultan oder seinen Soldaten hätte, Unheil anzurichten?«

»Unheil?«, fragte Abdullah, während seine Augen ängstlich die dahingaloppierenden Kamele verfolgten.

»Ich habe nie gesagt, dass ich durch die Erfüllung der Wünsche Gutes stiften will«, sagte der Flaschengeist. »Sondern ich habe sogar geschworen, dass ich dadurch so viel Schaden wie möglich anrichten werde. Diese Räuber, zum Beispiel, sind jetzt schon alle auf dem Weg ins Gefängnis – oder noch Schlimmeres. Weil sie das Festmahl des Sultans gestohlen haben. Die Soldaten haben sie in der letzten Nacht gefangen genommen.«

»Wenn du mir diesen Wunsch nicht erfüllst, bereitest du mir ein noch viel größeres Unheil«, sagte Abdullah. »Und im Gegensatz zu den Räubern habe ich es nicht verdient.«

»Zähle dich ruhig zu den Pechvögeln«, sagte der Flaschengeist. »Dann sind wir schon zu zweit. Ich habe es ja auch nicht verdient, in diese Flasche gesperrt zu sein.«

Die Reiter waren nun nah genug herangekommen, um Abdullah sehen zu können. Er hörte, wie sie herumbrüllten, und sah, wie sie ihre Waffen bereitmachten.

»Dann gewähre mir den Wunsch von morgen«, drängte er.

»Das könnte eine Lösung sein«, stimmte der Flaschengeist zu. Zu Abdullahs großem Erstaunen. »Also. Was wünschst du dir?«

»Bring mich zu dem Menschen, der mir am ehesten helfen kann, Blume-in-der-Nacht zu finden«, sagte Abdullah und bückte sich, um die Flasche aufzuheben. »Schnell«, fügte er hinzu, während sich der Flaschengeist über ihm auftürmte.

Aber der Flaschengeist schien ein wenig verwirrt. »Das ist ja merkwürdig«, sagte er. »Meine Vorhersehungskraft ist normalerweise hervorragend. Aber das hier passt irgendwie nicht zusammen.«

Eine Kugel schlug ganz in der Nähe im Sand ein. Abdullah rannte los, wobei er den Flaschengeist wie eine

Kerze mit riesiger bläulicher Rauchfahne unter dem Arm trug. »Bring mich einfach zu dieser Person!«, schrie er.

»Das werde ich auch tun«, sagte der Flaschengeist. »Vielleicht kannst du dir ja einen Reim darauf machen.«

Unter Abdullahs rennenden Füßen schien sich die Erde plötzlich zu drehen. Bald schon durchquerte er mit riesigen Schritten Länder, die ihm entgegenrasten. Obwohl sein aberwitziges Tempo in Verbindung mit der sich drehenden Erde alles verschwimmen ließ – abgesehen von dem Flaschengeist, der gleichmäßig aus der Flasche in seiner Hand strömte –, merkte Abdullah, dass die Reiter auf ihren Kamelen binnen weniger Augenblicke hinter ihm zurückblieben. Abdullah lächelte und lief gelassen weiter, den kühlen Wind genießend. So ging es eine ganze Weile. Dann blieb plötzlich alles stehen.

Abdullah rang nach Luft. Er befand sich mitten auf einer Landstraße und sah sich um. Diese neue Umgebung war ziemlich gewöhnungsbedürftig. Es war kühl hier, etwa wie in Zanzib im Frühjahr, und das Licht war anders. Obwohl die Sonne hell von einem blauen Himmel schien, verströmte sie ein Licht, das schwächer und bläulicher war, als Abdullah es aus seiner Heimat kannte. Es mochte daran liegen, dass längs der Straße so viele dicht belaubte Bäume standen, die über alles ihre grünen Schatten warfen. Oder an dem sattgrünen Gras, das am Straßenrand wuchs. Abdullah ließ seinen Augen Zeit, sich den neuen Lichtverhältnissen anzupassen, und hielt dann nach der Person Ausschau, die ihm helfen sollte, Blume-in-der-Nacht zu finden.

Alles, was er entdecken konnte, war eine an einer Biegung der Straße gelegene Schänke, die von Bäumen eingerahmt wurde. Sie kam Abdullah ziemlich heruntergekommen vor. Das Gebäude bestand nur aus Holz und weiß gestrichenem Lehm, wie die ärmlichsten aller Hütten in Zanzib, und die Besitzer schienen sich nur ein Dach aus dicht gebündeltem Gras leisten zu können. Jemand hatte versucht, diesen Ort durch rote und gelbe Blumen am Straßenrand zu verschönern. Das Schild der Schänke, das an einem Pfahl zwischen den Blumen hin- und herschaukelte, zeigte den Versuch eines schlechten Künstlers, einen Löwen zu malen.

Abdullah blickte auf die Flaschengeist-Flasche in seiner Hand. Nachdem er nun an diesem Ort angekommen war, wollte er sie wieder verkorken. Zu seinem Leidwesen musste er feststellen, dass er den Korken verloren hatte, entweder in der Wüste oder während seiner Reise. Auch egal, dachte er. Abdullah hielt sich die Flasche vors Gesicht. »Und wo ist jetzt der Mensch, der mir helfen kann, Blume-in-der-Nacht zu finden?«, fragte er.

Ein dünner Streifen Rauch stieg aus der Flasche auf. Er sah im Licht dieses seltsamen Landes noch viel bläulicher aus. »Er schläft auf der Bank vor dem ›Roten Löwen‹«, sagte der Geist ungehalten und zog sich in die Flasche zurück.

Dann drang seine hohle Stimme noch einmal aus ihrem Inneren: »Der gefällt mir. Der strahlt nur so vor Unehrlichkeit.«

## 9. KAPITEL *in welchem Abdullah einem alten Soldaten begegnet*

Abdullah ging auf die Schänke zu. Als er näher kam, sah er, dass jemand auf den hölzernen Bänken vor der Schänke lag und schlief. Es gab auch Tische, woraus man schließen konnte, dass es hier etwas zu essen gab. Abdullah schlüpfte auf eine Bank hinter einem Tisch und betrachtete unschlüssig den schlafenden Mann.

Er sah aus wie ein übler Strolch. In ganz Zanzib und selbst unter den Räubern hatte Abdullah niemals so verschlagene Züge wie auf dem wettergegerbten Gesicht dieses Mannes gesehen. Wegen des vielen Gepäcks neben ihm auf dem Boden dachte Abdullah zunächst, dass er ein Kesselflicker sei. Aber er war glatt rasiert, und die einzigen Männer ohne Voll- oder Schnauzbart, die Abdullah jemals gesehen hatte, waren die Söldner des Sultans aus dem Norden. Möglicherweise war dieser Mann also ein Söldner. Seine Kleider sahen aus wie die verschlissenen Überreste einer Uniform. Außerdem trug er sein Haar als langen Zopf im Nacken, wie es die Truppen des Sultans auch taten. Diese Mode fanden die Leute von Zanzib ziemlich abstoßend, weil man munkelte, dass dieser Zopf niemals gekämmt oder gewaschen wurde. Das konnte sich Abdullah – als er den Zopf betrachtete, der über die Rücklehne der Bank hing, auf der der Mann schlief – gut vorstellen. Weder dieser Zopf noch irgendetwas anderes an diesem Mann war sauber. Dabei sah er kräftig und gesund aus, auch wenn er nicht mehr jung war. Unter dem Dreck schien sein Haar eisgrau zu sein.

Abdullah zögerte, den Kerl aufzuwecken. Er sah nicht gerade vertrauenswürdig aus. Und der Flaschengeist hatte ja freimütig zugegeben, dass er Wünsche auf eine Art erfüllte, die Unheil anrichten konnte. Es mag ja sein, dass dieser Mann mich zu Blume-in-der-Nacht führen kann, dachte Abdullah, aber wenn, dann wird er mich sicher auf dem Weg dorthin ausrauben. Während er noch zauderte, erschien eine Frau mit einer Schürze im Eingang der Schänke, vielleicht um nachzusehen, ob draußen Gäste warteten. Ihre Kleidung verlieh ihr das Aussehen einer Eieruhr, was Abdullah sehr befremdlich und unvorteilhaft fand. »Oh«, sagte sie, als sie Abdullah erblickte. »Wartet Ihr darauf, bedient zu werden, mein Herr? Ihr hättet auf den Tisch klopfen sollen. So macht man es hier. Was möchtet Ihr haben?«

Sie sprach denselben primitiven Akzent wie die Söldner aus dem Norden. Daraus schloss Abdullah, dass er sich nun in dem Land befand, aus dem sie stammten – wie immer es auch hieß. Er lächelte die Frau an. »Was bietet ihr denn an, o Juwel des Wegesrandes?«, fragte er.

Offensichtlich hatte bisher niemand diese Frau ein Juwel genannt. Sie wurde rot, zierte sich und nestelte an ihrer Schürze. »Also, im Moment gibt es Brot und Käse«, sagte sie. »Aber das Essen ist bald fertig. Wenn Ihr eine halbe Stunde warten wollt, mein Herr, könnt Ihr eine gute Geflügel-Pastete haben, mit frischem Gemüse aus unserem Küchengarten.«

Abdullah fand, dass dies gut klang. Viel besser jedenfalls, als er es von einer Schänke mit einem Dach aus Gras erwartet hätte. »Dann würde ich nur zu gern eine halbe Stunde warten, o Blume unter den Wirtinnen«, sagte er.

Sie zierte sich wieder. »Und vielleicht etwas zu trinken, während Ihr wartet, Herr?«

»Sicher«, sagte Abdullah, der von seinem Wüstenabenteuer immer noch sehr durstig war. »Dürfte ich Euch um ein Glas Scherbett bemühen? Oder um einen Fruchtsaft?«

Sie sah ihn bestürzt an. »Oh, mein Herr ... Von Fruchtsäften verstehen wir hier nicht allzu viel. Und von dieser anderen Sache habe ich noch nie gehört. Wie wäre es mit einem schönen Krug Bier?«

»Was ist das ... Bier?«, fragte Abdullah vorsichtig.

Das brachte die Frau vollends aus der Fassung. »Ich ... nun ja ... es ist ... äh ...«

Der Mann auf der anderen Bank erwachte und gähnte herzhaft. »Bier ist das einzig vernünftige Getränk für einen Mann«, sagte er. »Ein wunderbares Zeug.«

Abdullah wandte sich ihm zu. Und blickte in zwei runde, klare blaue Augen, die offensichtlich nur einer ehrlichen Haut gehören konnten. Nun, da er wach war, fand sich keine Spur Verschlagenheit in seinem Gesicht.

»Aus Hopfen und Malz«, fügte der Mann hinzu. »Und wo Ihr schon da seid, Frau Wirtin, nehme ich auch noch einen Krug.«

Der Gesichtsausdruck der Wirtin änderte sich schlagartig. »Ich habe Euch schon gesagt«, sagte sie, »dass ich erst die Farbe Eures Geldes sehen will, bevor ich Euch irgendetwas bringe.«

Der Mann war nicht beleidigt. Seine blauen Augen begegneten entschuldigend denen Abdullahs. Dann seufzte er, holte eine lange weiße Tonpfeife aus dem Bündel neben sich und begann sie zu stopfen und anzuzünden.

»Dann soll es also ein Bier sein«, wandte sich die Wirtin wieder mit ganzer Koketterie an Abdullah.

»Wenn Ihr so freundlich sein wollt, o Gebieterin der verschwenderischsten Gastfreundschaft«, sagte er, »bringt mir welches. Und auch eine ausreichende Menge für diesen ehrenwerten Mann dort.«

»Sehr wohl, Herr«, sagte sie und ging, einen äußerst missbilligenden Blick auf den Mann mit dem Zopf werfend, zurück ins Haus.

»Das nenne ich nett von Euch«, sagte der Mann zu Abdullah. »Ihr kommt von weit her, nicht wahr?«

»Aus dem tiefsten Süden, wertester Wanderer«, antwortete Abdullah vorsichtig. Er hatte nicht vergessen, wie verschlagen dieser Kerl im Schlaf ausgesehen hatte.

»Aus fremden Ländern, was? Das dachte ich mir schon, bei so einem Sonnenbrand«, bemerkte der Mann.

Abdullah war sich ziemlich sicher, dass der Mann ihn aushorchen wollte, um festzustellen, ob er es wert war, ausgeraubt zu werden. Darum war er überrascht, als der Mann keine weiteren Fragen mehr stellte.

»Wisst Ihr, ich bin auch nicht aus dieser Gegend«, sagte er stattdessen und stieß große Rauchwolken aus seiner primitiven Pfeife aus. »Ich komme aus Strangia. Alter Soldat. Mit einer Abfindung in die Welt hinausgeschickt, nachdem Ingari uns im Krieg besiegt hat. Wie Ihr gesehen habt, herrschen hier in Ingari immer noch große Vorurteile gegenüber der Farbe meiner Uniform.«

Er sagte dies der Wirtin ins Gesicht, die gerade mit zwei Krügen, gefüllt mit einer schäumenden, bräunlichen Flüssigkeit, zurückkehrte. Sie sprach kein Wort mit ihm. Sie knallte nur einen Krug vor ihm auf den Tisch, bevor sie den anderen behutsam und höflich vor Abdullah abstellte. »In einer halben Stunde gibt es Essen, Herr«, sagte sie, als sie sich wieder zum Gehen wandte.

»Prost«, sagte der Soldat und hob seinen Krug. Er trank mit tiefen Zügen.

Abdullah war dem alten Soldaten dankbar. Durch

ihn wusste er nun, dass er sich in einem Land namens Ingari befand. Darum sagte er ebenfalls »Prost« und hob unsicher seinen eigenen Krug. So, wie es aussah, stammte das Zeug darin aus der Blase eines Kamels. Und als Abdullah daran roch, diente der Geruch nicht dazu, diesen Verdacht zu entkräften. Nur die Tatsache, dass er immer noch schrecklich durstig war, brachte ihn dazu, es überhaupt zu versuchen. Vorsichtig nahm er einen Mund voll. Na ja. Immerhin war es flüssig.

»Wunderbar, nicht wahr?«, sagte der alte Soldat.

»Es schmeckt höchst interessant, o Kommandant der Krieger«, sagte Abdullah und bemühte sich, sein Schaudern zu unterdrücken.

»Kommandant? Das ist ja wohl ein Witz!«, sagte der Soldat. »Bin ich natürlich nie gewesen. Höher als bis zum Unteroffizier habe ich es nie geschafft. Habe aber trotzdem jede Menge Kämpfe gesehen. Und hatte auch Hoffnung auf Beförderung. Aber bevor es dazu kam, war der Feind plötzlich da. Eine schreckliche Schlacht, kann ich Euch sagen. Unser Heer war noch unterwegs. Niemand rechnete damit, dass der Feind so bald da sein könnte. Ich weiß, jetzt ist alles vorbei, und was geschehen ist, ist geschehen. Aber ich sage Euch klipp und klar: Die Ingaris haben nicht fair gekämpft. Sie hatten Zauberer, die für ihren Sieg gesorgt haben. Und was kann ein einfacher Soldat wie ich schon gegen Zauberei ausrichten? Nichts. Soll ich Euch auf einer Karte zeigen, wie die Schlacht verlief?«

Abdullah war jetzt klar, worin die Hinterlist des Flaschengeistes diesmal bestand. Dieser Mann, der ihm helfen sollte, war offensichtlich eine schreckliche Nervensäge. »Ich habe absolut keine Ahnung von militärischen Angelegenheiten, o erhabenster Stratege«, sagte er entschieden.

»Macht ja nichts«, antwortete der Soldat fröhlich. »Glaubt mir, wir waren vollkommen überrumpelt. Wir mussten fliehen. Und die Ingaris besiegten uns. Überrannten das ganze Land. Unsere königliche Familie, der Himmel schütze sie, musste ebenfalls fliehen. Darum setzte man den Bruder des Königs von Ingari auf den Thron. Es gab Gerüchte, dass man diesen Prinzen legalisieren wollte, indem man ihn mit unserer Prinzessin Beatrice verheiratete. Aber sie war mit dem Rest ihrer Familie – lang soll sie leben – geflohen und konnte nicht aufgefunden werden. Aber man muss sagen, der Prinz war nicht durch und durch schlecht. Gab der ganzen Armee von Strangia eine Abfindung, bevor er uns entließ. Wollt Ihr wissen, was ich mit dem Geld mache?«

»Wenn Ihr es mir sagen wollt, mutigster aller Veteranen«, sagte Abdullah und unterdrückte ein Gähnen.

»Ich sehe mir Ingari an«, sagte der Soldat. »Ich dachte, ich mach mal einen kleinen Spaziergang durch das Land, das uns besiegt hat. Will mal wissen, wie es so ist, bevor ich mich irgendwo niederlasse. Ist eine hübsche Summe, meine Abfindung. Solange ich mich in Acht nehme, komme ich damit aus.«

»Meine Glückwünsche«, sagte Abdullah.

»Die Hälfte davon haben sie in Gold ausbezahlt«, sagte der Soldat.

»Ach was?«, antwortete Abdullah.

Zu seiner großen Erleichterung trafen in diesem Moment weitere Gäste ein, die offensichtlich aus der Gegend stammten. Es waren zumeist Bauern, die eigentümliche Röcke und fremdartige Kittel trugen, die Abdullah an sein Nachthemd erinnerten, und große, klobige Stiefel. Sie waren sehr heiter, redeten laut über die Heuernte – von der sie sagten, dass sie gut verliefe – und klopften auf die Tische, um Bier zu bestellen. Die Wirtin und ein kleiner wendiger Wirt hatten reichlich damit zu tun, Tabletts voller Krüge hinein- und hinauszutragen. Und es kamen immer mehr Gäste.

Augenblicklich – Abdullah wusste nicht, ob er erleichtert, verärgert oder amüsiert sein sollte – verlor der Soldat sein Interesse an Abdullah und begann eindringlich auf die Neuankömmlinge einzureden. Sie schienen ihn keineswegs langweilig zu finden. Und dass er ein feindlicher Soldat gewesen war, schien sie auch nicht zu kümmern. Einer von ihnen bestellte ihm gleich noch ein Bier. Und je mehr Leute kamen, umso gefragter war er. Die Bierkrüge reihten sich vor ihm auf. Nach kurzer Zeit wurde ein Essen für ihn bestellt, während Abdullah aus der Menge, die den Soldaten umringte, Worte heraushörte wie: »Großartige Schlacht … Eure Zauberer haben ihnen zum Vorteil verholfen, denn …

unsere Kavallerie … unseren linken Flügel aufgerissen … uns auf dem Berg übermannt … unsere Infanterie zum Rückzug gezwungen … liefen wie die Hasen … nicht von schlechten Eltern … trommelte uns zusammen und bezahlte uns eine Abfindung …«

In der Zwischenzeit kam die Wirtin mit einem dampfenden Tablett und mit noch mehr Bier – ohne darum gebeten worden zu sein – zu Abdullah. Der war immer noch so durstig, dass er sich beinahe über das Bier freute. Und das Essen erschien ihm so köstlich wie das Festmahl des Sultans. Eine Weile war er so sehr mit Essen beschäftigt, dass er sich nicht mehr um den Soldaten kümmerte. Als er wieder aufsah, beugte sich der Soldat mit vor Begeisterung leuchtenden Augen über seinen eigenen leeren Teller und schob Teller und Krüge auf dem Tisch hin und her, um seinen Zuhörern genau zu zeigen, wer sich wo während der Schlacht von Strangia befunden hatte.

Nach einer Weile gingen ihm die Krüge, die Gabeln und die Teller aus. Da er Salz und Pfeffer schon für den König von Strangia und seinen General eingesetzt hatte, blieb ihm für den König von Ingari, dessen Bruder und für ihre Zauberer nichts mehr übrig. Aber davon ließ sich der Soldat nicht stören. Er öffnete die Börse an seinem Gürtel und nahm zwei Goldmünzen sowie einige Silberstücke heraus, die er auf dem Tisch als König von Ingari, seine Zauberer und seine Generäle aufbaute.

Abdullah fand, dass dies außerordentlich dumm von ihm war. Die beiden Goldmünzen riefen auch einige Kommentare hervor. Vier junge Kerle am Tisch nebenan drehten sich um. Sie schienen sich plötzlich sehr für die Sache zu interessieren. Aber der Soldat war so sehr damit beschäftigt, die Schlachtordnung zu erklären, dass er nichts bemerkte.

Schließlich erhoben sich die meisten Leute, die dem Soldaten zugehört hatten, wieder, um an ihre Arbeit zurückzukehren. Der Soldat stand ebenfalls auf, warf sich sein Gepäck auf die Schulter, setzte die schmutzige Soldatenkappe, die er unter die Klappe seines Tornisters gesteckt hatte, auf seinen Kopf und erkundigte sich nach dem Weg zur nächstgelegenen Stadt. Während alle laut durcheinander redeten und dem Soldaten den Weg erklärten, versuchte Abdullah die Wirtin zu rufen, um seine Rechnung zu bezahlen. Sie ließ sich mit dem Kommen ein wenig Zeit. Als sie endlich an Abdullahs Tisch trat, war der Soldat schon um die Ecke des Hauses verschwunden. Abdullah bedauerte dies überhaupt nicht. Welche Hilfe ihm dieser Mann auch immer hätte geben können – er hatte das Gefühl, auch ohne sie fertig zu werden. Er war froh, dass das Schicksal diesmal einer Meinung mit ihm zu sein schien.

Da Abdullah nicht ein solcher Dummkopf wie der Soldat war, bezahlte er seine Rechnung mit seinen kleinsten Silbermünzen. Und selbst das schien in dieser Gegend viel zu sein. Die Wirtin nahm das Geld mit hinein, um es zu wechseln. Während er auf ihre Rückkehr wartete, schnappte Abdullah das Gespräch der vier jungen Lümmel auf. Sie hielten offenbar eine wichtige Beratung ab. »Wenn wir den alten Reitweg nehmen«, sagte einer von ihnen, »stoßen wir auf der Bergkuppe im Wald auf ihn.«

»Wir verstecken uns im Gebüsch«, stimmte der Zweite zu, »rechts und links des Weges. Dann greifen wir ihn von zwei Seiten an.«

»Das Geld teilen wir aber durch vier«, beharrte der Dritte. »Er hat mehr Gold, als er vorhin gezeigt hat. So viel ist sicher.«

»Erst muss er tot sein«, sagte der Vierte. »Er soll ja nichts herumerzählen.«

»Abgemacht!« und »Abgemacht!« und »Also abgemacht!« sagten die anderen drei. Dann standen sie auf und gingen, als die Wirtin mit zwei Händen voller Kupfermünzen für Abdullah zurückkam.

»Ich hoffe, es ist richtig so mit dem Wechselgeld, Herr. Wir bekommen hier nicht oft Silbergeld, und ich musste meinen Mann fragen, wie viel es wert ist. Er sagt, es macht hundert unserer Kupfermünzen aus, und Ihr schuldetet uns fünf, daher …«

»Der Himmel schütze euch, o Königin der Köchinnen und Brauerin eines himmlischen Bieres«, sagte Abdullah eilig und gab ihr eine Hand voll Münzen zurück – als Ersatz für einen hübschen langen Schwatz, den sie offenbar mit ihm hatte halten wollen. Er ließ sie stehen und machte sich so schnell er konnte auf den Weg, dem Soldaten hinterher. Mochte der Mann auch ein bartloser Schmarotzer und eine schreckliche Nervensäge sein – er hatte es trotzdem nicht verdient, überfallen und seines Goldes wegen umgebracht zu werden.

## 10. KAPITEL *das von Gewalt und Blutvergießen erzählt*

Abdullah musste feststellen, dass er nicht allzu schnell gehen konnte. Das kühlere Klima von Ingari hatte ihn beim Sitzen scheußlich steif werden lassen, und seine Beine schmerzten noch vom langen Gehen am Tag zuvor. Durch das Geldfach in seinem linken Stiefel hatte sich an seinem linken Fuß eine große Blase gebildet. Er hinkte, bevor er hundert Schritte gegangen war. Aber er machte sich solche Sorgen um den Soldaten, dass er trotz seiner Beschwerden so schnell lief, wie er nur konnte. Er humpelte an einer Reihe Hütten mit Grasdächern vorbei und dann aus dem Dorf heraus. Nun konnte er die Straße besser einsehen. In einiger Entfernung erblickte Abdullah den Soldaten. Er näherte sich schon langsam der Stelle, an der die Straße einen Berg hinaufführte, auf dem in dichten Reihen die offensichtlich hier beheimateten Laubbäume wuchsen. Das war wohl der Ort, an dem die vier Kerle auf der Lauer lagen. Abdullah versuchte noch schneller zu humpeln.

Ein ärgerliches kleines Wölkchen stieg aus der Flasche auf, die gegen seine Hüfte schlug. »Musst du so heftig auftreten?«, fragte es.

»Ja«, antwortete Abdullah atemlos. »Der Mann, den du mir als Hilfe ausgesucht hast, braucht jetzt meine Hilfe.«

»Ha!«, sagte der Flaschengeist. »Jetzt komme ich langsam dahinter. Du bist ein hoffnungsloser Romantiker. Als Nächstes wirst du dir eine schimmernde Rüstung wünschen.«

Der Soldat kam eher langsam voran. Abdullah holte den Abstand zwischen ihnen bald auf und erreichte den Wald auf der Bergkuppe nur wenig später. Doch nun schlängelte sich die Straße in Kurven zwischen den Bäumen hindurch, um den Aufstieg zu erleichtern, sodass Abdullah den Soldaten aus den Augen verlor. Bis er um die letzte Kurve humpelte und ihn plötzlich nur noch wenige Schritte von dem Soldaten trennten. Das war genau der Moment, den die Ganoven für ihren Angriff gewählt hatten. Zwei von ihnen sprangen von der einen Seite der Straße auf den Rücken des Soldaten. Die beiden, die von der anderen Seite kamen, stellten sich ihm in den Weg. Einen Moment lang kämpften und rangen die Männer verbissen. Abdullah eilte zu Hilfe – wenn auch ein wenig zögerlich, denn er hatte in seinem ganzen Leben noch nie einen Menschen geschlagen.

Als er näher kam, schienen sich eine ganze Reihe von Wunder zu ereignen. Die beiden Kerle auf dem Rücken des Soldaten flogen in entgegengesetzte Richtungen und landeten zu beiden Seiten der Straße. Der eine knallte mit dem Kopf an einen Baum und war somit außer Gefecht gesetzt, der andere schlug einfach der Länge nach hin. Von den beiden, die sich vor dem Soldaten aufgebaut hatten, erhielt der eine im gleichen Augenblick eine höchst pikante Blessur, über die er unter Krümmungen nachdachte. Der andere wurde, zu Abdullahs nicht geringem Erstaunen, durch die Luft geschleudert und blieb – für einen kurzen Moment – am Ast eines Baumes hängen. Von dort aus sauste er mit einem Krachen zu Boden und legte sich auf der Straße schlafen.

In diesem Moment entfaltete sich der gekrümmte Mann wieder und ging mit einem langen, schmalen Messer auf den Soldaten los. Der Soldat packte ihn am Handgelenk. Wenige Sekunden lang verharrten beide in einer von leisem Stöhnen durchsetzten Starre, von der Abdullah mit ziemlicher Gewissheit annahm, dass sie sich zum Vorteil des Soldaten lösen würde. Er dachte gerade, dass seine Sorge um den Soldaten vollkommen unnötig gewesen war, als der Kerl, der eben noch der Länge nach auf der Straße gelegen hatte, sich erhob und dem Soldaten ebenfalls mit einem Messer angriff.

Schnell tat Abdullah das einzig Sinnvolle: Er sprang hinzu und schlug dem Lümmel mit der Flaschengeist-Flasche auf den Kopf. »AUA!«, schrie der Flaschengeist. Und der junge Kerl ging wie eine gefällte Eiche zu Boden.

Bei diesem Geräusch unterbrach der Soldat seine Tätigkeit – er war gerade dabei, den anderen Angreifer kunstvoll zu verknoten – und richtete sich auf. Abdullah machte schnell ein paar Schritte rückwärts. Die Geschwindigkeit, mit der sich der Soldat umdrehte, gefiel ihm nicht. Und auch nicht die Art, wie er seine Hände hielt – mit fest zusammengepressten Fingern, zwei stumpfe, aber mörderische Waffen.

»Ich habe mitangehört, wie sie planten, Euch umzubringen, verehrter Veteran«, erklärte er schnell, »und eilte zu Euch, um Euch zu warnen und Euch zu helfen.«

Der Soldat starrte Abdullah ins Gesicht. Seine Augen sahen ungeheuer blau aus – aber kein bisschen unschuldig mehr. Tatsächlich waren es Augen, die selbst im Basar von Zanzib als heimtückisch gegolten hätten. Sie schienen Abdullah auf alle möglichen Arten zu mustern. Zum Glück waren sie wohl zufrieden mit dem, was sie sahen. Der Soldat sagte »Dann vielen Dank« und drehte sich um, um gegen den Kopf des Mannes zu treten, den er gerade zusammengeknotet hatte. Nun bewegte auch der sich nicht mehr, womit die Sache erledigt war.

»Vielleicht«, sagte Abdullah, »sollten wir den Wachen des Dorfes von diesem Vorfall berichten?«

»Wozu?«, fragte der Soldat. Er bückte sich und unterzog, zu Abdullahs Überraschung, die Taschen des jungen Mannes, gegen dessen Kopf er gerade getreten hatte, einer schnellen und sachkundigen Untersuchung und förderte das Ergebnis eine ziemlich große Hand voll Kupfermünzen zu Tage, die der Soldat mit zufriedener

Miene in seine eigene Börse stopfte. »Elendes Messer«, sagte er und trat es entzwei. »Wo Ihr schon hier seid, warum durchsucht Ihr dann nicht den, den Ihr fertig gemacht habt, während ich mich um die beiden anderen kümmere? Eurer sieht aus, als wäre er durchaus eine Silbermünze wert.«

»Wollt Ihr damit sagen«, sagte Abdullah unsicher, »dass uns der Brauch dieses Landes erlaubt, die Räuber auszurauben?«

»Das ist zwar kein Brauch, von dem ich jemals gehört hätte«, sagte der Soldat ruhig. »Aber ich tue es trotzdem. Was glaubt Ihr, warum ich so unvorsichtig war, mein Gold dort in der Schänke aufblitzen zu lassen? Es gibt immer einen oder ein paar Gauner, die glauben, dass es sich lohnt, einen dummen alten Soldaten zu überfallen. Und fast alle von ihnen haben Geld dabei.«

Er ging auf die andere Straßenseite und durchsuchte den jungen Mann, der vom Baum gefallen war. Nachdem er einen Moment gezögert hatte, entledigte sich Abdullah der unangenehmen Aufgabe, die Taschen des Mannes zu durchstöbern, den er mit der Flasche niedergestreckt hatte. Er musste feststellen, dass er seine Meinung über den Soldaten geändert hatte. Abgesehen von allem anderen war es besser, einen Mann, der es ohne weiteres mit vier Angreifern gleichzeitig aufnehmen konnte, zum Freund als zum Feind zu haben. Und die Taschen des bewusstlosen jungen Burschen enthielten tatsächlich drei Silberstücke. Und dann war da noch das Messer. Abdullah versuchte es auf der Straße zu zertreten, wie der Soldat es zuvor mit dem anderen Messer getan hatte.

»Nicht doch«, sagte der Soldat. »Das ist ein gutes Messer. Behaltet es.«

»Ehrlich gesagt: Ich kenne mich mit Waffen nicht aus«, sagte Abdullah und hielt es dem Soldaten hin. »Ich bin ein Mann des Friedens.«

»Dann wirst du in Ingari nicht weit kommen«, sagte der Soldat. »Behalt es. Und nimm es, um dein Fleisch zu schneiden, wenn dir das lieber ist. Ich habe sechs Messer, die besser sind als dieses, in meinem Gepäck. Alle von irgendwelchen Gaunern. Und das Silber kannst du auch behalten – obwohl ich anhand der Tatsache, dass Ihr Euch – als ich von meinem Gold erzählt habe – überhaupt nicht dafür interessiert habt, auf einen gewissen Reichtum schließe. Habe ich Recht?«

Wirklich ein gerissener und aufmerksamer Bursche, dachte Abdullah und steckte das Silber ein. »Jedenfalls bin ich nicht so gut gestellt, dass ich nicht noch mehr gebrauchen könnte«, sagte er vorsichtig. Dann merkte er, dass er allmählich Geschmack an der Sache fand. Er nahm dem jungen Mann die Schnürriemen ab, um die Flasche des Flaschengeists sicherer an seinem Gürtel zu befestigen. Während er dies tat, bewegte sich der junge Bursche und stöhnte.

»Sie wachen auf. Wir sollten abhauen«, sagte der

Soldat. »Wenn sie aufwachen, werden sie es so drehen, dass wir diejenigen gewesen seien, die sie angegriffen haben. Und nachdem es ihr Dorf ist und wir beide Fremde sind, werden sie auch diejenigen sein, denen man glauben wird. Ich werde die Abkürzung über die Berge nehmen. Wenn Ihr meinen Rat annehmen wollt, macht es genauso!«

»Ich würde mich geehrt fühlen, höchst gewandter Kämpfer, wenn ich Euch begleiten könnte«, sagte Abdullah.

»Von mir aus«, sagte der Soldat. »Es ist mal eine Abwechslung, Gesellschaft zu haben, der man nicht etwas vorlügen muss.« Er nahm sein Gepäck und seine Kappe – was er offenbar beides noch hinter einem Baum hatte verstauen können, bevor der Kampf begann – und ging voran in den Wald.

Eine Weile ging es gleichmäßig zwischen den Bäumen bergauf. Der Soldat gab Abdullah das Gefühl, jämmerlich unsportlich zu sein. Er lief so leicht und unbeschwert voran, als ginge es bergab. Abdullah humpelte hinterher. Sein linker Fuß fühlte sich an wie rohes Fleisch.

Nach einer ganzen Weile blieb der Soldat stehen und erwartete Abdullah auf einer Hochebene. »Tun die hübschen Stiefel etwa weh?«, fragte er. »Setzt Euch auf diesen Stein und zieht sie aus.« Er legte sein Gepäck ab, während er sprach. »Hier drin habe ich eine etwas ungewöhnliche Erste-Hilfe-Ausrüstung«, sagte er. »Vom

Schlachtfeld mitgenommen, glaube ich. Jedenfalls habe ich es irgendwo in Strangia gefunden.«

Abdullah setzte sich und zog seinen Schuh aus. Die Erleichterung, die ihm dies verschaffte, war rasch verschwunden, als er seinen Fuß ansah. Er *war* rohes Fleisch! Der Soldat grunzte und strich eine weiße Paste darauf, die zu brennen begann, sobald sie aufgetragen wurde. Abdullah jaulte auf. Dann ging heilsame Kühlung von der Paste aus. »Ist das vielleicht ein Zauber?«, fragte er.

»Scheint so«, antwortete der Soldat. »Ich glaube, die Zauberer aus Ingari haben die ganze Armee mit dieser Salbe versorgt. Zieht den Stiefel wieder an. Ich denke, Ihr müsstet jetzt wieder gehen können. Wir sollten außer Reichweite sein, bevor die Väter dieser Jungen sich auf die Pferde setzen, um nach uns zu suchen.«

Abdullah schlüpfte vorsichtig in seinen Stiefel. Bei der Salbe musste tatsächlich ein Zauber im Spiel sein! Sein Fuß kam ihm wie neu vor. Er konnte fast mit dem Soldaten mithalten – was auch gut war, denn der marschierte jetzt wieder weiter, stieg höher und höher, bis Abdullah das Gefühl hatte, dass sie eine ebenso weite Strecke zurückgelegt hatten, wie er das schon gestern in der Wüste getan hatte. Von Zeit zu Zeit warf Abdullah einen nervösen Blick hinter sich, um zu prüfen, ob ihnen Pferde folgten. Immerhin wäre dies ja mal eine Abwechslung – Pferde statt Kamele. Aber gar nicht verfolgt zu werden wäre auch einmal ganz angenehm gewesen. Als er weitergrübelte, stellte er fest, dass sogar die Verwandten der ersten Frau seines Vaters ihm immer auf den Fersen gewesen waren, seitdem sein Vater gestorben war. Er ärgerte sich über sich selbst, weil ihm das bisher noch nie aufgefallen war.

In der Zwischenzeit waren sie weiter aufgestiegen und statt der Bäume gab es hier nur noch zähe Büsche. Und als es schließlich Abend wurde, liefen sie zwischen blanken Felsen einher, irgendwo unterhalb des Grates einer Bergkette. Hier wuchsen nur noch ein paar flache, stark duftende Sträucher, die sich in die Felsspalten klammerten. Dies ist eine andere Art Wüste, dachte Abdullah, während der Soldat ihn in eine enge Schlucht zwischen hohen Felsen führte. Dies war kein Ort, an dem man ein Abendessen finden konnte.

Sie waren schon ein gutes Stück durch die Schlucht marschiert, als der Soldat stehen blieb und sein Gepäck abnahm. »Passt einen Augenblick darauf auf«, sagte er. »In dem Felsen da drüben scheint es eine Art Höhle zu geben. Ich springe mal hinauf und sehe nach, ob sich der Ort eignet, um dort die Nacht zu verbringen.«

Abdullah sah zaghaft hinauf. Ein Stück über ihren Köpfen schien es tatsächlich eine dunkle Öffnung im Felsen zu geben. Abdullah war nicht allzu erpicht darauf, dort zu schlafen. Es sah kalt und unbequem aus. Aber vielleicht ist es besser, als sich einfach auf den Felsen zu legen, überlegte er, während er neiderfüllt zusah, wie sich der Soldat leichtfüßig den Berg hinaufschwang und bei der Felsöffnung ankam.

Es gab ein Geräusch wie von einer rostigen Metallwinde.

Abdullah sah den Soldaten mit einer Hand vor dem Gesicht aus der Höhle zurücktaumeln und fast rücklings den Abhang hinabstürzen. Aber irgendwie fing er sich doch noch und kam rutschend und fluchend mit einer Ladung Geröll den Berg hinuntergeschlittert.

»Dadrinnen ist ein wildes Tier«, keuchte er. »Lasst uns abhauen.« Er blutete heftig aus acht langen Kratzspuren. Vier davon zogen sich von der Stirn über die Wange bis zum Kinn herab. Und auch über seine Hand, die er sich offenbar zum Schutz vor das Gesicht gehalten hatte. Überdies hatte das Tier – oder was immer es war – seinen Ärmel zerrissen und seinen Arm vom Handgelenk bis zur Schulter aufgekratzt. Der Soldat war so verstört, dass Abdullah seine Kappe und sein Gepäck nehmen und ihn aus der Schlucht hinausführen musste – was er so schnell wie möglich tat. Jedes Tier, das diesem Mann überlegen war, war ein Tier, dem Abdullah nicht begegnen wollte. Die Schlucht endete nach hundert Schritten. Und sie endete auf einem hervorragenden Lagerplatz. Sie befanden sich nun auf der anderen Seite der Bergkette und hatten einen weiten Blick über das Land, das in der untergehenden Sonne golden und grün unter ihnen lag.

Und was noch besser war: Gleich unterhalb plätscherte ein kleiner Gebirgsbach den Berg hinunter.

Obwohl dies alles einfach perfekt schien, verspürte

Abdullah keinerlei Neigung, so nah bei einem wilden Tier in einer Höhle zu rasten. Aber der Soldat bestand darauf. Seine Kratzwunden schmerzten. Er ließ sich auf den schrägen Felsenboden fallen und nahm seine Salbe aus dem magischen Erste-Hilfe-Paket heraus. »Mach ein Feuer an«, sagte er, während er die Salbe auf seine Wunden auftrug. »Wilde Tiere haben Angst vor Feuer.«

Abdullah gab nach und lief herum, um ein paar der aromatisch riechenden Sträucher zu sammeln und sie zu verbrennen. Ein Adler oder ein anderer Vogel musste vor langer Zeit in den Felsklippen genistet haben. Das alte Nest lieferte Abdullah ein paar Arme voller Zweige und auch ein paar trockene Äste, so dass er bald einen ordentlichen Stoß Feuerholz zusammenhatte. Nachdem der Soldat sich mit der Salbe verarztet hatte, holte er eine kleine Schachtel Streichhölzer hervor und zündete in der Mitte des schräg abfallenden Felsens ein kleines Feuer an. Es knackte und knisterte recht munter. Der Rauch, der fast wie das Rauchpulver roch, mit dem Abdullah üblicherweise seinen Stand parfümierte, stieg empor und breitete sich vor einem wundervollen Sonnenuntergang aus. Wenn das wirklich das Untier in seiner Höhle abschreckte, dachte Abdullah, wäre dieser Platz beinahe vollkommen. Allerdings nur beinahe, denn natürlich würde sich im Umkreis der nächsten Meilen nichts zu essen finden. Abdullah seufzte.

Der Soldat zog eine Metallflasche aus seinem Gepäck hervor. »Würdet Ihr diese bitte mit Wasser füllen?

Sofern Ihr nicht«, sagte er mit einem Blick auf die Flasche an Abdullahs Gürtel, »etwas Stärkeres in Eurer Flasche habt.«

»Leider nein«, sagte Abdullah. »Das ist ein Erbstück – ein seltenes Rauchglas aus Singispat –, das ich vor allem als Erinnerung bei mir trage.« Er hatte nicht vor, jemandem, der so verschlagen war wie der Soldat, etwas von dem Flaschengeist zu erzählen.

»Schade«, sagte der Soldat. »Dann holt etwas Wasser. Und ich werde mich daranmachen, uns ein Abendessen zu bereiten.«

Dies machte den Ort nun wirklich nahezu vollkommen. Bereitwillig lief Abdullah hinunter zu dem kleinen Bach. Als er zurückkam, sah er, dass der Soldat einen alten Topf hervorgeholt hatte und ihn mit getrocknetem Fleisch und getrockneten Erbsen füllte. Er fügte Wasser hinzu und ein paar mysteriöse Würfel, dann setzte er den Topf zum Kochen auf das Feuer. In bemerkenswert kurzer Zeit verwandelte sich das Ganze in eine dicke Suppe, die gar köstlich roch.

»Noch mehr Zauberzeug?«, fragte Abdullah, als der Soldat die Hälfte der Suppe in einen Blechteller füllte, den er Abdullah reichte.

»Ich denke ja«, sagte der Soldat. »Ich habe es auf dem Schlachtfeld aufgelesen.«

Für sich selbst nahm er den Topf, um daraus zu essen. Und er fand auch noch ein paar Löffel. So saßen sie einträchtig am knisternden Feuer beisammen und aßen, während der Himmel sich langsam rosa und purpur und golden färbte und das Land unter ihnen blau. »Bist das einfache Leben wohl nicht gerade gewöhnt, was?«, bemerkte der Soldat. »Gute Kleidung und elegante Stiefel hast du ja. Allerdings – ein bisschen mitgenommen sieht beides schon aus. Und deiner Sprache und dem Sonnenbrand nach zu urteilen, musst du ziemlich weit aus dem Süden von Ingari kommen. Oder?«

»Dies alles ist wahr, o aufmerksamst beobachtender Begleiter«, sagte Abdullah zurückhaltend. »Und von Euch weiß ich nur, dass Ihr aus Strangia stammt, dass Ihr dieses Land auf gut Glück durchstreift und die Leute dazu ermutigt, Euch auszurauben, indem Ihr ihnen die Münzen Eurer Abfindung zeigt ...«

»Von wegen Abfindung!«, fiel der Soldat ihm ärgerlich ins Wort. »Nicht eine Kupfermünze habe ich bekommen, weder von Strangia noch von Ingari! Ich habe mir in diesen Schlachten die Seele aus dem Leib gekämpft – wir alle haben das getan – und am Ende hieß es: ›Gut, Leute, das war's. Jetzt haben wir Frieden.‹ Und dann überließen sie uns dem Schicksal. Darum sagte ich mir: Gut, so soll es sein! Aber irgendjemand schuldet mir etwas für all diese Arbeit, die ich geleistet habe. Und ich wette, es sind die Ingaris. Sie waren diejenigen, die Zauberei ins Spiel gebracht haben und ihren Sieg durch Betrug erworben haben. Darum habe ich mich darangemacht, mir meine Abfindung so zu verdienen, wie Ihr es heute beobachtet habt. Nennt es von mir aus einen üblen Trick. Aber Ihr habt mich gesehen – und Ihr seid mein Richter. Ich nehme das Geld nur von denen, die mich ausrauben wollen.«

»Niemals wäre der Begriff ›übler Trick‹ über meine Lippen gekommen, verehrtester Veteran«, sagte Abdullah aufrichtig. »Ich nenne es höchst einfallsreich und zweifellos sind nur wenige außer Euch in der Lage, solches zu vollbringen.«

Der Soldat schien durch diese Worte beruhigt. Er starrte grüblerisch auf die blau gefärbte Landschaft unter ihnen. »Da unten dies alles«, sagte er, »das ist die Ebene von Kingsbury. Die wird mir Berge von Gold einbringen. Könnt Ihr Euch vorstellen, dass ich nur ein silbernes Dreikreuzerstück und einen Messingknopf, von dem ich behauptete, dass er ein Goldstück sei, hatte, als ich mich von Strangia aufmachte?«

»Dann habt Ihr bereits einen ordentlichen Gewinn gemacht«, sagte Abdullah.

»Und der wird bald noch größer sein«, versprach der Soldat. Er stellte den Topf vorsichtig beiseite und angelte zwei Äpfel aus seinem Gepäck. Einen reichte er Abdullah, den anderen aß er selbst. Dazu streckte er sich auf dem Rücken aus und blickte in die Ebene, auf die sich langsam die Dunkelheit herabsenkte.

Abdullah nahm an, dass er in Gedanken das Gold zählte, das er dort verdienen würde. Deshalb war er überrascht, als der Soldat sagte: »Ich habe solche Nachtlager immer geliebt. Seht Euch nur den Sonnenuntergang an. Herrlich!« Es war tatsächlich herrlich. Aus dem Süden waren Wolken aufgezogen, die jetzt wie eine rubinrote Landschaft am Himmel standen. Abdullah sah Ketten violett gefärbter Berge, deren einer Teil plötzlich dunkelrot aufleuchtete; einen orangefarbenen Spalt, wie das Herz eines Vulkans, und einen stillen rosa See – während ein Stück weiter entfernt Inseln, Felsküsten, Buchten und Landzungen in die Unendlichkeit eines goldblauen Himmelsmeeres ragten. Es war, als blickten sie auf die Gestade des Himmels, oder auf das Land, das dem Paradies am nächsten ist.

»Und diese Wolke dort«, sagte der Soldat und deutete in die Höhe, »sieht sie nicht aus wie ein Schloss?«

Tatsächlich. Es lag hoch oben auf einer Landspitze über einer Himmels-Lagune, ein Wunderwerk aus feinstem Gold, Rubinen und indigofarbenen Türmen. Ein Strahl goldenen Himmels, der durch den höchsten Turm fiel, wirkte wie ein kleines Fenster. Diese Wolke erinnerte Abdullah sehr an die Wolke, die er über dem Palast des Sultans gesehen hatte, als man ihn in den Kerker geschleppt hatte. Obwohl ihre Form diesmal völlig anders war, brachte sie ihm seine Sorgen mit solcher Heftigkeit zurück, dass er laut ausrief: »Oh, Blume-in-der-Nacht, wo bist du nur?«

## 11. KAPITEL *in dem ein wildes Tier schuld daran ist, dass Abdullah einen Wunsch vergeudet*

Der Soldat stützte sich auf seinen Ellbogen und sah Abdullah an. »Was wollt Ihr damit sagen?«

»Nichts«, antwortete Abdullah, »nur, dass mein Leben ein Leben voller Enttäuschungen ist.«

»Erzählt«, sagte der Soldat. »Frisch heraus. Ich habe Euch schließlich auch von mir erzählt.«

»Ihr würdet mir niemals glauben«, sagte Abdullah. »Meine Sorgen übertreffen noch die Euren, o mörderischer Musketier.«

»Versucht es doch«, sagte der Soldat.

Eigentlich war es ja nicht schwer zu erraten, welche Gefühle der Sonnenuntergang mit sich brachte, welche Traurigkeit er in Abdullah auslöste. Während das Schloss langsam verschwand, sich in Sandbänke der Himmelslagune verwandelte und der ganze Sonnenuntergang sich in ein sanftes Violett verlor, zu Braun und schließlich zu drei dunkelroten Streifen wurde, erzählte Abdullah seine Geschichte. Oder jedenfalls das Wesentliche davon. Natürlich erzählte er nichts, was so persönlich war wie seine Tagträume, oder die unerfreuliche Art, auf die sie in letzter Zeit alle Wirklichkeit wurden. Und er war so vorsichtig, auch nicht das leiseste Wort über den Flaschengeist zu verlieren. Er traute dem Soldaten nicht. Vielleicht würde er die Flasche an sich bringen und damit in der Nacht verschwinden. Bei der leicht verfälschten Wiedergabe des Geschehenen wurde Abdullah plötzlich von dem bohrenden Verdacht befallen, dass der Soldat ihm ebenfalls nicht seine ganze Geschichte erzählt hatte. Das Ende seiner Abenteuer war ohne eine Erwähnung des Flaschengeists ziemlich schwierig zu erzählen, aber Abdullah hatte den Eindruck, es sei ihm doch ganz gut gelungen. Er tat so, als wäre er die Ketten und die Räuber mehr oder weniger allein durch Willenskraft losgeworden und hätte anschließend den ganzen Weg nach Norden bis Ingari zu Fuß zurückgelegt.

»Hm«, machte der Soldat, als Abdullah fertig war. Nachdenklich legte er noch einige duftende Zweige auf das Feuer, das nun das einzig verbliebene Licht war. »Was für ein Leben! Aber ich muss sagen, es klingt gut, wenn das Schicksal einem eine Heirat mit einer Prinzessin vorherbestimmt hat. Das ist etwas, was ich auch immer gern getan hätte – eine hübsche, stille Prinzessin heiraten, mit einem kleinen Stückchen Land und einem freundlichen Charakter. Ja, das war ein Traum von mir.«

Abdullah kam eine hervorragende Idee. »Das ist immer noch möglich«, sagte er ruhig. »An dem Tag, an dem ich Euch traf, hatte ich einen Traum: eine Vision, in der ein rauchumwölkter, lavendelfarbener Engel zu mir kam und auf Euch deutete, o klügster Kreuzfahrer, während Ihr auf der Bank vor der Schänke schlieft. Er sagte, dass Ihr mir eine große Hilfe sein könntet, Blume-in-der-Nacht zu finden. Und wenn Ihr dies tätet, sagte der Engel, wäre Euer Lohn, dass Ihr selbst auch eine Prinzessin heiraten könntet.« Genauso war es – oder hätte es zumindest gewesen sein können, sagte sich Abdullah. Er musste nur morgen dem Flaschengeist gegenüber einen entsprechenden Wunsch äußern. Oder besser gesagt – übermorgen, wie er sich verstimmt erinnerte, weil der Flaschengeist ihn ja gezwungen hatte, den morgigen Wunsch schon an diesem Tag zu verwenden.

»Wollt Ihr mir helfen?«, fragte er, während er das vom Feuer erleuchtete Gesicht des Soldaten gespannt beobachtete. »Für diesen herrlichen Lohn?«

Der Soldat wirkte weder begeistert noch ablehnend. Er dachte nach. »Ich weiß nicht recht, wie ich das anstellen soll«, sagte er schließlich. »Zuerst einmal kenne ich mich mit Dschinns nicht aus. Hier oben im Norden kommen sie nicht vor. Ihr müsstet Euch bei einem dieser verdammten ingarischen Zauberer erkundigen, was Dschinns in der Regel mit Prinzessinnen anstellen, wenn sie sie entführt haben. Ein Zauberer weiß das bestimmt. Wenn Ihr wollt, kann ich Euch aber helfen, einem von ihnen diese Auskünfte abzupressen. Das wäre mir ein Vergnügen. Und was die Prinzessinnen angeht –

die wachsen ja nicht auf Bäumen. Die Nächste in Reichweite muss die Tochter des Königs von Ingari sein, unten in Kingsbury. Wenn sie diejenige ist, die dein rauchumwölkter Engel-Freund im Kopf hatte, dann sollten wir beide einfach hinuntersteigen und uns mal umsehen. Die Hofzauberer des Königs leben auch überwiegend dort, habe ich jedenfalls gehört. Es würde also alles zusammenpassen. Einverstanden mit dieser Idee?«

»Nur zu sehr, mein militärischer Busenfreund«, sagte Abdullah.

»Dann also abgemacht – aber denkt dran, ich verspreche nichts«, sagte der Soldat. Er holte zwei Decken aus seinem Gepäck und schlug vor, dass sie neues Holz auf das Feuer schichten und sich schlafen legen sollten.

Abdullah löste die Flasche mit dem Geist von seinem Gürtel und legte sie vorsichtig neben sich auf den Felsen, auf der von dem Soldaten abgewandten Seite. Dann wickelte er sich in die Decke und legte sich zu dem nieder, was sich als recht unruhige Nacht herausstellen sollte. Der Boden war hart. Und auch wenn es längst nicht so kalt war wie in der Nacht zuvor in der Wüste, ließ ihn die feuchte Luft in Ingari ebenso frieren. Darüber hinaus sah Abdullah die Bestie aus der Höhle in der Schlucht vor sich, sobald er die Augen schloss. Er glaubte sie immer wieder um das Lager herumschleichen zu hören. Ein- oder zweimal öffnete er die Augen und hatte tatsächlich den Eindruck, dass sich jenseits des Feuerscheins etwas bewegte. Beide Male setzte er sich auf und warf noch etwas Holz auf das Feuer, woraufhin die Flammen hell aufloderten und ihm zeigten, dass dort nichts war. Es dauerte lange, bis er endlich einschlief. Und als es so weit war, hatte er einen höllischen Traum.

Er träumte, ein Dschinn käme und setze sich auf seine Brust. Abdullah öffnete die Augen, wollte ihn verjagen und musste feststellen, dass es sich keineswegs um einen Dschinn handelte. Sondern um das Untier aus der Höhle. Es hatte seine beiden mächtigen Pranken auf seine Brust gestellt und starrte ihn mit Augen an, die wie zwei bläuliche Lampen im samtigen Schwarz seines Fells leuchteten. Soweit Abdullah es erkennen konnte, handelte es sich um einen Dämon in der Gestalt eines Panthers.

Mit einem Schrei setzte er sich auf. Natürlich war da überhaupt nichts. Es begann gerade zu dämmern. Das Feuer war ein kirschroter Fleck im allseits herrschenden Grau, und der Soldat war ein etwas dunklerer grauer Haufen, der auf der anderen Seite des Feuers lag und sanft schnarchte. Hinter ihm war das Tal weiß von Nebel. Erschöpft legte Abdullah einen weiteren Zweig auf das Feuer und schlief wieder ein.

Er erwachte vom durchdringendem Gezeter des Flaschengeistes.

»Sag dem Ding, es soll aufhören! Nimm es weg von mir!«

Abdullah und der Soldat schreckten gleichzeitig hoch.

Es war heller Tag. Über das, was sie beide sahen, gab es keine Zweifel: Eine kleine schwarze Katze hockte neben der Flasche des Flaschengeistes, genau an der Stelle, wo Abdullah seinen Kopf gehabt hatte. Die Katze war entweder sehr neugierig oder überzeugt, dass sich in der Flasche etwas zu fressen befand, denn sie schnupperte mit ihrer Nase vorsichtig, aber entschlossen an dem Flaschenhals. Um ihren schmalen schwarzen Kopf herum waberte der Flaschengeist in zehn oder zwölf formlosen blauen Rauchwölkchen, die sich in Hände oder Gesichter verwandelten und dann wieder zurück in Rauch.

»Hilfe!«, rief er in einem fort. »Es will mich fressen.«

Die Katze beachtete den Flaschengeist gar nicht. Sie verhielt sich weiter so, als enthielte die Flasche den köstlichsten Duft. In Zanzib waren Katzen allgemein verhasst. Die Leute hielten sie für nicht viel besser als die Ratten und Mäuse, die sie fraßen. Wenn eine Katze einem Menschen zu nahe kam, bekam sie einen Tritt, und jede junge Katze, deren man habhaft wurde, wurde ertränkt. Also lief Abdullah auf die Katze zu und trat dabei schon mal in die Luft. »Hau ab!«, rief er. »Kschhhh!«

Die Katze sprang auf. Sie konnte Abdullahs Fuß irgendwie entkommen und floh auf die Kante des überhängenden Felsens, von wo aus sie ihn anfauchte und anfunkelte. Taub ist sie jedenfalls nicht, überlegte Abdullah und blickte in ihre Augen. Sie schimmerten bläulich. Das war also das Tier gewesen, das in der

Nacht auf seiner Brust gesessen hatte. Er nahm einen Stein und holte mit seinem Arm nach hinten aus, um ihn zu werfen.

»Tut das nicht!«, sagte der Soldat. »Das arme Tierchen!«

Die Katze wartete nicht, bis Abdullah den Stein warf. Sie schoss davon und ward nicht mehr gesehen. »An diesem Biest ist überhaupt nichts arm«, sagte er. »Ist Euch denn nicht klar, erhabener Waffenträger, dass dieses Vieh Euch gestern Abend fast um ein Auge gebracht hätte?«

»Das weiß ich«, sagte der Soldat nachsichtig. »Aber das arme Ding hat sich ja nur verteidigt. Ist das, was Ihr dort habt, etwa ein Geist in der Flasche? Ist das Euer rauchiger blauer Freund?«

Ein Reisender, der einen Teppich verkaufen wollte, hatte Abdullah einmal erzählt, dass die meisten Leute aus dem Norden Tieren gegenüber eigenartig gefühlvoll waren. Abdullah zuckte mit den Schultern und wandte sich ärgerlich der Flasche zu, in die der Geist ohne ein Wort des Dankes verschwunden war. So hatte es ja kommen müssen! Ab jetzt würde er die Flasche wie seinen Augapfel hüten müssen. »Ja«, sagte er.

»Das habe ich mir schon gedacht«, sagte der Soldat. »Ich habe schon oft von Flaschengeistern gehört. Kommt und seht Euch mal dies hier an.« Er bückte sich und hob äußerst vorsichtig seine Kappe in die Höhe, wobei er auf seltsame, zärtliche Weise lächelte.

An diesem Morgen schien mit dem Soldaten irgendetwas nicht in Ordnung zu sein – als wenn sein Hirn über Nacht weich geworden sei. Abdullah fragte sich, ob es an den Kratzwunden lag. Obwohl sie jetzt kaum noch zu sehen waren. Gespannt trat Abdullah zu ihm.

Im selben Moment tauchte auf dem überhängenden Felsen die Katze wieder auf und machte erneut das Metallwindengeräusch. Ärger und Sorge sprachen aus jeder Faser ihres kleinen schwarzen Körpers. Abdullah kümmerte sich nicht darum und sah in die Kappe des Soldaten. Dort blickten ihn aus dem speckigen Inneren zwei kleine blaue Augen an. Eine kleine rosa Schnauze fauchte zur Verteidigung, während sich das kleine schwarze Kätzchen so weit wie möglich nach hinten in die Kappe zurückzog und dabei mit einem kleinen Flaschenbürsten-Schwänzchen nach Balance suchte.

»Ist es nicht süß?«, fragte der Soldat hingerissen.

Abdullah blickte kurz zu der fauchenden Katze auf der Felskante hinauf. Er erstarrte und sah noch einmal genauer hin. Das Vieh war mit einem Mal riesengroß. Ein mächtiger schwarzer Panther stand jetzt dort und zeigte ihm seine riesigen, weißen Reißzähne.

»Diese Tiere gehören bestimmt einer Hexe, mutiger Kamerad«, sagte er, vor Angst schlotternd.

»Wenn dem so ist, dann muss die Hexe wohl tot sein«, sagte der Soldat. »Ihr habt es doch selbst gesehen – sie leben wild in dieser Höhle. Und die Katzenmutter hat ihr Junges wohl heute Nacht den ganzen

Weg hierher getragen. Ungeheuerlich, nicht wahr? Sie muss gewusst haben, dass wir ihr helfen können.« Er sah zu der riesigen Bestie, die auf dem Felsen saß und knurrte, und schien ihre Größe überhaupt nicht wahrzunehmen. »Komm herunter, du Süße«, sagte er schmeichelnd. »Du weißt doch, dass wir dir und deinem Kätzchen nichts tun.«

Die Mutter-Bestie stieß sich vom Felsen ab. Abdullah gab einen unterdrückten Schrei von sich, duckte sich und ließ sich schnell auf den Boden fallen. Der große schwarze Körper flog über ihn hinweg und zu Abdullahs Überraschung begann der Soldat zu lachen. Abdullah sah empört auf und stellte fest, dass sich die Bestie wieder in eine kleine schwarze Katze verwandelt hatte, die zutraulich auf die breiten Schultern des Soldaten kletterte und sich an seinem Gesicht rieb.

»Ach, du bist ein Wunder, kleine Mitternacht«, säuselte der Soldat. »Du weißt schon, dass ich für dich auf deinen kleinen Gernegroß aufpasse, nicht wahr? Genau. Da schnurrst du.«

Abdullah stand angewidert auf und wandte diesem Fest der Liebe den Rücken zu. Der Kochtopf war über Nacht gewissenhaft ausgeputzt worden und der Blechteller poliert. Er ging und wusch beides – sehr sorgfältig – im Bach ab, in der Hoffnung, dass der Soldat sich bald von diesen Zauberbestien abwenden und an das Frühstück denken würde.

Aber als der Soldat schließlich seine Kappe auf den

Boden legte und die Katzenmutter vorsichtig von seiner Schulter nahm, war ein Frühstück für die Katzen das Einzige, worüber er nachdachte. »Sie brauchen Milch«, sagte er. »Und einen schönen Teller frischen Fisch. Sag deinem Flaschengeist, er soll welchen besorgen.«

Ein blauvioletter Strahl quoll aus dem Flaschenhals und nahm die Form der säuerlichen Miene des Flaschengeistes an. »Nichts da!«, sagte der Flaschengeist. »Bei mir gibt es nur einen Wunsch am Tag, und den von heute hat er gestern schon gehabt. Geh im Bach fischen!«

Der Soldat trat auf den Flaschengeist zu. »Aber so hoch in den Bergen gibt es keine Fische«, sagte er. »Und die kleine Mitternacht ist schon am Verhungern. Dabei muss sie doch ihr Kätzchen säugen.«

»Pech gehabt!«, sagte der Geist. »Und versuch nicht, mich zu erpressen, Soldat. Es gibt Männer, die sind schon wegen etwas weitaus Geringerem zu Kröten geworden.«

Der Soldat ist zweifellos ein mutiger Mann. Oder ein sehr dummer, dachte Abdullah. »Tu's doch! Dann zerschmettere ich deine Flasche. Egal, was für eine Gestalt ich dann habe!«, schrie er. »Schließlich wünsche ich es mir ja nicht für mich.«

»Selbstsüchtige Leute sind mir lieber«, gab der Geist zurück. »Du willst also unbedingt eine Kröte werden?«

Noch mehr blauer Dunst stob aus der Flasche hervor und nahm die Form von Armen an, deren Gesten Abdullah wiederzuerkennen befürchtete. »Nein, nein, halt, ich flehe dich an, o Saphir unter den Geistern«, sagte er hastig. »Lass den Soldaten in Ruhe und erkläre dich bereit – als ganz außerordentlichen Gefallen –, mir noch einmal einen Tag im Voraus einen Wunsch zu erfüllen, nämlich dass die Tiere etwas zu fressen bekommen.«

»Willst du etwa auch in eine Kröte verwandelt werden?«, fragte der Flaschengeist.

»Wenn in der Prophezeiung steht, dass Blume-in-der-Nacht eine Kröte heiraten soll, dann mache eine Kröte aus mir«, sagte Abdullah ergeben. »Aber zuerst bring bitte noch Fisch und Milch, großer Geist.«

Der Geist waberte übellaunig durch die Luft. »Diese lästige Prophezeiung! Aber ich kann nicht gegen sie an. Also gut. Ich werde dir deinen Wunsch erfüllen – vorausgesetzt, du lässt mich für die beiden nächsten Tage in Frieden.«

Abdullah seufzte. Was für eine schreckliche Verschwendung.

»Einverstanden.«

Ein Napf Milch und ein ovaler Teller mit einem Lachs darauf fiel neben seinen Füßen auf den Felsboden hinab. Der Geist warf Abdullah einen Blick allertiefster Verachtung zu und ließ sich zurück in die Flasche gleiten.

»Gut gemacht!«, sagte der Soldat und machte sich mit Hingabe daran, den Lachs in der Milch zu kochen und dafür zu sorgen, dass es nur ja keine Gräten gab, an denen sich die Katze verschlucken konnte.

Wie Abdullah bemerkte, hatte die Katze die ganze Zeit über in aller Ruhe ihr Kätzchen in der Kappe geleckt. Sie schien gar nicht mitbekommen zu haben, dass ein Geist da gewesen war. Den Lachs bemerkte sie allerdings sofort. Sobald er zu kochen begann, wandte sie sich von ihrem Nachwuchs ab und strich dem Soldaten um die Beine, hungrig und flehend und maunzend. »Gleich, gleich, mein schwarzer Liebling«, sagte der Soldat.

Abdullah konnte nur annehmen, dass die Zauberkraft der Katze und die des Flaschengeistes so unterschiedlich waren, dass sie einander nicht wahrnehmen konnten. Das einzige Gute, das er dieser Situation abgewinnen konnte, war die Tatsache, dass auch für die Menschen noch genügend Lachs und Milch da war. Während die Katze manierlich fraß und ihr Kätzchen schlabberte und nieste und sich nach besten Kräften Mühe gab, die mit Lachs aromatisierte Milch zu trinken, genossen Abdullah und der Soldat ein Festmahl aus Haferbrei, den sie mit Milch gekocht hatten, und gebratenem Lachssteak.

Nach diesem üppigen Frühstück fühlte sich Abdullah der ganzen Welt gegenüber schon freundlicher gesinnt. Er sagte sich, dass der Flaschengeist ihm keinen besseren Kameraden als den Soldaten hätte aussuchen können. Überhaupt war der Flaschengeist insgesamt betrachtet nicht so schlecht. Und Blume-in-der-Nacht würde er sicher auch bald wiedersehen. Selbst der Sultan und Kabul Akba erschienen ihm, je länger er darüber nachdachte, gar nicht mehr so übel zu sein. Seine gute Laune verflüchtigte sich jedoch sofort, als er feststellen musste, dass der Soldat offenbar vorhatte, die Katze mitsamt Kätzchen nach Kingsbury mitzunehmen. »Aber, mein bestmeinender Bombardier und klar sehender Kürassier«, wandte er ein, »was wird dann aus Eurem Plan, Euch Eure Abfindung zu verdienen? Ihr könnt doch nicht mit einem Kätzchen in Eurer Kappe Räuber ausrauben?«

»Nachdem Ihr mir eine Prinzessin versprochen habt, denke ich, dass ich das nun auch nicht weiter tun muss«, antwortete der Soldat gelassen. »Und Mitternacht und Gernegroß hier in den Bergen verhungern zu lassen, das würde wohl niemand über das Herz bringen. Das wäre einfach grausam.«

Abdullah war klar, dass er diese Diskussion schon verloren hatte. Mit säuerlicher Miene band er sich seine Flasche an den Gürtel und gelobte, dem Soldaten in Zukunft niemals mehr etwas zu versprechen. Der Soldat nahm sein Gepäck, trat das Feuer aus und hob vorsichtig seine Kappe auf, in der das Kätzchen saß. Dann ging er los, den Berg hinab, und pfiff nach Mitternacht, als ob sie ein Hund wäre. Mitternacht hatte allerdings anderes im Sinn. Als Abdullah dem Soldaten folgen wollte, stellte sie sich ihm in den Weg und blickte ihn erwartungsvoll an. Abdullah achtete nicht darauf und wollte sich an ihr vorbeidrücken. Sofort war sie wieder riesig groß. Ein schwarzer Panther, vielleicht sogar noch größer als zuvor, versperrte ihm fauchend den Weg. Abdullah blieb stehen, erschrocken bis ins Mark. Und die Bestie sprang ihn an. Die Angst schnürte ihm die Kehle zu. Abdullah schloss die Augen und wartete darauf, dass ihm die Gurgel herausgerissen würde. Von wegen Schicksal und Prophezeiungen!

Stattdessen berührte etwas sehr Weiches seinen Hals. Kleine, entschlossene Füße landeten auf seiner Schulter, und ein anderes Paar solcher Pfoten pikte ihn in die Brust. Abdullah öffnete die Augen und merkte, dass Mitternacht wieder ihre normale Größe angenommen hatte und sich an die Schöße seiner Jacke klammerte. Die grünblauen Augen, mit denen sie zu den seinen aufsah, sagten: »Trag mich. Sonst …!«

»Einverstanden, seltsames Katzenwesen«, sagte Abdullah. »Aber achte bitte darauf, dass du nicht noch mehr Stickereien von meiner Jacke abreißt. Dies waren mal meine besten Kleider. Und vergiss bitte nicht, ich trage dich nur unter größtem Protest. Ich mag keine Katzen.«

Mitternacht kletterte in aller Seelenruhe auf Abdullahs Schulter, wo sie hochmütig hin- und herschaukelte, während Abdullah für den Rest des Tages den Berg hinunterstolperte und -rutschte.

## 12. KAPITEL *in dem das Gesetz Abdullah und den Soldaten einholt*

Bis zum Abend hatte Abdullah sich fast an Mitternacht gewöhnt. Im Gegensatz zu Jamals Hund roch sie ausgesprochen angenehm. Und zweifellos war sie eine sehr fürsorgliche Mutter. Die wenigen Male, wo sie von Abdullahs Schultern herunterkletterte, geschah es, um ihr Junges zu säugen. Abdullah hatte das Gefühl, dass er sie fast hätte dulden können, wenn sie nicht die beunruhigende Eigenart besessen hätte, sich ihm in riesenhafter Gestalt zu zeigen, sobald sie sich über ihn ärgerte. Das Kätzchen war, wie er zugeben musste, einfach niedlich. Es spielte mit dem Zopf des Soldaten, und wenn sie Rast machten, versuchte es auf seine tapsige Art Schmetterlinge zu jagen. Die übrige Zeit des Tages verbrachte es vorn in der Jacke des Soldaten, von wo aus es aufmerksam das Gras, die Bäume und die von Farn gesäumten Wasserfälle beobachtete, die sie auf ihrem Weg in die Ebene passierten.

Als sie sich aber für die Nacht niederließen, war Abdullah wieder völlig angewidert von dem Aufhebens, das der Soldat um seine Tiere machte. Sie hatten beschlossen, in der Herberge zu übernachten, die sie bei der Durchquerung des ersten Tals entdeckt hatten. Der Soldat ordnete an, dass seine Katzen nur das Beste vom Besten erhalten sollten. Der Herbergswirt und seine Frau teilten Abdullahs Ansicht. Sie waren einfache Leute, die durch den mysteriösen Diebstahl eines Lachses und eines Krugs Milch an diesem Morgen anscheinend ohnehin schon schlechter Laune waren. Mit einem Ausdruck tiefster Missbilligung setzten sie sich in Bewegung, um einen geeigneten Korb und ein weiches Kissen zu suchen, das sie in den Korb legten. Murrend eilten sie mit Sahne und Hühnerleber und Fisch herbei. Leise fluchend brachten sie bestimmte Kräuter, von denen der Soldat behauptete, sie würden gegen Räude in den Ohren helfen. Wütend schickten sie nach weiteren Kräutern, mit denen man eine Katze von Würmern kurieren konnte. Aber völlig aus der Fassung gerieten sie, als der Soldat sie bat, Wasser warm zu machen, weil er befürchtete, dass Gernegroß sich einen Floh zugezogen haben könnte.

Abdullah sah sich gezwungen, die Wogen ein wenig zu glätten. »O Prinz und Prinzessin des Volkes«, sagte er. »Habt Geduld mit dem Gebaren meines im Übrigen wunderbaren Freundes. Wenn er ein Bad verlangt, meint er natürlich ein Bad für sich und für mich. Wir sind beide von der Reise ein wenig schmutzig und würden uns über sauberes, heißes Wasser freuen – wofür wir natürlich zahlen werden, was immer es auch zusätzlich kostet.«

»Was? Ich? Ein Bad?«, fragte der Soldat, während der Herbergswirt und seine Frau davonstapften, um große Kessel auf das Feuer zu stellen.

»Ja, Ihr«, sagte Abdullah. »Oder Ihr und Eure Katzen und ich werden von diesem Abend ab getrennte Wege gehen. Selbst der Hund meines Freundes Jamal in Zanzib war der Nase weniger unangenehm als Ihr, o ungewaschener Krieger. Und auch Gernegroß – Flöhe hin oder her – ist bei weitem sauberer, als Ihr es seid.«

»Aber was soll denn aus meiner Prinzessin und Eurer Sultanstochter werden, wenn Ihr geht?«, fragte der Soldat.

»Da wird mir schon etwas einfallen«, sagte Abdullah. »Aber ich würde es vorziehen, dass Ihr ein Bad nehmt und, wenn Ihr wollt, Gernegroß mit hineinnehmt. Das war jedenfalls für mich der Grund, warum ich darum gebeten habe.«

»Das schwächt einen Mann – Bäder zu nehmen«, sagte der Soldat zweifelnd. »Aber wenn ich schon mal drin bin, kann ich Mitternacht ja auch noch waschen.«

»Von mir aus benutzt beide Katzen als Schwämme, wenn es Euch gefällt, vernarrter Infanterist!«, sagte Abdullah und verschwand, um sein eigenes Bad zu genießen.

In Zanzib wurde wegen des heißen Klimas viel gebadet. Abdullah besuchte die öffentlichen Badeanstalten mindestens jeden zweiten Tag, und das vermisste er nun. Sogar Jamal ging einmal pro Woche ins Bad, und man munkelte, er nähme sogar seinen Hund mit ins Wasser.

Während er sich der beruhigenden Wirkung des heißen Wassers überließ, kam Abdullah der Gedanke, dass der Soldat eigentlich auch nicht mehr in seine Katzen vernarrt war als Jamal in seinen Hund. Hoffentlich war es den beiden gelungen, zu fliehen. Und wenn, dann hoffte er weiterhin, dass sie sich nicht gerade in diesem Moment in der Wüste befanden und leiden mussten.

Der Soldat schien durch das Bad nicht wirklich geschwächt worden zu sein, allerdings hatte seine Haut einen wesentlich helleren Braunton angenommen. Mitternacht war anscheinend schon beim bloßen Anblick des Wassers geflohen, aber Gernegroß, das behauptete jedenfalls der Soldat, hatte jeden Augenblick genossen. »Er hat mit den Seifenblasen gespielt«, sagte er zärtlich.

»Bist du dir eigentlich sicher, dass du all diesen Umstand wert bist?«, sagte Abdullah zu Mitternacht, als sie sich auf seinem Bett niederließ und sich nach dem Genuss der Sahne und der Hühnchenleber sorgfältig putzte.

Mitternacht sah auf und warf ihm einen verächtlichen Blick zu – natürlich war sie es wert! –, bevor sie sich wieder der wichtigen Angelegenheit widmete, ihre Ohren zu säubern.

Die Rechnung am nächsten Morgen war gewaltig. Die meisten Extrakosten hatte man ihnen für das heiße Wasser berechnet, aber die Kissen, Körbe und Kräuter stellten auch einen erheblichen Posten auf der Liste dar.

Abdullah zahlte, unter Schaudern, und erkundigte sich dann sorgenvoll, wie weit es bis Kingsbury sei. Sechs Tage, antwortete man ihm, zu Fuß. Sechs Tage! Abdullah hätte fast laut aufgestöhnt. Sechs Tage bei diesen Kosten, und er würde es sich bald nicht mal mehr leisten können, mit Blume-in-der-Nacht ein Leben in bitterster Armut zu führen – wenn er sie denn endlich gefunden hatte. Außerdem durfte er sich nun auf sechs weitere Tage einstellen, an denen der Soldat dieses Theater um die Katzen machen würde, bevor sie einen Zauberer zu fassen bekamen und überhaupt mit der Suche anfangen konnten. Nein, dachte Abdullah. Sein nächster Wunsch an den Flaschengeist würde lauten, sie allesamt nach Kingsbury zu bringen. Das hieß, er musste nur noch zwei weitere Tage aushalten.

Von diesem Gedanken getröstet, machte Abdullah sich auf den Weg, der Straße nach Kingsbury folgend, wobei Mitternacht gut gelaunt auf seinen Schultern ritt und der Geist in der Flasche an seiner Seite baumelte. Die Sonne schien. Nach der Kargheit der Wüste war Abdullah die grüne Landschaft höchst angenehm.

Auf einmal gefielen ihm sogar die Häuser mit den Grasdächern. Sie hatten herrliche, weitläufige Gärten, und bei vielen rankten sich Rosen oder andere Blumen um die Türen. Der Soldat erklärte ihm, dass diese Grasdächer hier weit verbreitet seien. Man nannte es Stroh, und wie ihm der Soldat versicherte, hielt es den Regen ab, obwohl Abdullah sich das nur schwer vorstellen konnte.

Nach wenigen Schritten versank Abdullah in einem Tagtraum, einem völlig neuen, in welchem Blume-in-der-Nacht und er in einem Haus mit Strohdach lebten, um dessen Tür sich Rosen rankten. Er wollte für Blume-in-der-Nacht einen solchen Garten anlegen, dass alle Nachbarn im Umkreis von Meilen vor Neid erblassen würden. Und er malte sich diesen Garten in allen Einzelheiten aus.

Leider wurde sein Tagtraum am späten Vormittag durch eine zunehmende Anzahl von Regentropfen unterbrochen. Mitternacht behagte das überhaupt nicht. Sie beklagte sich lautstark neben Abdullahs Ohr.

»Steck sie dir unter die Jacke«, sagte der Soldat.

»Auf gar keinen Fall, Freund der Tiere«, sagte Abdullah. »Sie liebt mich nicht mehr, als ich sie liebe. Ohne Zweifel würde sie die Gelegenheit wahrnehmen, Kratzspuren in meiner Brust zu hinterlassen.«

Der Soldat reichte Abdullah vorsichtig seine Kappe, in der sich der mit einem schmutzigen Taschentuch bedeckte Gernegroß befand, und verbarg Mitternacht in seiner eigenen Jacke.

Sie gingen noch eine halbe Meile weiter. Aber der Regen strömte jetzt nur so herab.

Der Flaschengeist ließ eine kleine blaue Wolke aus dem Flaschenhals aufsteigen. »Ich bekomme hier so schrecklich viel Wasser ab! Kannst du das nicht irgendwie ändern?«

Gernegroß sagte mit seinem feinen, maunzenden

Stimmchen in etwa dasselbe. Abdullah wischte sich die nassen Haare aus den Augen und fühlte sich belästigt.

»Wir müssen irgendwo einen Unterstand finden«, sagte der Soldat.

Zum Glück befand sich gleich hinter der nächsten Straßenbiegung eine Herberge. Dankbar platschten sie in den Schankraum, wo Abdullah voller Freude feststellte, dass das Strohdach den Regen sehr gut abhielt.

Der Soldat verlangte wie üblich – Abdullah gewöhnte sich langsam daran – eine Extrastube mit Kamin, damit die Katzen es gemütlich hatten, und ein Mittagessen für alle vier. Woran er sich ebenfalls langsam gewöhnte, war die Überlegung, wie hoch die Rechnung wohl diesmal ausfallen würde. Obwohl er zugeben musste, dass ihm das wärmende Feuer höchst willkommen war.

Während sie auf das Essen warteten, stand er vor dem Kamin, tropfte und trank ein Bier, das in dieser Herberge leider so schmeckte, als stammte es von einem recht kränklichen Kamel. Mitternacht leckte erst das Kätzchen trocken, dann sich selbst. Der Soldat hielt seine Stiefel an das Feuer, aus denen dampfend die Feuchtigkeit wich, während der Geist in der Flasche in der Nähe des Kamins stand und sanfte Rauchwölkchen ausstieß. Sogar er hatte nichts zu bemängeln.

Draußen hörte man Pferde. Das war nichts Ungewöhnliches. Die meisten Menschen in Ingari reisten zu Pferde. Und es war auch nicht überraschend, dass die

Reiter offenbar vor der Herberge anhielten. Sie mussten ebenfalls völlig durchnässt sein. Abdullah dachte gerade darüber nach, dass er am vergangenen Tag vom Geist besser Pferde verlangt hätte, anstatt Milch und Lachs, als er die Reiter draußen vor dem Fenster des Zimmers laut mit dem Wirt sprechen hörte:

»Zwei Männer – ein Soldat aus Strangia und ein dunkelhaariger Typ mit ausgefallenen Kleidern – werden wegen Überfalls und Raubes gesucht – habt Ihr sie gesehen?«

Bevor die Reiter zu Ende gesprochen hatten, stand der Soldat am Fenster, mit dem Rücken zur Wand, so dass er seitlich hinausblicken konnte, ohne selbst gesehen zu werden. Und irgendwie hatte er auch schon sein Gepäck in der einen und seine Kappe in der anderen Hand.

»Vier Männer«, sagte er. »Wachen, der Uniform nach zu schließen.«

Alles, was Abdullah in diesem Augenblick zu tun einfiel, war, bestürzt dreinzuschauen und zu denken, dass dies davon kam, wenn man für Katzen solchen Zinnober um Körbe und Badewasser machte und Herbergsleuten Grund gab, sich an einen zu erinnern. Und eine Extrastube fordert, dachte er, als er die Stimme des Wirtes beflissen sagen hörte, ja, er habe diese beiden Kerle gesehen und sie seien hier drin, in dieser kleinen Stube.

Der Soldat streckte Abdullah seine Kappe hin. »Hier.

Setz Gernegroß hinein. Und dann nimm Mitternacht und halt dich bereit, aus dem Fenster zu steigen, sobald sie die Herberge betreten.«

Gernegroß hatte gerade beschlossen, eine Expedition unter eine Eichenbank anzutreten. Abdullah kroch ihm hinterher. Als er auf den Knien wieder hervorkam, das jammernde Katzenkind in der Hand, hörte er schwere Stiefel in den Schankraum poltern. Der Soldat öffnete gerade die Verriegelung am Fenster. Abdullah ließ Gernegroß in die Kappe fallen und wandte sich dann Mitternacht zu. Dabei fiel sein Blick auf den Flaschengeist, der sich am Kamin wärmte. Mitternacht saß auf einem hohen Regal auf der anderen Seite des Raumes. Das Ganze war völlig aussichtslos! Die Stiefel waren schon ein gutes Stück näher und bewegten sich auf die Stubentür zu. Der Soldat rüttelte am Fenster, das zu klemmen schien.

Abdullah riss die Flasche an sich.

»Mitternacht, komm her!«, sagte er und rannte zum Fenster, wo er mit dem Soldaten zusammenstieß, der gerade nach hinten trat.

»Aus dem Weg!«, rief der Soldat. »Das Ding klemmt. Muss es eintreten.«

Während Abdullah beiseite trat, flog die Stubentür auf und drei große Männer in Uniform stürmten den Raum. Im gleichen Augenblick traf der Stiefel des Soldaten mit einem Krachen gegen den Fensterrahmen. Der Fensterflügel sprang auf und der Soldat kletterte über das Fensterbrett. Die drei Männer brüllten wild durcheinander. Zwei rannten zum Fenster und einer lief zu Abdullah. Abdullah sprang über die Eichenbank und rannte dann zum Fenster, wo er ohne zu zögern die Fensterbank wie eine Hürde nahm und in den strömenden Regen hinaussprang. Dann fiel ihm Mitternacht ein und er wirbelte herum.

Mitternacht war wieder riesengroß. Größer, als er sie je zuvor gesehen hatte. Sie stand drohend wie ein großer schwarzer Schatten unterhalb des Fensters und zeigte den drei Männern ihre scharfen weißen Reißzähne. Sie stolperten übereinander, während sie sich rückwärts zur Tür bewegten. Abdullah wandte sich erleichtert um und folgte dem Soldaten, der die Herberge schon fast hinter sich gelassen hatte. Der vierte Wachmann, der draußen stand und die Pferde festhielt, lief ihnen zunächst nach, merkte dann aber, dass dies zwecklos war, und kehrte zu den Pferden zurück. Sie scheuten, als er auf sie zurannte, und nahmen dann Reißaus. Während Abdullah mit dem Soldaten auf durchweichten Wegen durch einen Kräutergarten stolperte, hörte er alle vier Wachen schreien und rufen. Sie versuchten ihre Pferde wieder einzufangen.

Der Soldat war ein Meister des taktischen Rückzugs. Ohne auch nur einen Augenblick zu zaudern, fand er den Weg aus dem Kräutergarten in den Obstgarten und von dort zu einer Brücke, über die man auf ein offenes Feld gelangte. Ein Stück entfernt, auf der anderen Seite des Feldes, entdeckten sie hinter einem Vorhang aus Regen einen Wald, der ihnen als sichere Zuflucht erschien.

»Hast du Mitternacht mitgebracht?«, japste der Soldat, während sie durch das nasse Gras des Feldes stapften.

»Nein«, sagte Abdullah. Er hatte keinen Atem, um dies genauer zu erklären.

»Wie bitte?«, rief der Soldat aus. Er blieb stehen und fuhr herum.

In diesem Moment setzten die vier Wachen auf ihren Pferden über die Hecke des Obstgartens. Der Soldat fluchte schrecklich. Dann rannten er und Abdullah auf den Wald zu. Als sie die ersten Büsche erreichten, hatten die Männer auf den Pferden schon mehr als die Hälfte des Feldes überquert. Abdullah und der Soldat bahnten sich ihren Weg durch das Gestrüpp in den Wald hinein, wo der Boden zu Abdullahs Überraschung mit Tausenden und Abertausenden leuchtend blauer Blumen übersät war. Wie ein blauer Teppich erstreckten sie sich – so weit das Auge reichte – auf dem Waldboden.

»Was sind denn das … für Blumen?«, keuchte Abdullah.

»Veilchen«, sagte der Soldat. »Wenn wir durch deine Schuld Mitternacht verloren haben, bringe ich dich um.«

»Wir haben sie nicht verloren. Sie wird uns finden. Sie war wieder riesig. Habe es Euch doch schon gesagt. Zauberei«, keuchte Abdullah.

Der Soldat hatte Mitternachts Trick noch nie gesehen. Er glaubte Abdullah kein Wort. »Los, schneller«, sagte er. »Wir müssen in einem weiten Bogen zurücklaufen und sie holen.«

Sie rannten, zertrampelten dabei die Veilchen und wurden von ihrem seltsamen, wilden Duft umhüllt. Wenn der graue, herabströmende Regen und die Rufe der Wachen nicht gewesen wären, hätte Abdullah glauben können, er liefe über den Boden des Himmels. Sofort tauchte er wieder in seinen Tagtraum ein. Wenn er den Garten vor dem Haus anlegte, das Blume-in-der-Nacht und er dereinst teilen würden, wollte er Veilchen wie diese hier zu Tausenden darin wachsen lassen. Allerdings machte ihn sein Tagtraum nicht blind für die Tatsache, dass sie im Laufen einen Trampelpfad aus zertretenen Stängeln und geköpften Blüten hinterließen. Und er machte ihn auch nicht taub für das Knacken der Äste, als die Wachen ihre Pferde nun in den Wald hineintrieben.

»Es hat keinen Sinn«, sagte der Soldat. »Dein Flaschengeist muss dafür sorgen, dass die Wachen uns verlieren.«

»Ich muss bemerken … o Saphir unter den Soldaten … dass vor morgen … kein Wunsch … möglich ist«, keuchte Abdullah.

»Er kann dir doch wieder einen im Voraus gewähren«, sagte der Soldat.

Blauer Rauch stob ärgerlich aus der Flasche in Abdullahs Hand. »Ich habe dir deinen letzten Wunsch nur unter der Voraussetzung erfüllt, dass du mich in Frieden lässt«, schnaubte der Geist ärgerlich. »Ich will nichts weiter, als in meiner Flasche in Ruhe gelassen werden. Und was ist? Lässt du mich etwa in Ruhe? Nein. Beim ersten Anzeichen von Schwierigkeiten beginnst du, um Extra-Wünsche zu betteln. Nimmt hier eigentlich niemand ein bisschen Rücksicht auf mich?«

»Ein Notfall … o Hyazinthe – … o Veilchen unter den Geistern in Flaschen«, stieß Abdullah hervor. »Bringe uns … weit weg …«

»O nein, tu das nicht!«, sagte der Soldat. »Du kannst uns doch nicht ohne Mitternacht weit weg wünschen! Er soll uns unsichtbar machen, bis wir sie gefunden haben.«

»O blaue Jade unter den Flaschengeistern …«, sagte Abdullah schnaufend.

»Wenn ich irgendwas noch weniger ausstehen kann als diesen Regen und ständig durch Wünsche im Voraus belästigt zu werden«, fiel ihm der Flaschengeist ins Wort und schwankte als lavendelfarbene Wolke anmutig hin und her, »dann, dass man versucht, mir etwas durch blumige Sprache abzuschmeicheln. Drückt euch klar aus, wenn ihr euch etwas wünschen wollt.«

»Bring uns nach Kingsbury«, stieß Abdullah hervor.

»Sorge dafür, dass diese Kerle uns aus den Augen verlieren«, sagte der Soldat im selben Moment.

Sie warfen einander wütende Blicke zu, während sie weiterrannten.

»Ihr müsst euch schon entscheiden«, sagte der Flaschengeist. Er verschränkte seine Arme und wehte gleichmäßig hinter ihnen her. »Mir ist es gleich, was ihr auswählt, um einen weiteren Wunsch zu vergeuden. Ich will euch nur daran erinnern, dass es der letzte für zwei Tage ist.«

»Ich lasse Mitternacht nicht im Stich«, sagte der Soldat.

»Wenn wir das tun … Wunsch verschwendet«, brachte Abdullah stotternd heraus, »dann soll … nützlich … närrischer Glücksritter … unseren Wunsch … ausführen … Kingsbury.«

»Dann könnt Ihr ohne mich gehen«, sagte der Soldat.

»Die Reiter sind nur noch fünfzig Fuß entfernt«, bemerkte der Flaschengeist.

Sie blickten über die Schulter und stellten fest, dass er die Wahrheit sagte. Abdullah gab nach. »Mach uns unsichtbar«, keuchte er.

»Mach uns unsichtbar, bis Mitternacht uns gefunden hat«, fügte der Soldat hinzu. »Ich bin mir sicher, dass es ihr gelingen wird. Sie ist ja so klug.«

Abdullah sah aus dem Augenwinkel, wie ein gemeines Grinsen über das Gesicht des Geistes huschte und er mit seinen Raucharmen bestimmte Gesten machte.

Dem folgte eine feuchte, klebrige Fremdheit. Die Welt um Abdullah herum verformte sich plötzlich, wurde weit und blau und grün und unscharf. Langsam und mühevoll kroch er zwischen etwas umher, was wie riesige Veilchen aussah, seine großen und warzigen Hände mit äußerster Vorsicht aufsetzend. Weil er nämlich – aus irgendeinem Grund – nicht nach unten blicken konnte, sondern nur nach oben und geradeaus. Es war alles schrecklich anstrengend, am liebsten wäre er einfach hocken geblieben. Aber der Boden zitterte ganz fürchterlich. Er spürte, dass ungeheure Lebewesen auf ihn zugaloppierten, darum kroch er eilig weiter. Und konnte sich gerade noch in Sicherheit bringen.

Ein riesiger Huf, so groß und rund wie ein Turm und auf der Unterseite mit Metall beschlagen, donnerte unmittelbar neben ihm zu Boden. Abdullah erschreckte sich furchtbar und war unfähig, sich zu rühren. Er bemerkte, dass die riesigen Wesen ebenfalls stehen geblieben waren, und zwar ganz in seiner Nähe. Sie machten laute, verärgert klingende Geräusche, ohne dass er sie hätte verstehen können. Das ging eine ganze Weile so. Dann begann das Stampfen der Hufe erneut und hielt lange Zeit an, wobei es sich mal hierhin und mal dorthin richtete. Abdullah schien es, als neigte sich der Tag bereits dem Abend zu, als die Lebewesen ihre Suche nach ihm endlich aufgaben und unter Lärm und Getöse verschwanden.

## 13. KAPITEL *in welchem Abdullah das Schicksal herausfordert*

Abdullah blieb noch eine ganze Weile zusammengekauert an seinem Platz hocken. Als die Lebewesen aber nicht zurückkehrten, kroch er weiter, unsicher und kraftlos, und versuchte zu ergründen, was mit ihm geschehen war. *Dass* etwas passiert war, war ihm klar. Aber er schien nicht über allzu viel Hirn zu verfügen, um damit denken zu können.

Während er so dahinkroch, hörte es endlich auf zu regnen. Worüber er ein wenig betrübt war, denn der Regen auf seiner Haut war wundervoll erfrischend gewesen. Andererseits – da kreiste eine Fliege um einen Sonnenstrahl und setzte sich schließlich auf ein Veilchenblatt ganz in der Nähe.

Augenblicklich ließ Abdullah seine lange Zunge herausschnellen, angelte sich damit die Fliege und verschlang sie. Sehr lecker! Aber dann dachte er: Fliegen sind doch eklig! Noch verwirrter als zuvor kroch er um ein Veilchenkissen herum.

Und dort hockte jemand, der genauso aussah wie er: braun und plump und warzig, und mit gelben Augen, die oben auf dem Kopf saßen. Als sein Gegenüber ihn sah, öffnete es sein breites lippenloses Maul zu einem grauenvollen Laut und fing an, sich aufzublasen. Abdullah wartete nicht ab, bis er noch mehr zu sehen oder zu hören bekam. Er wandte sich um und kroch davon, so schnell ihn seine krummen Beine trugen. Jetzt wusste er, was mit ihm los war. Er war eine Kröte. Der hinterhältige Flaschengeist hatte dafür gesorgt, dass er sein Dasein als Kröte fristen musste, bis Mitternacht ihn fand. Und er war sich ziemlich sicher, dass sie ihn, wenn es so weit war, auffressen würde. Er kroch unter das nächstgelegene Veilchenkissen und versteckte sich …

Etwa eine Stunde später wurden die Veilchen auseinander geschoben, wodurch die Pfote eines schwarzen Ungeheuers sichtbar wurde. Die Pfote schien sich für Abdullah zu interessieren. Mit eingezogenen Krallen schubste sie ihn herum. Abdullah war so verängstigt, dass er rückwärts wegzuspringen versuchte.

Worauf er sich auf dem Rücken liegend zwischen den Veilchen wiederfand.

Zunächst blinzelte er nur zu den Bäumen hinauf und versuchte damit zurechtzukommen, dass es plötzlich wieder klare Gedanken in seinem Kopf gab. Manche dieser Gedanken waren unangenehm. Sie handelten von zwei Räubern, die als Kröten am Teich einer Oase entlangkrochen, und davon, eine Fliege gegessen zu haben und fast von einem Pferd zertrampelt worden zu sein. Dann sah er sich um und bemerkte den Soldaten, der ganz in der Nähe hockte und so verwundert dreinschaute, wie Abdullah sich fühlte. Sein Gepäck lag neben ihm und nicht weit davon entfernt unternahm Gernegroß gerade beherzte Versuche, aus der Kappe des Soldaten herauszuklettern. Die Flasche des Flaschengeists stand unschuldig neben der Kappe.

Als feine Rauchfahne, wie die Flamme einer Spirituslampe, stieg der Geist aus der Flasche und stützte dabei seine Raucharme auf dem Flaschenhals ab. »Habt ihr euch amüsiert?«, fragte er hämisch. »Da hab ich euch erwischt, was? Das wird euch eine Lehre sein, mich zu Extra-Wünschen zu zwingen.«

Mitternacht war durch die plötzliche Rückverwandlung der Männer höchst alarmiert. Sie machte einen kleinen ärgerlichen Buckel und fauchte beide an.

Der Soldat streckte ihr die Hand entgegen und machte beruhigende Laute. »Wenn du Mitternacht noch mal so erschreckst«, sagte er zum Flaschengeist, »schlage ich deine Flasche entzwei.«

»Das hast du schon mal gesagt«, gab der Flaschengeist zurück. »Aber Pech gehabt: Es würde dir ohnehin nicht gelingen. Die Flasche ist verzaubert.«

»Dann werde ich dafür sorgen, dass *du* bei seinem nächsten Wunsch in eine Kröte verwandelt wirst«, sagte der Soldat und zeigte mit dem Daumen auf Abdullah.

Der Flaschengeist warf Abdullah einen unsicheren Blick zu. Abdullah sagte nichts, merkte aber, dass dies ein kluger Schachzug war, um den launischen Flaschengeist gefügiger zu machen. Er seufzte. Wie er es auch anfing – es würde ihm wohl nicht gelingen, keinen Wunsch mehr zu vergeuden.

Sie rappelten sich auf, sammelten ihre Habseligkeiten zusammen und machten sich wieder auf den Weg. Allerdings waren sie jetzt weitaus vorsichtiger. Sie wanderten auf den kleinsten Straßen und Wegen, die sie finden konnten, und anstatt sich für die Nacht eine Herberge zu suchen, kampierten sie in einer leeren alten Scheune. Hier schien etwas Mitternachts Aufmerksamkeit zu erregen, denn sie verschwand nach kurzer Zeit in einer dunklen Ecke. Nur wenig später kam sie mit einer toten Maus zurück, die sie fürsorglich zu Gernegroß in die Kappe legte. Gernegroß war sich nicht ganz sicher, was er damit anfangen sollte. Am Ende beschloss er, dass es wohl ein Spielzeug war. Mitternacht trollte sich wieder und Abdullah konnte ihre leisen Jagdgeräusche fast die ganze Nacht hindurch hören.

Trotzdem machte der Soldat sich Gedanken, womit er die Katzen füttern sollte. Am nächsten Morgen verlangte er von Abdullah, er solle zum nächsten Bauernhof gehen und dort Milch kaufen.

»Wenn Ihr sie unbedingt wollt, dann geht doch selbst«, antwortete Abdullah kurz angebunden.

Aber schließlich fand er sich dann doch auf dem Weg zum Bauernhof wieder, mit einem Krug aus dem Gepäck des Soldaten, der an der einen Seite seines Gürtels befestigt war, und der Flasche mit dem Geist, die auf der anderen Seite baumelte.

Genau das Gleiche passierte auch an den beiden nächsten Tagen, mit dem kleinen Unterschied, dass sie diese beiden Nächte unter einem Heuhaufen verbrachten und Abdullah an dem einen Morgen einen herrlich frischen Brotlaib mitbrachte und an dem anderen ein paar Eier. Am dritten Morgen versuchte er auf dem Rückweg zum Heuhaufen herauszufinden, warum er zunehmend schlechtere Laune hatte und sich ausgenutzt fühlte.

Es lag nicht allein daran, dass er steif und müde war und die ganze Zeit feuchte Kleider tragen musste. Es lag auch nicht daran, dass er so viel Zeit darauf verwenden musste, Nahrung für die Katzen des Soldaten zu beschaffen – obwohl es durchaus ein bisschen was damit zu tun hatte. Wie es auch ein wenig an Mitternacht lag. Abdullah wusste, er sollte ihr dankbar sein, weil sie sie vor den Wachen verteidigt hatte. Er war auch dankbar, aber er konnte sich trotzdem nicht recht mit ihr anfreunden. Jeden Tag bestieg sie voller Herablassung Abdullahs Schulter und ließ keinen Zweifel daran, dass er für sie nur eine Art Pferd war. Dies hinzunehmen, von einem ganz gewöhnlichen Tier, fiel Abdullah schwer.

Über diese und ähnliche Dinge brütete Abdullah den ganzen Tag, während er, mit einer sich elegant um seinen Hals schmiegenden Mitternacht und dem Soldaten, der fröhlich vorausstapfte, durch die Lande wanderte. Das Problem war nicht, dass er Katzen nicht mochte. Mittlerweile hatte er sich an sie gewöhnt. Manchmal fand er Gernegroß sogar genauso niedlich wie der Soldat. Nein, seine schlechte Laune hatte vielmehr mit der Art zu tun, wie der Soldat und der Flaschengeist es gemeinsam schafften, seine Suche nach Blume-in-der-Nacht hintanzustellen. Wenn er nicht aufpasste, würde er für den Rest seines Lebens die Landstraßen entlangwandern, ohne jemals nach Kingsbury zu gelangen. Und auch, wenn er dort jemals ankam, müsste er immer noch erst mal einen Zauberer ausfindig machen. Nein, so ging es nicht weiter!

An diesem Abend stießen sie auf die Überreste eines alten Turms, in dem sie ihr Nachtlager aufschlugen. Das war viel besser als ein Heuhaufen. Sie konnten ein Feuer anzünden und etwas Warmes aus den Vorräten des Soldaten essen. Abdullah wurde es endlich einmal wieder warm und seine Kleider trockneten auch. Abdullahs Laune stieg.

Der Soldat war ebenfalls guter Stimmung. Während Gernegroß in seiner Kappe schlief, saß er gegen die Wand des Turmes gelehnt und blickte in den Sonnenuntergang. »Ich habe nachgedacht«, sagte er. »Du hast doch morgen bei deinem rauchenden blauen Freund wieder einen Wunsch frei, nicht wahr? Weißt du, was du dir am besten wünschen solltest? Wünsch dir deinen fliegenden Teppich zurück. Dann kommen wir viel schneller voran.«

»Es wäre genauso leicht, uns alle direkt nach Kingsbury zu wünschen, o intelligenter Infanterist«, bemerkte Abdullah – ein wenig verdrießlich, um die Wahrheit zu sagen.

»Mag sein, aber mittlerweile bin ich diesem Flaschengeist auf die Schliche gekommen und weiß, dass er mit diesem Wunsch auch wieder etwas Schlechtes anstellen wird, wenn er nur irgendwie kann«, sagte der Soldat. Er hatte Recht.

Trotzdem grunzte Abdullah nur. Weil er durch die Art und Weise, wie der Soldat ihm diesen Vorschlag unterbreitete, die Dinge plötzlich ganz anders sah. In der Tat hatte der Soldat den Flaschengeist wohl mittlerweile durchschaut. Das war typisch für ihn. Er war ja auch Fachmann darin, andere Leute dazu zu bringen, zu tun, was er wollte. Das einzige Lebenwesen, das den Soldaten dazu bringen konnte, etwas zu tun, was er eigentlich nicht wollte, war Mitternacht. Und Mitternacht tat Dinge, die sie eigentlich nicht wollte, nur, wenn Gernegroß etwas wollte. Das stellte den kleinen Kater an die Spitze der Hackordnung.

Ein kleiner Kater!, dachte Abdullah. Und da der Soldat den Flaschengeist durchschaut hatte und der Flaschengeist zweifellos über Abdullah stand, geriet Abdullah auf diese Weise eben an das Ende der Reihe. Kein Wunder, dass er sich ausgenutzt fühlte. Und als er feststellte, dass es mit den Verwandten der ersten Frau seines Vaters genauso gewesen war, fühlte er sich auch nicht besser.

Darum grunzte Abdullah bloß – was man in Zanzib

als schockierende Rüpelhaftigkeit empfunden hätte. Aber der Soldat bemerkte es überhaupt nicht. Er deutete begeistert zum Himmel. »Wieder so ein hübscher Sonnenuntergang. Sieh mal, da ist auch wieder so ein Schloss.«

Der Soldat hatte Recht. Eine Herrlichkeit aus gelben Seen zeigte sich am Himmel, mit Inseln und einer lang gestreckten indigofarbenen Wolke als Landzunge, auf der sich wie ein Schloss eine weitere, zu einem Viereck geballte Wolke erhob.

»Es ist aber ein anderes Schloss als das erste«, sagte Abdullah. Er hatte das Gefühl, dass es Zeit wurde, sich ein wenig durchzusetzen.

»Natürlich. Man sieht nie zweimal die gleiche Wolke«, sagte der Soldat.

Es gelang Abdullah, am nächsten Morgen als Erster aufzuwachen. Das Rot der Dämmerung erleuchtete noch den Himmel, als er aufsprang, die Flaschengeist-Flasche nahm und sich mit ihr ein wenig von der Ruine entfernte. »Flaschengeist«, sagte er. »Erscheine!«

Eine winzige Rauchfahne stieg aus dem Flaschenhals, widerwillig und sehr gespenstisch. »Was soll das?«, sagte sie. »Wo bleibt das Gerede von Edelsteinen und Blumen und all das?«

»Du hast mir gesagt, es gefällt dir nicht. Darum lasse ich es sein«, antwortete Abdullah. »Ich bin jetzt Realist. Und der Wunsch, den ich habe, ist das Ergebnis meiner neuen Einstellung.«

»Aha«, sagte das Wölkchen Flaschengeist. »Du wirst dir also den Teppich zurückwünschen.«

»Ganz und gar nicht«, sagte Abdullah. Das überraschte den Flaschengeist so sehr, dass er aus der Flasche hinausschoss und Abdullah mit großen Augen ansah, die im Licht der Dämmerung ganz echt wirkten und glänzten, fast wie die Augen eines Menschen.

»Ich werde es dir erklären«, sagte Abdullah. »Es ist so: Das Schicksal ist offensichtlich fest entschlossen, meine Suche nach Blume-in-der-Nacht zu verzögern. Dem steht die Tatsache entgegen, dass das Schicksal ebenso vorherbestimmt hat, dass ich sie heiraten soll. Wenn ich den Versuch mache, mich gegen das Schicksal zu stellen, sorgst du dafür, dass meine Wünsche niemand etwas nützen. Und oft genug werde ich dann sogar von Menschen auf Kamelen oder Pferden verfolgt. Oder aber der Soldat bringt mich dazu, einen Wunsch zu vergeuden. Da ich sowohl deine Gemeinheiten satt habe wie auch den Soldaten, der in einem fort nur seinen Kopf durchsetzt, habe ich mich entschlossen, das Schicksal herauszufordern. Ich werde von nun an jeden Wunsch freiwillig vergeuden. Dann wird das Schicksal gezwungen sein, einzugreifen, sonst wird die Prophezeiung im Hinblick auf Blume-in-der-Nacht niemals erfüllt werden.«

»Du bist kindisch«, sagte der Geist. »Oder ein Held. Oder vielleicht auch verrückt.«

»Nein, nur realistisch«, sagte Abdullah.

»Darüber hinaus werde ich dich herausfordern, indem ich die Wünsche so vergeuden werde, dass sie trotzdem irgendwo jemand anders nützen.«

Hierauf setzte der Flaschengeist eine entschieden sarkastische Miene auf. »Und was soll heute dein Wunsch sein? Heime für Waisenkinder? Augenlicht für Blinde? Oder willst du einfach, dass alles Geld der Welt den Reichen weggenommen und an die Armen verteilt wird?«

»Ich dachte«, sagte Abdullah, »ich könnte mir wünschen, dass die beiden Räuber, die du in Kröten verwandelt hattest, wieder ihr früheres Erscheinungsbild erhalten sollen.«

Ein Ausdruck hinterhältiger Freude breitete sich auf dem Gesicht des Geistes aus. »Es hätte schlimmer kommen können. Diesen Wunsch werde ich dir gern erfüllen.«

»Wo ist der Haken bei der Erfüllung dieses Wunsches?«, fragte Abdullah.

»Ach, eigentlich nirgends«, antwortete der Geist. »Nur dass gerade die Soldaten des Sultans in dieser Oase lagern. Der Sultan ist davon überzeugt, dass du dich immer noch irgendwo in der Wüste aufhältst. Seine Männer durchkämmen die gesamte Umgebung nach dir. Aber ich bin sicher, dass sie für zwei Räuber ein paar Augenblicke erübrigen können. Nur um dem Sultan zu beweisen, wie eifrig sie sind.«

Abdullah dachte nach. »Und wer befindet sich außerdem noch in der Wüste, der durch die Suche des Sultans in Gefahr geraten könnte?«

Der Flaschengeist sah ihn schief an. »Du fürchtest dich eben doch, einen Wunsch zu vergeuden, nicht wahr? Allzu viele sind jedenfalls nicht mehr dort, abgesehen von ein paar Teppichwebern und einem Propheten oder so – und natürlich Jamal und sein Hund.«

»Aha«, sagte Abdullah. »Dann vergeude ich diesen Wunsch für Jamal und seinen Hund. Ich wünsche mir, dass Jamal und seinem Hund auf der Stelle zu einem angenehmen und einträglichen Leben verholfen wird, zum Beispiel als – lass mich nachdenken – ja, als Palastkoch und Wachhund im nächstgelegenen Königspalast, ausgenommen in Zanzib.«

»Du machst es geradezu unmöglich, diesen Wunsch misslingen zu lassen«, sagte der Geist jammernd.

»Das war meine Absicht«, sagte Abdullah.

»Wenn ich herausfände, wie man es anstellt, dass du keinen der Wünsche mehr misslingen lassen kannst, wäre mir das eine große Erleichterung.«

»Es gibt einen Wunsch, mit dem du das erreichen könntest«, antwortete der Flaschengeist.

Er klang ausgesprochen sehnsüchtig, so dass Abdullah sofort klar war, was er meinte. Der Geist wollte von dem Zauber erlöst werden, der ihn an die Flasche band. Es wäre ein Leichtes, darauf einen Wunsch zu verwenden, dachte Abdullah. Wenn er sich nur sicher sein könnte, dass ihm der Geist nach seiner Befreiung aus

Dankbarkeit bei der Suche nach Blume-in-der-Nacht helfen würde. Was bei diesem Geist recht unwahrscheinlich war. Außerdem müsste er, wenn er den Geist freiließ, seinen Plan aufgeben, das Schicksal herauszufordern – wozu er aber fest entschlossen war. »Ich werde über diesen Wunsch nachdenken – später«, sagte Abdullah. »Mein Wunsch für heute gilt Jamal und seinem Hund. Sind sie jetzt in Sicherheit?«

»Ja«, sagte der Geist beleidigt. Er verschwand mit einem Gesichtsausdruck in seiner Flasche, der in Abdullah das ungute Gefühl hervorrief, dass er irgendwie doch noch versucht haben könnte, diesen Wunsch misslingen zu lassen. Leider war es unmöglich, dies herauszufinden.

Abdullah wandte sich um und bemerkte, dass der Soldat ihn beobachtete. Abdullah hatte keine Ahnung, was sein Begleiter mitgehört hatte, aber er stellte sich auf einen Streit ein.

Der Soldat sagte aber nur: »Ich versteh dich in manchem einfach nicht.« Dann schlug er vor, sie sollten losziehen, bis sie auf einen Bauernhof stießen, wo sie etwas zum Frühstücken erstehen konnten.

Abdullah nahm Mitternacht wieder auf die Schulter und sie zogen los. Den ganzen Tag lang wanderten sie wieder endlose Straßen entlang. Obwohl sie nirgends auf Wachen stießen, schienen sie Kingsbury dennoch kein Stück näher zu kommen. Und tatsächlich, als der Soldat einen Mann, der einen Graben aushob, fragte, wie weit es noch bis Kingsbury sei, antwortete dieser, sie hätten noch vier Tagesmärsche vor sich.

Schicksal!, dachte Abdullah.

Am nächsten Morgen schlich er auf die andere Seite des Heuhaufens, in dem sie geschlafen hatten, und wünschte sich, dass sich die beiden Kröten in der Oase wieder in Männer verwandelten.

Der Geist war sehr ungehalten. »Du hast doch gehört, wie ich gesagt habe: ›Der erste Mensch, der meine Flasche öffnet, soll eine Kröte werden.‹ Willst du etwa, dass ich mein gelungenes Werk zunichte mache?«

»Ja«, sagte Abdullah.

»Obwohl sich noch immer die Männer des Sultans in der Oase befinden und die Räuber sich aufhängen werden?«, fragte der Geist.

»Ich glaube, sie wollen trotzdem lieber wieder Menschen sein«, antwortete Abdullah, der sich an seine eigenen Erfahrungen als Kröte erinnerte.

»Na schön, dann soll es so sein«, sagte der Geist mit Grabesstimme. »Obwohl dir klar ist, dass meine Rache damit hinfällig ist. Aber was kümmert dich das? Ich bin für dich ja nur ein täglicher Wunsch aus der Flasche.«

## 14. KAPITEL *das davon erzählt, wie der fliegende Teppich wieder auftaucht*

Abdullah drehte sich herum: Wieder hatte ihn der Soldat beobachtet. Diesmal sagte er allerdings kein Wort. Abdullah war sich ziemlich sicher, dass er nur auf einen geeigneten Augenblick wartete.

Nachdem sie an diesem Tag eine Zeit lang gewandert waren, wurde die Landschaft allmählich hügeliger. Die mit saftigem Grün gesäumten Wege wichen sandigen Pfaden, an denen trockene, stachelige Büsche wuchsen. Der Soldat bemerkte fröhlich, dass sie nun endlich in eine andere Gegend kämen. Abdullah grunzte nur. Er war entschlossen, dem Soldaten keinen Anlass für ein Gespräch zu geben.

Als die Nacht hereinbrach, befanden sie sich inmitten einer hoch gelegenen Heidelandschaft. Von dort aus blickten sie auf eine sich weithin erstreckende Ebene. Eine kaum wahrnehmbare Erhebung am Horizont war – wie der Soldat immer noch bester Stimmung feststellte – wahrscheinlich Kingsbury.

Als sie sich zu ihrem Nachtlager niederließen, wies er Abdullah mit noch fröhlicherer Stimme darauf hin, wie niedlich Gernegroß mit den Verschlüssen seines Gepäcks spielte.

»Zweifellos bezaubert mich dies noch weniger als eine Erhebung am Horizont, die möglicherweise Kingsbury ist«, sagte Abdullah.

Wieder gab es einen herrlichen Sonnenuntergang. Während sie ihr Abendbrot aßen, machte der Soldat Abdullah darauf aufmerksam und lenkte sein Augenmerk auf eine große rote Wolke, die wie ein Schloss aussah.

»Ist das nicht wunderbar?«, fragte er.

»Es ist nur eine Wolke«, sagte Abdullah. »Sie hat keinen künstlerischen Wert.«

»Mein Freund«, sagte der Soldat. »Mir scheint, Ihr lasst Euch vom Flaschengeist beeinflussen.«

»Warum?«, entgegnete Abdullah.

Der Soldat deutete mit seinem Löffel auf die dunkle Erhebung in der Ferne, die sich vor der Sonne abzeichnete. »Seht Ihr dort?«, fragte er. »Das ist Kingsbury. Ich habe das Gefühl – und ich denke, Ihr habt es eigentlich auch –, dass alles seinen Gang gehen wird, wenn wir erst dort angekommen sind. Denkt nicht, ich verstehe Euch nicht: Ihr seid ein junger Kerl, von der Liebe enttäuscht, ungeduldig – es ist ganz natürlich, dass Ihr denkt, das Schicksal sei gegen Euch. Aber lasst es Euch gesagt sein: Das Schicksal geht meist seine eigenen Wege. Und der Flaschengeist steht nicht *mehr* auf der Seite eines Einzelnen, als es das Schicksal tut.«

»Woher wollt Ihr das wissen?«, fragte Abdullah.

»Weil er jedermann hasst«, sagte der Soldat. »Vielleicht ist das einfach seine Art – wobei ich zugeben muss, dass das Eingesperrtsein in eine Flasche sich wahrscheinlich nicht gerade günstig auf seinen Charakter auswirkt. Aber vergesst nicht: Egal, wie er sich fühlt, er muss Euch jeden Tag einen Wunsch erfüllen. Warum wollt Ihr es Euch schwer machen, nur um dem Flaschengeist eins auszuwischen? Warum wünscht Ihr Euch nicht das Nützlichste, das Euch einfällt, profitiert davon und richtet Euch mit dem ein, was er tut, um den Wunsch misslingen zu lassen? Ich habe es genau durchdacht und mir scheint, was immer der Geist auch anstellt, um es zum Schlechten zu wenden, es wird immer noch am besten sein, wenn Ihr Euch den fliegenden Teppich zurückwünscht.«

Während der Soldat sprach, kletterte Mitternacht – zu Abdullahs großer Überraschung – auf Abdullahs Knie, rieb sich an seinem Gesicht und schnurrte. Abdullah musste zugeben, dass er geschmeichelt war. Und er ließ sich von Mitternacht ebenso einwickeln wie vom Flaschengeist und dem Soldaten – vom Schicksal mal ganz zu schweigen. »Wenn ich mir den Teppich wünsche«, sagte er, »wette ich, dass die Unannehmlichkeiten, die der Geist uns damit schickt, seine Nützlichkeit bei weitem übersteigen werden.«

»Ihr wettet? Tatsächlich?«, sagte der Soldat. »Wetten kann ich nie widerstehen. Ich wette ein Goldstück, dass der Teppich mehr Nutzen als Ärger mit sich bringen wird.«

»Abgemacht«, sagte Abdullah. »Und nun geht es wieder nach Eurem Willen. Es verwundert mich, mein Freund, dass Ihr es niemals dazu gebracht habt, Eure Armee zu kommandieren.«

»Mich auch«, sagte der Soldat. »Ich hätte einen guten General abgegeben.«

Am nächsten Morgen erwachten sie in dichtem Nebel. Alles war weiß und feucht und es war unmöglich, weiter als bis zu den nächsten Sträuchern zu sehen. Mitternacht drängte sich zitternd an Abdullah. Die Flasche mit dem Geist zeigte, als Abdullah sie vor sich hinstellte, einen unleugbar angewiderten Ausdruck.

»Komm heraus«, sagte Abdullah. »Ich will mir etwas wünschen.«

»Ich kann deinen Wunsch genauso gut von hier aus erfüllen«, antwortete der Geist mit hohler Stimme. »Ich mag diesen Nebel nicht.«

»Nun gut«, sagte Abdullah. »Ich wünsche mir meinen fliegenden Teppich zurück.«

»Schon geschehen«, sagte der Geist. »Und das soll dir eine Lehre sein, alberne Wetten abzuschließen.«

Einen Moment lang sah Abdullah sich erwartungsvoll um – aber nichts geschah. Dann sprang Mitternacht auf ihre Pfoten. Das Gesicht von Gernegroß tauchte aus dem Gepäck des Soldaten auf, mit nach Süden gerichteten Ohren. Als Abdullah in diese Richtung blickte, hatte er das Gefühl, ein leises Rauschen zu vernehmen. Es schien der Lufthauch eines durch den Nebel schwebenden Gegenstands zu sein. Mit einem Mal begann der Nebel hin und her zu wallen – immer stärker und stärker. Das graue Rechteck des Teppichs tauchte über ihren Köpfen auf und glitt schließlich neben Abdullah zu Boden.

Der Teppich hatte einen Passagier dabei: einen wild aussehenden Mann mit einem großen Schnurrbart, der sich auf dem Teppich zusammengerollt hatte und friedlich schlummerte. Seine Hakennase bohrte sich zwar in den Teppich, aber Abdullah konnte dennoch den goldenen Ring darin erkennen, halb verdeckt von dem Schnurrbart und einem dreckigen Lappen, der ihm als Turban diente. Eine Hand des Mannes umklammerte eine silberbeschlagene Pistole. Keine Frage: Dies war Kabul Akba.

»Ich glaube, ich habe die Wette gewonnen«, murmelte Abdullah.

Schon dieses leise Murmeln – oder vielleicht auch die Kälte des Nebels – brachte den Räuber dazu, unruhig zu werden und sich zu bewegen. Der Soldat legte seinen Finger auf die Lippen und schüttelte den Kopf.

Abdullah nickte. Wenn er allein gewesen wäre, hätte er sich gefragt, was um alles in der Welt er jetzt tun sollte. Aber mit dem Soldaten zusammen fühlte er sich Kabul Akba fast ebenbürtig. So leise er konnte, machte er einen sanften schnarchenden Laut und flüsterte dem Teppich zu: »Komm unter diesem Mann hervor und schwebe vor mir.«

Ein Schütteln glitt den Rand des Teppichs entlang. Abdullah sah, dass er ihm zu gehorchen versuchte. Jetzt schüttelte sich der Teppich heftiger, aber Kabul Akba war offensichtlich zu schwer, so dass der Teppich nicht unter ihm weggleiten konnte. Darum versuchte er es auf eine andere Weise: Der Teppich erhob sich einen Zentimeter in die Luft, und bevor Abdullah erraten konnte, was er vorhatte, schoss er wie ein Pfeil unter dem schlafenden Räuber hervor.

»Nein!«, sagte Abdullah, aber er sagte es zu spät. Kabul Akba knallte auf den Boden und erwachte. Er setzte sich auf, fuchtelte mit seiner Pistole herum und brüllte etwas in einer fremden Sprache.

Schnell und dennoch lässig hob der Soldat den schwebenden Teppich auf und wickelte ihn um Kabul Akbas Kopf. »Nimm seine Pistole«, sagte er, während er den strampelnden Banditen mit seinen beiden starken Armen festhielt.

Abdullah ging in die Knie und fasste die Hand, die mit der Pistole herumfuchtelte. Es war eine ausgesprochen kräftige Hand. Abdullah hatte keine Chance, ihr die Pistole zu entwinden. Er konnte sie nur festhalten und sich hin- und herschütteln lassen, während die Hand versuchte, ihn loszuwerden. Neben ihm wurde der Soldat ebenfalls hin- und hergeschüttelt. Kabul Akba schien erstaunlich stark zu sein. Während er hin- und hergeschleudert wurde, versuchte Abdullah, einen der Finger des Banditen zu erwischen und ihn von der

Pistole wegzubiegen. Aber in diesem Moment röhrte Kabul Akba laut und stand auf. Abdullah wurde nach hinten geschleudert, und der Teppich war auf einmal um ihn statt um Kabul Akba gewickelt. Der Soldat hingegen ließ nicht locker. Er gab nicht auf, obwohl Kabul Akba sich weiter aufrichtete und so laut brüllte, dass man das Gefühl hatte, der Himmel würde auf die Erde herabfallen. Anstatt der Arme hielt der Soldat nun die Hüfte und schließlich nur noch die Oberschenkel umklammert. Kabul Akba brüllte, als wenn seine Stimme der Donner selbst sei, und richtete sich noch höher auf, bis seine beiden Beine zu dick waren, um sie gleichzeitig festhalten zu können. Der Soldat glitt weiter nach unten, bis er nur noch ein Bein, gleich unterhalb des mächtigen Knies, grimmig umklammerte. Dieses Bein versuchte den Soldaten durch Treten abzuschütteln, was ihm aber nicht gelang. Woraufhin Kabul Akba zwei riesige lederne Flügel ausbreitete und wegzufliegen versuchte. Der Soldat aber hielt sich noch immer an ihm fest.

All dies beobachtete Abdullah, während er sich unter dem Teppich hervorkämpfte. Er erhaschte auch einen Blick auf Mitternacht, die sich schützend über Gernegroß gestellt hatte. Sie war noch größer, als sie sich den Wachen gezeigt hatte. Aber nicht groß genug. Was dort stand, war einer der mächtigsten aller mächtigen Dschinns. Eine Hälfte von ihm verlor sich nach oben hin im Nebel, den er mit seinen auf und ab schlagenden

Flügeln in wallenden Rauch verwandelte. Er war unfähig zu fliegen, weil der Soldat einen seiner riesigen, krallenbewehrten Füße am Boden verankert hielt.

»Erklärt Euch, Mächtigster der Mächtigen!«, schrie Abdullah in den Nebel hinauf. »Bei den sieben großen Siegeln, ich beschwöre Euch, den Kampf zu beenden und Euch zu erklären!«

Der Dschinn hörte auf zu brüllen und unterbrach sein heftiges Flügelschlagen. »Du beschwörst mich, Sterblicher?«, drang eine dröhnende, verdrießlich klingende Stimme zu ihm hinab.

»Genau das tue ich«, sagte Abdullah. »Sag, warum du die Gestalt dieses höchst unehrbaren aller Nomaden angenommen und was du mit meinem Teppich gemacht hast. Du hast mich schon mindestens zweimal hintergangen.«

»Also gut«, sagte der Dschinn. Schwerfällig ging er in die Knie.

»Ihr könnt ihn jetzt loslassen«, wandte Abdullah sich an den Soldaten, der sich – da er die Regeln, denen sich die Dschinns beugen müssen, nicht kannte – immer noch an den riesigen Fuß klammerte. »Er muss jetzt hier bleiben und mir antworten.«

Vorsichtig ließ der Soldat los und wischte sich den Schweiß von der Stirn. Er schien auch dann noch nicht beruhigt zu sein, als der Dschinn seine Flügel zusammenfaltete und sich auf seine Knie setzte. Was man dem Soldaten nicht verdenken konnte, denn der Dschinn war auch im Knien noch so hoch wie ein Haus, und das Gesicht, das nun durch den Nebel hindurch sichtbar wurde, war einfach scheußlich.

Abdullah warf einen kurzen Blick auf Mitternacht, die jetzt wieder ihre normale Größe angenommen hatte und mit Gernegroß, der vor ihrem Maul baumelte, Schutz in den Büschen suchte. Dann zog das Gesicht des Dschinns wieder seine ganze Aufmerksamkeit auf sich.

Abdullah hatte diese stechenden braunen Augen und den goldenen Ring in der Hakennase schon früher einmal gesehen – wenn auch nur kurz –, als Blume-in-der-Nacht aus dem Garten entführt worden war.

»Ich korrigiere«, sagte Abdullah. »Du hast mich dreimal getäuscht.«

»Ach, noch viel öfter«, grollte der Dschinn milde. »So oft, dass ich nicht mehr mitgezählt habe.«

Jetzt ertappte sich Abdullah dabei, wie er ärgerlich die Arme verschränkte. »Erklär mir das!«

»Gern«, sagte der Dschinn. »Ich habe wirklich sehr gehofft, dass mich jemand darum bitten würde, obwohl ich angenommen hatte, dass es anstatt deiner eher der Fürst von Farktan sein würde oder die drei rivalisierenden Prinzen von Thayack. Aber keiner von ihnen hat sich als mutig genug erwiesen – was mich ein wenig erstaunt, denn du warst ganz bestimmt niemals mein bestes Eisen im Feuer. Keiner von euch beiden. Wisset denn, dass ich einer der Mächtigsten des Bundes der guten Dschinns bin. Mein Name ist Hasruel.«

»Ich wusste nicht, dass es überhaupt gute Dschinns gibt«, sagte der Soldat.

»Doch, die gibt es, unwissender Nordländer«, erklärte ihm Abdullah. »Ich habe den Namen von diesem hier mit Worten gehört, die ihn fast mit Engeln gleichsetzen.«

Der Dschinn runzelte die Stirn – kein gutes Zeichen. »Kenntnisarmer Kaufmann«, grollte er. »Ich stehe höher als mancher Engel. Wisset, dass etwa zweihundert Engel der unteren Lüfte unter meinem Kommando stehen. Sie dienen als Wachen am Eingang meines Palastes.«

Abdullah hatte seine Arme immer noch verschränkt und klopfte mit dem Fuß auf den Boden. »Wenn das der Fall ist«, sagte er, »dann erkläre mir, warum du dich mir gegenüber so alles andere als engelhaft benommen hast.«

»Die Schuld liegt nicht bei mir, Sterblicher«, sagte der Dschinn. »Die Not trieb mich dazu. Verstehe es und verzeihe. Wisse, dass meine Mutter, die mächtige Dasrah, sich vor etwa zwanzig Jahren in einem Moment der Schwäche von einem Dschinn des Bundes des Bösen verführen ließ. Sie gebar daraufhin meinen Bruder Dalzel, der – da man Gut und Böse nicht miteinander verbinden soll – schwach, weiß und kleinwüchsig blieb. Meine Mutter konnte Dalzel nicht ertragen und gab ihn mir, damit ich ihn aufzog. Während er aufwuchs, ließ ich ihm jede Fürsorge angedeihen. Daher magst du meine Furcht und meine Betrübnis verstehen, als sich herausstellte, dass er die Natur seines bösen Erzeugers geerbt hatte. Als er alt genug war, bestand seine erste Tat darin, mein Leben zu stehlen und es zu verstecken, wodurch er mich zu seinem Sklaven machte.«

»Moment mal!«, sagte der Soldat. »Soll das etwa heißen, du bist tot?«

»Aber ganz und gar nicht!«, sagte Hasruel. »Wir Dschinns sind anders als ihr Sterblichen, ungebildeter Mensch! Wir können nur sterben, wenn ein winziger Teil von uns zerstört wird. Aus diesem Grund entfernen alle Dschins diesen winzigen Teil von sich und verbergen ihn. So wie ich auch. Als ich aber Dalzel lehrte, wie er sein Leben verstecken müsse, erzählte ich ihm unbesonnen und voller Liebe, wo ich mein eigenes Leben verborgen hatte. Und sogleich brachte er mein Leben in seine Gewalt und zwang mich so, seinen Befehlen zu folgen oder zu sterben.«

»Jetzt kommen wir der Sache näher«, sagte Abdullah. »Sein Befehl war, Blume-in-der-Nacht zu entführen.«

»Ich korrigiere«, sagte Hasruel. »Mein Bruder hat den scharfen Verstand von seiner Mutter, der mächtigen Dasrah, geerbt. Er befahl mir, alle Prinzessinnen der Welt zu entführen. Wenn man einen Augenblick darüber nachdenkt, erkennt man den Sinn. Mein Bruder ist in einem Alter, in dem man heiratet, aber er ist nicht von reinblütiger Herkunft, so dass kein weiblicher

Dschinn ihn erwählen würde. Deshalb ist er gezwungen, auf sterbliche Frauen zurückzugreifen. Da er ein Dschinn ist, kommen für ihn nur Frauen höchsten Geblüts in Betracht.«

»Mein Herz blutet für deinen Bruder«, bemerkte Abdullah. »Und mit weniger als allen gibt er sich nicht zufrieden?«

»Warum sollte er?«, fragte Hasruel. »Er ist jetzt Herr über meine Kräfte. Er hat die Sache gut durchdacht. Und nachdem er erkannt hatte, dass eine Prinzessin niemals wie wir Dschinns in der Luft wird wandeln können, befahl er mir zuerst, ein fliegendes Schloss zu stehlen, das einem Zauberer im Land Ingari gehört. Darin wollte er seine Bräute unterbringen. Dann befahl er mir, Prinzessinnen zu entführen. Und nun bin ich dabei, diesen Befehl auszuführen. Aber natürlich verfolge ich gleichzeitig meine eigenen Pläne. Für jede Prinzessin, die ich entführe, versuche ich mindestens einen verzweifelten Liebhaber oder enttäuschten Prinzen zurückzulassen, den man vielleicht dazu bringen kann, sie zu retten. Dazu muss der Verliebte meinen Bruder herausfordern und ihm das Geheimnis des Verstecks meines Lebens entringen.«

»Und das ist der Moment, in dem ich auf den Plan trete, o mächtiger Marionettenspieler?«, fragte Abdullah kühl. »Ich bin ein Teil deines Plans, um dein Leben zurückzugewinnen?«

»Nur am Rande«, antwortete der Dschinn. »Meine

Hoffnungen ruhten eigentlich eher auf dem Erben von Alberien und dem Prinzen von Peichistan. Aber diese beiden jungen Männer haben sich stattdessen auf die Jagd verlegt. Leider haben sie überhaupt alle einen beträchtlichen Mangel an Kampfgeist an den Tag gelegt, einschließlich des Königs aus dem Hohen Norland, der sich nun alle Mühe gibt, seine Bibliothek allein zu katalogisieren, ohne die Hilfe seiner Tochter. Und selbst der war ein aussichtsreicherer Kandidat als du. Du warst, könnte man sagen, eher eine Außenseiterwette für mich. Die Prophezeiung zu deiner Geburt ist schließlich ausgesprochen zweideutig. Ich gestehe, dass ich dir diesen Teppich quasi nur zum Zeitvertreib verkauft habe ...«

»Du warst das also?«, rief Abdullah aus.

»Ja – aus Belustigung über die Anzahl und den Inhalt deiner Tagträume, die aus deiner Bude aufstiegen«, sagte Hasruel.

Abdullah merkte, wie sich sein Gesicht trotz des kalten Nebels erhitzte.

»Dann«, fuhr Hasruel fort, »nachdem du mich überrascht hattest, weil du dem Sultan von Zanzib entkommen warst, machte ich mir einen Spaß daraus, deinen Kabul Akba zu spielen und dich zu zwingen, ein paar deiner Tagträume auszuleben. Ich versuche gewöhnlich, jedem Freier die passenden Abenteuer zukommen zu lassen.«

Trotz seiner Beschämung hätte Abdullah schwören können, dass die großen goldbraunen Augen des Dschinns hierbei kurz zum Soldaten glitten. »Und wie viele enttäuschte Prinzen habt Ihr bislang in Bewegung setzen können, o scharfsinniger und Späße treibender Dschinn?«, fragte er.

»Knapp dreißig«, sagte Hasruel. »Aber wie ich schon sagte, die meisten von ihnen rühren sich nicht vom Fleck. Das kommt mir höchst merkwürdig vor, denn ihre Herkunft und ihre verschiedenen Begabungen übertreffen die deinen bei weitem. Aber wie auch immer – ich tröste mich mit dem Gedanken, dass es immer noch hundertzweiunddreißig Prinzessinnen gibt, die man entführen kann.«

»Ich denke, du kannst mit mir ganz zufrieden sein«, sagte Abdullah. »Niedrig, wie meine Geburt ist, scheint das Schicksal es doch so zu wollen. Ich kann dir dies deshalb versichern, weil ich das Schicksal erst kürzlich wegen dieser Angelegenheit herausgefordert habe.«

Der Dschinn lächelte – ein ebenso ungutes Zeichen wie sein Stirnrunzeln – und nickte. »Das weiß ich«, sagte er. »Dies ist auch der Grund, warum ich mich dazu herabgelassen habe, dir zu erscheinen. Zwei meiner Dienstengel, die in der Gestalt zweier Männer gehängt worden waren, kehrten gestern zu mir zurück. Sie waren nicht besonders erbaut und behaupteten, es sei dein Werk gewesen.«

Abdullah verbeugte sich. »Wenn sie darüber nachdenken, werden sie es zweifellos einem Leben als unsterbliche Kröten vorziehen«, sagte er. »Jetzt sag mir nur noch eins, o hintersinniger Dieb der Prinzessinnen: Sag mir, wo Blume-in-der-Nacht – ganz zu schweigen von deinem Bruder Dalzel – zu finden ist.«

Das Lächeln des Dschinns wurde breiter – was es noch unangenehmer machte, da es eine Reihe extrem langer Reißzähne erkennen ließ. Er deutete mit einem riesigen, krallenbewehrten Daumen in die Höhe. »Nun, erdgebundener Abenteurer, sie befinden sich natürlich in dem Schloss, das du während der letzten Tage bei Sonnenuntergang gesehen hast«, sagte er. »Es gehörte, wie ich schon sagte, einem Zauberer dieses Landes. Es wird dir nicht leicht fallen, dorthin zu gelangen. Und wenn es dir doch gelingt, solltest du immer im Gedächtnis behalten, dass ich der Sklave meines Bruders bin und gezwungen, gegen dich zu handeln.«

»Verstanden«, sagte Abdullah.

Der Dschinn stützte sich mit seinen riesigen Händen am Boden ab und erhob sich. »Außerdem muss ich noch anmerken«, sagte er, »dass dem Teppich befohlen wurde, mir nicht zu folgen. Kann ich mich jetzt entfernen?«

»Nein, warte!«, schrie der Soldat. Im gleichen Moment fiel Abdullah noch eine Sache ein, die er völlig vergessen hatte, und er fragte: »Und was ist mit dem Flaschengeist?« Aber die Stimme des Soldaten war lauter und übertönte Abdullah. »Warte, du Monster! Ist dieses Schloss, das dort am Himmel schwebt, aus einem bestimmten Grund hier, Monster?«

Hasruel lächelte wieder und hielt, auf nur einem seiner riesigen Knie balancierend, inne. »Wie scharfsichtig von dir, Soldat. Ja, allerdings. Das Schloss ist hier, weil ich sehr bald die Tochter des Königs von Ingari, Prinzessin Valeria, stehlen werde.«

»Das ist aber meine Prinzessin!«, rief der Soldat aus.

Hasruels Lächeln wurde zu einem Lachen. Er warf seinen Kopf zurück und bellte in den Nebel: »Das bezweifle ich, Soldat. O ja, das bezweifle ich wirklich. Diese Prinzessin ist erst vier Jahre alt. Aber wiewohl sie dir nicht von Nutzen sein kann, bin ich sicher, dass du mir sehr nützlich sein wirst. Ich betrachte sowohl dich als auch deinen Freund aus Zanzib als gut platzierte Figuren auf meinem Schachbrett.«

»Warum denn das?«, fragte der Soldat entrüstet.

»Weil ihr beiden mir helfen werdet, sie zu entführen«, sagte der Dschinn, sprang mit einem Wirbeln der Flügel in die Höhe und lachte aus vollem Halse.

## 15. KAPITEL *in welchem die Reisenden in Kingsbury ankommen*

»Wenn du mich fragst«, sagte der Soldat und warf mürrisch sein Gepäck auf den fliegenden Teppich, »ist diese Kreatur genauso böse wie sein Bruder – falls er überhaupt einen Bruder hat.«

»Oh, er hat einen Bruder. Dschinns lügen nicht«, sagte Abdullah. »Aber sie neigen dazu, sich den Sterblichen überlegen zu fühlen, sogar die guten Dschinns. Und Hasruels Name steht auf der Liste der guten.«

»Mir kannst du viel erzählen«, sagte der Soldat. »Wo ist überhaupt Mitternacht hingelaufen? Sie muss Todesangst gehabt haben.« Er machte einen solchen Wirbel um die Suche nach Mitternacht, dass Abdullah gar nicht erst versuchte, mehr über das Wesen der Dschinns zu erklären. In Zanzib lernte das jedes Kind in der Schule. Außerdem fürchtete er, der Soldat könnte Recht haben.

Hasruel mochte ja die sieben Schwüre abgelegt haben, die ihn zu einem Dschinn vom Bund der Guten machten, aber sein Bruder hatte ihm die passenden Ausflüchte geliefert, um alle sieben wieder zu brechen. Ob gut oder nicht – Hasruel amüsierte sich auf alle Fälle königlich.

Abdullah nahm die Flaschengeist-Flasche und stellte sie auf den Teppich. Prompt fiel sie auf die Seite und rollte herunter. »Nein, nein!«, schrie der Geist aus dem Inneren. »Ich will nicht auf das Ding da! Was meinst du wohl, warum ich vorher schon mal heruntergefallen bin? Ich habe Höhenangst!«

»Fang du jetzt nicht auch noch an«, sagte der Soldat. Mitternacht klammerte sich an seinen Arm und zeigte durch Treten, Kratzen und Beißen und in jeder weiteren erdenklichen Weise, dass Katzen und fliegende Teppiche nicht zusammenpassten. Das allein hätte schon gereicht, um einen Menschen zu verärgern, aber Abdullah vermutete, dass die schlechte Laune des Soldaten vor allem mit der Tatsache zu tun hatte, dass Prinzessin Valeria erst vier Jahre alt war. Jetzt fühlte er sich – verständlicherweise – hinter das Licht geführt.

Abdullah packte die Flasche mit festem Griff und setzte sich auf den Teppich. Taktvoll verlor er kein Wort über die Wette, auch wenn ihm ziemlich klar war, dass er sie haushoch gewonnen hatte. Sie hatten den Teppich zurückbekommen, aber da ihm verboten worden war, dem Dschinn zu folgen, besaß er keinerlei Nutzen für die Rettung von Blume-in-der-Nacht.

Nach einem zähen Kampf gelang es dem Soldaten, sich, seine Kappe und Mitternacht und Gernegroß mehr oder weniger sicher auf dem Teppich unterzubringen. »Gib dein Kommando«, sagte er. Sein braunes Gesicht war gerötet.

Abdullah schnaubte. Der Teppich hob sich sanft einen Fuß in die Höhe, woraufhin Mitternacht aufjaulte und strampelte und die Flasche mit dem Geist in Abdullahs Hand erzitterte. »O kostbarstes Knüpfwerk der Zauberei«, begann Abdullah. »O geschmackvolles Gewebe edelster Garne, ich ersuche dich, mit gebotener Geschwindigkeit nach Kingsbury zu fliegen, jedoch mit der trefflichen Weisheit, die in dein Textil verwoben wurde, darauf zu achten, dass wir auf unserem Weg von niemand gesehen werden.«

Gehorsam arbeitete sich der Teppich durch den Nebel, aufwärts und nach Süden. Der Soldat umklammerte Mitternacht mit beiden Armen. Aus der Flasche hörte man eine heisere, zitternde Stimme: »Musst du ihm so entsetzlich schmeicheln?«

»Im Gegensatz zu dir«, antwortete Abdullah, »ist dieser Teppich so zarter und delikater Natur, dass er nur auf die vornehmste Sprache hört. In seinem Herzen ist er der Poet unter den Teppichen.«

Eine gewisse Selbstzufriedenheit breitete sich im Teppich aus. Er spreizte stolz seine ausgefransten Enden und segelte lieblich vorwärts – in das goldene Sonnenlicht über dem Nebel. Ein kleiner blauer Strahl trat aus der Flasche aus und verschwand wieder mit einem panischen Kiekser. »Ich würde es jedenfalls nicht tun«, sagte der Flaschengeist.

Zunächst war es für den Teppich leicht, unentdeckt voranzukommen. Er flog einfach über dem Nebel, der so dick wie Milchsuppe unter ihnen lag. Als aber die Sonne höher stieg, blitzten gold-grün schimmernde Felder durch den Nebel, dann weiße Straßen und hier und da auch ein paar Häuser. Gernegroß war von diesem Anblick völlig fasziniert. Er stand am Rand des Teppichs, blickte in die Tiefe und man hatte den Eindruck, als würde er jeden Moment kopfüber hinunterfallen. Vorsichtshalber hielt ihn der Soldat deshalb mit einer Hand an seinem kleinen buschigen Schwanz fest.

Und das war gut so. Der Teppich schwenkte zu einer Reihe von Bäumen hinüber, die längs eines Flusslaufes standen. Mitternacht krallte sich mit sämtlichen Pfoten in den Teppich und Abdullah konnte gerade noch das Gepäck des Soldaten festhalten.

Der Soldat sah ein wenig seekrank aus.

»Müssen wir denn wirklich so darauf achten, nicht gesehen zu werden?«, fragte er, während sie sich wie Strauchdiebe durch die Bäume schlugen.

»Ich fürchte ja«, sage Abdullah. »Meiner Erfahrung nach heißt diesen Adler unter den Teppichen zu sehen auch, ihn stehlen zu wollen.« Und er erzählte dem Soldaten von dem Mann auf dem Kamel.

Der Soldat musste Abdullah Recht geben. »Wir verlieren dadurch nur sehr viel Zeit«, sagte er. »Meinem Gefühl nach sollten wir so schnell wie möglich nach Kingsbury fliegen und den König warnen, dass ein Dschinn hinter seiner Tochter her ist. Könige halten für solche Art von Informationen großzügige Anerkennungen bereit.« Nachdem der Soldat nun gezwungen war, seine Vorstellung von einer Heirat mit Prinzessin Valeria aufzugeben, dachte er über andere Möglichkeiten nach, sein Glück zu machen.

»Das werden wir tun, keine Angst«, sagte Abdullah und wieder verlor er kein Wort über ihre Wette.

Die Reise nach Kingsbury nahm fast den ganzen Tag in Anspruch. Der Teppich folgte Flussläufen, glitt über Wälder und Felder und flog nur dann schneller, wenn das Land unter ihnen unbesiedelt war. Am späten Nachmittag erreichten sie die Stadt – eine erkleckliche Anzahl von Türmen innerhalb wehrhafter Stadtmauern, die mindestens dreimal so hoch wie die Mauern von Zanzib waren. Abdullah befahl dem Teppich, eine gute Herberge in der Nähe des Königspalastes zu suchen und sie an einer nicht einsehbaren Stelle abzusetzen, so dass niemand Verdacht schöpfen konnte, auf welche Weise sie hierher gereist waren.

Der Teppich gehorchte, indem er sich wie eine Schlange über die hohen Mauern wand. Danach hielt er sich an die Dächer und folgte der Form eines jeden Daches wie eine Flunder dem Meeresboden. Abdullah, der Soldat und auch die Katzen blickten staunend nach unten. Die Straßen, ob schmal oder breit, waren voller Menschen in reichen Gewändern und teuren Wagen. Jedes Haus kam Abdullah wie ein Palast vor. Er sah Türme, Bögen, üppige Ornamente, goldene Kuppeln und Plätze aus Marmor, deren der Sultan von Zanzib sich glücklich geschätzt hätte, wenn er sie sein Eigen hätte nennen dürfen. Die ärmlicheren Häuser – wenn man solchen Reichtum arm nennen konnte – waren ebenfalls mit recht erlesenen Malereien verziert. Was die Geschäfte betraf, so gab der Wert und die Menge der Waren Abdullah das Gefühl, dass der Basar in Zanzib eigentlich schäbig und zweitklassig war. Kein Wunder, dass dem Sultan an einer Verbindung mit dem Prinzen von Ingari so gelegen war.

Die Herberge, die der Teppich ganz in der Nähe der großen Marmorgebäude im Zentrum von Kingsbury für sie auswählte, war von einem Meister seines Fachs mit plastischen Darstellungen von Früchten verputzt worden, die anschließend in den leuchtendsten Farben bemalt und mit viel Blattgold verziert worden waren. Der Teppich landete sanft auf dem schräg abfallenden Dach der Herbergsstallungen, klug verdeckt durch einen goldenen Turm mit einem vergoldeten Wetterhahn auf der Spitze. Sie stiegen ab, und während sie darauf warteten, dass sich der Hof unter ihnen leerte, sahen sie sich um und bewunderten all die Pracht. Unten auf der Straße waren zwei Diener damit beschäftigt, einen vergoldeten Karren zu leeren. Sie schwatzten bei ihrer Arbeit. Ihr Gespräch drehte sich größtenteils um den Besitzer der Herberge, der offenbar ein Mann war, der das Geld liebte. Nachdem ihr Lamentieren darüber, wie schlecht sie bezahlt wurden, ein Ende gefunden hatte, sagte einer der Männer: »Gibt es Neuigkeiten über den Soldaten aus Strangia, der die vielen Leute im Norden ausgeraubt hat? Jemand hat mir erzählt, dass er entkommen sei.«

Worauf der andere antwortete: »Der kommt bestimmt nach Kingsbury. Das tun sie alle. Aber am Stadttor wird schon nach ihm Ausschau gehalten. Er wird nicht weit kommen.«

Die Augen des Soldaten begegneten denen von Abdullah.

Abdullah flüsterte: »Habt Ihr Kleidung zum Wechseln?«

Der Soldat nickte und durchwühlte in Windeseile sein Gepäck. Kurz darauf zog er zwei Hemden im ländlichen Stil mit Durchzugstickerei auf Brust und Rücken hervor. Abdullah fragte sich, woher er sie hatte.

»Wäscheleine«, murmelte der Soldat und holte eine Kleiderbürste und sein Rasiermesser hervor. Er zog sich eins der Hemden an und gab sich alle Mühe, seine Hose abzubürsten, ohne dabei ein Geräusch zu machen. Der lauteste Teil seiner Verwandlung begann, als er sich mit dem Messer zu rasieren versuchte. Immer wieder sahen sich die beiden Diener nach dem trockenen Kratzen um, das vom Dach zu hören war.

»Wahrscheinlich ein Vogel«, sagte einer von ihnen.

Das zweite Hemd zog Abdullah sich über seine Jacke, die mittlerweile nach allem anderen aussah als nach seinem besten Stück. Zwar war er jetzt ein bisschen zu dick angezogen, aber er konnte das in der Jacke versteckte Geld nirgends anders unterbringen, ohne dem Soldaten zu verraten, wie viel er besaß. Er kämmte sein Haar mit der Kleiderbürste, glättete seinen Schnauzbart – der sich jetzt anfühlte, als bestünde er aus mindestens zwölf Haaren – und bürstete dann auch noch seine Hose mit der Kleiderbürste ab. Als er fertig war, reichte der Soldat Abdullah sein Rasiermesser und zog wortlos an seinem Zopf.

»Ein großes Opfer, aber ein weises, wie ich finde, mein Freund«, flüsterte Abdullah. Er säbelte den Zopf ab und versteckte ihn im Inneren des goldenen Wetterhahns. Der Soldat wirkte völlig verändert. Er sah jetzt aus wie ein wohlhabender, strubbelköpfiger Bauer. Abdullah hoffte, dass er selbst als jüngerer Bruder des Bauern durchgehen würde.

Währenddessen wurden die beiden Diener mit dem Entladen des Wagens fertig und zogen ihn über den Hof in den Stall. Als sie unter das Dach kamen, auf dem die Reisegesellschaft lagerte, fragte einer von ihnen: »Und was hältst du von der Geschichte, dass jemand versuchen soll, die Prinzessin zu entführen?«

»Wenn du mich fragst: Ich halte sie für wahr«, antwortete der andere. »Es heißt, der Königliche Zauberer habe eine Menge aufs Spiel gesetzt, als er diese Warnung äußerte. Und der Ärmste ist ja nicht der Typ, der wegen nichts und wieder nichts ein Risiko auf sich nimmt.«

Die Augen des Soldaten begegneten wieder denen

von Abdullah. Seine Lippen formten sich zu einem herzhaften Fluch.

»Macht Euch nichts daraus«, flüsterte Abdullah. »Es gibt andere Wege, eine Belohnung zu bekommen.«

Sie warteten, bis die Diener zurück über den Hof liefen und die Herberge betraten. Dann bat Abdullah den Teppich, im Hof zu landen. Gehorsam glitt er nach unten. Abdullah hob den Teppich auf und wickelte die Flasche mit dem Geist hinein, während der Soldat sein Gepäck und beide Katzen nahm. Dann betraten sie die Herberge und gaben sich größte Mühe, gediegen und respektabel zu wirken.

Der Wirt trat ihnen entgegen. Gewarnt von dem, was die Diener gesagt hatten, begrüßte Abdullah ihn mit einem Goldstück, das er wie zufällig zwischen Daumen und Zeigefinger hielt. Der Wirt bemerkte es. Seine gierigen Augen hafteten starr auf der Münze. Abdullah bezweifelte, dass er überhaupt ihre Gesichter wahrnahm. Abdullah war äußerst höflich. Und der Wirt ebenfalls. Er führte sie zu einem hübschen, geräumigen Zimmer in der zweiten Etage. Er versprach, ein Abendessen hinaufzuschicken und Bäder vorzubereiten.

»Und die Katzen brauchen …«, begann der Soldat.

Abdullah trat ihm heftig auf den Fuß. »Und das wäre dann alles, o Löwe unter den Gastgebern«, sagte er. »Obwohl, hilfsbereitester aller Herbergsväter, wenn Eure findige und flinke Belegschaft einen Korb, ein Kissen und einen Teller Lachs besorgen könnte, wäre die mächtige Magierin, der wir morgen dieses Paar erlesener Katzen überreichen sollen, zweifellos dem Beschaffer dieser Dinge gegenüber höchst großzügig.«

»Ich werde sehen, was ich machen kann«, sagte der Wirt. Abdullah ließ beiläufig das Goldstück in seine Hände fallen. Der Mann verbeugte sich tief, verließ rückwärts gehend das Zimmer und ließ Abdullah in größter Selbstzufriedenheit zurück.

»Es gibt keinen Grund, so herablassend zu tun«, sagte der Soldat ärgerlich. »Was sollen wir denn jetzt machen? Ich werde überall gesucht und der König scheint von dem Dschinn schon zu wissen.«

Mit großem Behagen stellte Abdullah fest, dass er jetzt das Kommando über die Dinge hatte und nicht mehr der Soldat. »Aber weiß der König auch, dass es ein ganzes Schloss voller gestohlener Prinzessinnen gibt, das bereits unterwegs ist, um seine Tochter aufzunehmen?«, entgegnete er. »Ihr vergesst, mein Freund, dass der König wohl kaum den Vorteil gehabt haben kann, persönlich mit dem Dschinn zu sprechen. Diese Tatsache könnten wir uns zunutze machen.«

»Wie denn?«, fragte der Soldat. »Weißt du, wie man diesen Dschinn davon abhalten soll, ein Kind zu entführen? Oder wie man zu dem Schloss kommt?«

»Nein, aber vielleicht könnte uns ja ein Zauberer weiterhelfen«, sagte Abdullah. »Ich denke, wir sollten die Idee, die Ihr hattet, ein wenig abwandeln. Anstatt einen der Zauberer des Königs aufzusuchen und ihm den Hals umzudrehen, könnten wir herausfinden, welcher von ihnen der mächtigste Zauberer ist, und ihm für seine Hilfe eine Belohnung anbieten.«

»Na gut, aber das müsst Ihr tun«, sagte der Soldat. »Jeder Zauberer, der sein Geld wert ist, wird mich sofort als Strangianer enttarnen und sämtliche Wachen rufen, bevor ich auch nur einen Schritt machen kann.«

Der Wirt brachte das Futter für die Katzen höchstpersönlich. Er eilte mit einer Schüssel Sahne, einem sorgsam entgräteten Lachs und einem Teller Weißfisch herbei. Seine Frau folgte ihm. Sie hatte ebenso gierige Augen wie ihr Mann und brachte einen weich gepolsterten Weidenkorb und ein besticktes Kissen.

Abdullah versuchte, nicht wieder so hochnäsig zu wirken. »Ergebensten Dank, edelste Wirtsleute«, sagte er. »Ich werde der Magierin von Eurer großen Aufmerksamkeit berichten.«

»Das ist recht«, sagte die Herbergswirtin.

»Hier in Kingsbury wissen wir, dass man den Zauberkundigen Respekt zu erweisen hat.«

Abdullahs Stimmung wechselte von hochnäsig zu niedergeschmettert. Jetzt wurde ihm klar, dass er sich besser selbst als Zauberer ausgegeben hätte. Er machte seinen Gefühlen Luft, indem er sagte: »Dieses Kissen ist doch hoffentlich ausschließlich mit Pfauenfedern gefüllt? Die Hexe ist höchst eigen.«

»Ja, mein Herr«, sagte die Wirtin. »Das habe ich mir schon gedacht.«

Der Soldat hustete. Abdullah gab auf. Er sagte mit großer Geste: »So wie mit den Katzen sind mein Freund und ich auch mit einer Nachricht für die Magier betraut worden. Wir würden sie am liebsten einem der Königlichen Zauberer überbringen. Aber wir haben auf dem Weg Gerüchte gehört, dass dem Königlichen Zauberer ein Unglück zugestoßen ist.«

»Das stimmt«, sagte der Wirt und schob seine Frau beiseite. »Einer der Königlichen Zauberer ist verschwunden, mein Herr. Aber zum Glück gibt es ja zwei. Ich kann Ihnen den Weg zu dem anderen zeigen, zum Königlichen Zauberer Suliman, wenn Sie wollen, mein Herr.« Er sah vielsagend auf Abdullahs Hand.

Abdullah seufzte und holte seine größte Silbermünze hervor. Dies schien die richtige Summe zu sein. Der Wirt erklärte ihm ausführlich den Weg und nahm das Silberstück an sich, wobei er versprach, das Essen und die Bäder in Kürze fertig zu haben. Als die Badewannen hereingetragen wurden, war das Wasser heiß, und das Essen war ebenfalls gut. Abdullah war zufrieden.

Während der Soldat mit Gernegroß ein Bad nahm, nahm Abdullah seine Habe aus seiner Jacke und verbarg sie in seinem Geldgürtel, woraufhin er sich wesentlich besser fühlte.

Der Soldat schien sich ebenfalls besser zu fühlen. Nach dem Essen blieb er sitzen, legte die Füße auf den Tisch und rauchte seine lange Tonpfeife. Unbekümmert entfernte er den Schnürsenkel von der Flaschengeist-Flasche und ließ ihn vor Gernegroß hin- und herbaumeln, so dass er damit spielen konnte.

»Eins ist klar«, sagte er. »In dieser Stadt löst das Geld die Zungen. Wollt Ihr nicht noch heute Abend mit dem Königlichen Zauberer sprechen? Je schneller, desto besser, meiner Meinung nach.«

Abdullah stimmte ihm zu. »Ich frage mich nur, wie hoch sein Lohn sein muss«, sagte er.

»Ziemlich hoch«, sagte der Soldat. »Solange Ihr es nicht so darstellen könnt, dass Ihr ihm einen Gefallen tut, indem Ihr ihm erzählt, was der Dschinn gesagt hat. Aber wie auch immer«, fuhr er gedankenvoll fort, während er den Schnürsenkel zwischen Gernegroß' Pfoten hin- und hertanzen ließ, »ich denke, Ihr solltet ihm weder von dem Flaschengeist noch von dem fliegenden Teppich erzählen, wenn Ihr irgendwie könnt. Die Herren Magier lieben magische Gegenstände so sehr wie die Herbergswirte das Gold. Und darum soll er Euch doch nicht bitten, als seinen Lohn. Wollt Ihr nicht beides lieber hier lassen, wenn Ihr geht? Ich werde darauf aufpassen.«

Abdullah zauderte. Es klang vernünftig. Dennoch traute er dem Soldaten nicht.

»Übrigens«, sagte der Soldat. »Ich schulde Euch ein Goldstück.«

»Tatsächlich?«, fragte Abdullah. »Dann ist das die überraschendste Nachricht, die ich erhalte, seitdem Blume-in-der-Nacht mir erklärte, dass ich eine Frau sei.«

»Unsere Wette«, sagte der Soldat. »Der Teppich hat den Dschinn mitgebracht, und der ist ein noch größeres Unglück, als der Flaschengeist es bislang angerichtet hatte. Ihr habt gewonnen. Hier.« Er warf Abdullah quer durch den Raum ein Goldstück zu.

Abdullah fing es, steckte es ein und lachte. Der Soldat war ehrlich, auf seine ganz eigene Art. Unbekümmert und ganz in Gedanken – bald würde er Blume-in-der-Nacht auf der Spur sein – ging er nach unten, wo ihn die Wirtin aufhielt und ihm noch mal erklärte, wie er zum Haus des Zauberers Suliman gelangte. Abdullah war so heiter, dass er sich wie selbstverständlich von einem weiteren Silberstück trennte.

Das Haus lag nicht weit von der Herberge entfernt, allerdings in einem alten Stadtteil, was bedeutete, dass der Weg hauptsächlich durch verwirrend schmale Gassen und über verborgene Plätze führte. Es dämmerte jetzt, und ein oder zwei große glänzende Sterne standen schon am dunklen Himmel über den Kuppeln und Türmen. Aber Kingsbury war hell erleuchtet von großen silbernen Leuchtkugeln, die wie Monde über der Stadt schwebten.

Abdullah überlegte gerade, ob es magische Lichter waren, als er bemerkte, dass sich ein schwarzer vierbeiniger Schatten neben ihm über die Dächer bewegte. Es hätte irgendeine schwarze Katze sein können, die auf den Schindeln nach Mäusen jagte. Aber Abdullah wusste: Es war Mitternacht. Die Art, wie sie sich bewegte, ließ keinen Zweifel zu. Als sie im dunklen Schatten eines Giebels verschwand, dachte er zuerst, sie habe es auf eine brütende Taube abgesehen, um Gernegroß wieder einmal ein unpassendes Mahl zu bereiten. Aber als er die nächste Gasse zur Hälfte hinabgelaufen war, tauchte sie wieder auf und lief über ein oberhalb von ihm liegendes Balkongeländer. Und jetzt hatte Abdullah langsam das Gefühl, dass sie ihm folgte.

Er überquerte einen schmalen Platz mit Bäumen in Kübeln im Zentrum der Stadt, da sah er sie von einer Regenrinne zur anderen springen, um ebenfalls auf diesen Platz zu gelangen. Jetzt war er sich ganz sicher: Sie folgte ihm tatsächlich. Abdullah hatte keine Ahnung, warum. Während er die beiden nächsten Gassen entlanglief, hielt er weiter nach ihr Ausschau, aber er sah sie nur noch einmal, auf einem Torbogen. Und als er den mit Kopfstein gepflasterten Platz betrat, an dem das Haus des Königlichen Zauberers lag, war nicht das Geringste mehr von ihr zu sehen. Abdullah zuckte mit den Schultern und lief zur Tür des Hauses.

Es war ein hübsches schmales Haus mit blitzenden Fenstern und ineinander verschlungenen magischen Symbolen auf den alten, unregelmäßigen Wänden. Zu beiden Seiten des Eingangs loderten hohe gelbe Flammen in Kupferleuchtern. Abdullah nahm den Türklopfer, der eine schielende Grimasse mit einem Ring im Maul darstellte, und klopfte tapfer an.

Die Tür wurde von einem Diener mit einem langen,

mürrischen Gesicht geöffnet. »Ich fürchte, der Zauberer ist überaus beschäftigt, mein Herr«, sagte er. »Bis auf weiteres empfängt er keine Kunden mehr.« Und er wollte die Tür schon wieder schließen.

»Nein, wartet, treuster Diener und ehrwürdigster Gehilfe!«, protestierte Abdullah. »Was ich zu sagen habe, betrifft nichts weniger als eine Bedrohung für die Tochter des Königs!«

»Der Zauberer weiß bereits davon, mein Herr«, sagte der Mann und machte sich wieder daran, die Tür zu schließen.

Abdullah stellte dreist seinen Fuß in den Spalt. »Ihr müsst mich anhören, weisester aller Hausknechte«, begann er. »Ich komme ...«

Jetzt sagte eine junge Stimme hinter dem Diener: »Einen kleinen Moment, Manfred. Ich bin sicher, es ist wichtig.« Die Tür ging wieder auf.

Abdullah wäre fast hingefallen, als der Diener von der Tür verschwunden war und ein Stück weiter im Inneren des Flures wieder auftauchte. Sein Platz an der Tür wurde von einer äußerst lieblich wirkenden jungen Frau mit dunklen Locken und einem lebhaften Gesicht eingenommen. Mit einem Blick hatte Abdullah genug von ihr gesehen, um zu wissen, dass sie auf ihre aparte nördliche Art ebenso schön war wie Blume-in-der-Nacht. Danach aber fühlte er sich gezwungen, seine Augen höflich abzuwenden. Offensichtlich bekam sie bald ein Kind. Die Frauen in Zanzib zeigten sich nie in diesem speziellen Zustand. Abdullah wusste nicht, wohin er blicken sollte.

»Ich bin Lettie Suliman, die Frau des Zauberers«, sagte die junge Frau. »Weswegen sind Sie gekommen?«

Abdullah verbeugte sich. Das half ihm, den Blick auf die Türschwelle zu richten. »O fruchtbarer Mond des lieblichen Kingsbury«, sagte er. »Wisset, dass ich Abdullah bin, der Sohn des Abdullah, eines Teppichhändlers aus Zanzib, mit Neuigkeiten, die Euer Gatte zu hören wünschen wird. Richtet ihm aus, o Glanz eines gedeihenden Hauses, dass ich heute Morgen mit dem mächtigen Dschinn Hasruel gesprochen habe, im Hinblick auf die höchst ehrbare Tochter des Königs.«

Lettie Suliman war offensichtlich mit den Gepflogenheiten von Zanzib nicht im Geringsten vertraut. »Himmel!«, rief sie aus. »Ich meine – wie höflich! Aber Sie sagen doch auch ganz bestimmt die Wahrheit, nicht wahr? Ich denke, Sie sollten gleich mit Ben sprechen. Kommen Sie doch bitte herein.«

Sie trat von der Tür zurück, um Abdullah eintreten zu lassen. Abdullah, der seine Augen immer noch bescheiden zu Boden gerichtet hatte, trat ins Haus. Im gleichen Moment landete etwas auf seinem Rücken. Es sprang sogleich wieder weg, unter heftigem Reißen seiner Krallen, und segelte über seinen Kopf hinweg, um auf Letties vorstehender Frontpartie zu landen. Ein Geräusch wie von einer Metallwinde durchschnitt die Luft.

»Mitternacht!«, rief Abdullah streng und taumelte nach vorn.

»Sophie!«, schrie Lettie und taumelte mit der Katze in ihren Armen nach hinten. »O Sophie! Ich war vor Sorge schon ganz krank! Manfred, geh und hol Ben. Sofort. Egal, was er gerade tut – es ist dringend!«

## 16. KAPITEL *in dem Mitternacht und Gernegroß merkwürdige Dinge widerfahren*

Es herrschte große Verwirrung und viel Hin- und Herrennerei. Zwei weitere Diener erschienen, denen zuerst einer und dann ein zweiter junger Mann in langen blauen Gewändern folgten, offenbar die Lehrlinge des Zauberers. Alle rannten durcheinander, während Lettie mit Mitternacht im Arm durch die Eingangshalle lief und Anordnungen erteilte. Zwischendurch wurde Abdullah von Manfred zu einem Sessel geführt und feierlich mit einem Glas Wein versorgt.

Ziemlich verwirrt von der ganzen Aufregung, nahm Abdullah Platz und nippte an dem Wein – da man dies ja offenbar von ihm erwartete. Gerade dachte er, es würde nun wohl ewig so weitergehen, als plötzlich Ruhe einkehrte. Ein großer, Respekt einflößender Mann in einem schwarzen Gewand war von irgendwoher aufgetaucht. »Um Himmels willen, was geht denn hier vor?«, fragte dieser Mann.

Da dies Abdullahs Gefühle vollständig wiedergab, war ihm der Mann sofort sympathisch.

Er hatte blassrotes Haar und ein müdes, eingefallenes Gesicht. Das schwarze Gewand ließ keine Zweifel zu:

Dies musste der Zauberer Suliman sein. Er hätte allerdings auf jeden Fall wie ein Zauberer ausgesehen, in welcher Kleidung auch immer. Abdullah erhob sich aus seinem Sessel und verbeugte sich. Der Zauberer warf ihm einen Blick tiefster Verwunderung zu und wandte sich an Lettie.

»Er kommt aus Zanzib, Ben«, sagte Lettie. »Er weiß etwas über die drohende Gefahr für die Prinzessin. Und er hat Sophie mitgebracht. Sie ist eine Katze! Sieh dir das an, Ben! Du musst sie *sofort* zurückverwandeln!«

Lettie gehörte zu den Frauen, die immer hübscher werden, je mehr sie sich aufregen. Abdullah war nicht überrascht, als Zauberer Suliman sie sanft am Ellbogen fasste und sagte: »Ja, natürlich, Liebes«, und ihr einen Kuss auf die Stirn drückte. Voller Trauer fragte sich Abdullah, ob er jemals die Möglichkeit haben würde, Blume-in-der-Nacht so zu küssen und wie der Zauberer hinzuzufügen: »Beruhige dich doch. Denk an das Baby.«

Danach sagte Suliman über die Schulter hinweg: »Kann nicht mal jemand die Tür schließen? Muss halb Kingsbury wissen, was hier los ist?«

Sofort wurde er Abdullah noch sympathischer. Das Einzige, was ihn davon abgehalten hatte, aufzustehen und die Tür zu schließen, war die Befürchtung gewesen, dass es hier vielleicht üblich sein könnte, die Haustür bei außergewöhnlichen Vorkommnissen offen stehen zu lassen. Er verbeugte sich noch einmal und der Zauberer wandte sich nun zu ihm um und blickte ihn an.

»Was ist geschehen, junger Mann?«, fragte Suliman. »Woher wussten Sie, dass diese Katze die Schwester meiner Frau ist?«

Von dieser Frage war Abdullah ein wenig vor den Kopf geschlagen. Er erklärte – mehrfach –, er hätte keine Ahnung von Mitternachts wahrer Gestalt gehabt, und die Tatsache, dass sie die Schwägerin des Königlichen Zauberers sei, überrasche ihn vollends. Allerdings war sich Abdullah ganz und gar nicht sicher, ob ihm überhaupt jemand zuhörte. Alle waren so froh, Mitternacht zu sehen, dass sie offenbar annahmen, Abdullah hätte sie aus purer Gefälligkeit zu ihnen gebracht. Weit davon entfernt, eine stattliche Belohnung zu fordern, war Zauberer Suliman offenbar der Ansicht, er sei derjenige, der Abdullah etwas schuldete. Und als Abdullah protestierte, dass dem nicht so sei, sagte er: »Dann kommen Sie doch wenigstens mit und sehen zu, wie sie zurückverwandelt wird.«

Er sagte dies in einer so freundschaftlichen, vertrauensvollen Art, dass Abdullah sich noch mehr für ihn erwärmte und sich mit allen anderen in einen großen Raum begab, der im hinteren Teil des Hauses liegen musste – wobei Abdullah allerdings das Gefühl hatte, als befände er sich in Wirklichkeit ganz woanders. Die Böden und die Wände neigten sich auf eine Art, die irgendwie unnatürlich wirkte.

Abdullah hatte noch nie einem Zauberer bei der Arbeit zugesehen. Er schaute sich interessiert um, denn der Raum war voll von eigenartigen magischen Gegenständen. Ganz in seiner Nähe standen filigrane Figuren, über denen betörend duftender Rauch schwebte. Daneben waren große, sonderbar geformte Kerzen auf kompliziert aussehenden Zeichen platziert und dahinter gab es seltsame Bilder aus feuchtem Ton. Darüber hinaus entdeckte er einen Brunnen, dessen fünf Strahlen eigenartige geometrische Muster bildeten und der den Blick auf viele noch befremdlichere Dinge verbarg, die im hinteren Teil des Raumes zu erahnen waren.

»In diesem Raum kann man nicht arbeiten«, sagte Zauberer Suliman, während er hindurchstob. »Die können wir sich selbst überlassen. Wir gehen in den nächsten Raum. Beeilt euch, allesamt!«

Alle liefen in einen kleineren Raum, der hinter dem ersten lag. Abgesehen von ein paar runden Spiegeln, die an den Wänden hingen, war er leer. Hier setzte Lettie Mitternacht vorsichtig auf einen grünblauen Stein in der Mitte des Raums. Zufrieden nahm sie dort Platz, leckte intensiv die Sohlen ihrer Vorderpfoten und sah völlig unbeteiligt aus, während alle anderen, einschließlich Letties und der Diener, fieberhaft daran arbeiteten, um Mitternacht herum ein Gerüst aus langen silbernen Stäben zu errichten.

Abdullah drückte sich schüchtern an die Wand und sah zu. Jetzt bereute er, dass er dem Zauberer gesagt hatte, er schulde ihm nichts. Er hätte die Gelegenheit nutzen und fragen sollen, wie man zu dem fliegenden Schloss kam. Aber er hatte den Eindruck, dass er besser abwarten sollte, bis sich alles wieder ein wenig beruhigt hatte. Vorher würde ihm ja ohnehin niemand zuhören. Allmählich bildeten die silbernen Stangen ein Muster, das wie die Umrisse silberner Sterne aussah. Abdullah sah dem Treiben zu, ein wenig verwirrt davon, wie das Geschehen von den Spiegeln zurückgeworfen wurde. Alles wirkte kleiner und gedrungener, denn die Spiegel wölbten sich genauso seltsam wie die Wände und der Boden.

Schließlich klatschte der Zauberer in seine großen knochigen Hände. »Gut«, sagte er. »Lettie kann mir helfen. Ihr Übrigen geht in den anderen Raum und achtet darauf, dass die Schutzgeister für die Prinzessin da bleiben, wo sie sind.«

Die Lehrlinge und die Diener eilten davon. Zauberer Suliman breitete die Arme aus.

Abdullah wollte eigentlich genau zusehen und sich alles merken, was geschah. Aber in dem Moment, als der Zauber zu wirken begann, war er sich irgendwie nicht mehr im Klaren, was eigentlich vor sich ging. Er wusste zwar, dass etwas geschah. Aber es kam ihm dennoch vor, als passierte überhaupt nichts. Es war wie Musik hören und taub sein. Hier und da murmelte der Zauberer ein seltsames Wort, das durch den Raum und durch Abdullahs Kopf schwirrte, wodurch es noch schwieriger wurde, zu erkennen, was passierte. Die größten Schwierigkeiten aber bereiteten Abdullah die Spiegel an den Wänden.

In ihnen erschienen kleine runde Bilder, die wie Spiegelungen aussahen, aber keine waren – jedenfalls nicht ganz. Sobald Abdullahs Blick in einen der Spiegel fiel, zeigte dieser das Gerüst der Stäbe, das silbern aufleuchtete und immer neue Muster bildete – einen Stern, ein Dreieck, ein Hexagon oder ein anderes mehreckiges und geheimes Zeichen –, während die echten Stäbe vor ihm überhaupt nicht leuchteten. Ein- oder zweimal zeigte ein Spiegel sogar Zauberer Suliman mit ausgebreiteten Armen – während der echte Zauberer hier die Arme am Körper hielt. Und einige Male zeigte ein Spiegel Lettie, wie sie ganz still, mit gefalteten Händen dastand und äußerst nervös dreinsah. Sooft Abdullah aber zu der echten Lettie blickte, bewegte sich diese mit merkwürdigen Gebärden und war vollkommen gelassen. Mitternacht war in den Spiegeln überhaupt nicht zu sehen. Und auch in Wirklichkeit war ihre kleine schwarze Gestalt unter dem Gerüst kaum zu erkennen. Dann glühten alle Stäbe plötzlich mattsilbern und der darin liegende Raum füllte sich mit Dunst. Der Zauberer sprach mit tiefer Stimme ein letztes Wort und trat zurück.

»Verflixt«, sagte eine Stimme innerhalb der Stäbe. »Ich kann euch plötzlich nicht mehr riechen.«

Daraufhin musste der Zauberer grinsen und Lettie lachte laut auf. Abdullah wollte gern sehen, wer die beiden denn so erheiterte. Aber sozusagen im selben Augenblick war er gezwungen, wieder wegzuschauen. Die junge Frau, die unter dem Gerüst saß, hatte – verständlicherweise – keine Kleider an. Der kurze Blick, den er erhaschte, sagte ihm, dass sie so blond war wie Lettie schwarzhaarig, ihr sonst aber sehr glich.

Lettie lief in eine Ecke des Zimmers und kam mit einem grünen Zauberumhang wieder. Als Abdullah hinzusehen wagte, trug die junge Frau diesen Umhang wie einen Morgenmantel und Lettie versuchte gleichzeitig, sie zu umarmen und ihr aus dem Gitterwerk herauszuhelfen.

»O Sophie! Was ist denn bloß passiert?«, rief sie immer wieder.

»Einen Moment«, keuchte Sophie. Sie schien zunächst Schwierigkeiten zu haben, sich auf zwei Füßen zu halten, aber sie umarmte Lettie und wankte dann auf Suliman zu und schloss ihn ebenfalls in die Arme.

»Man fühlt sich unsicher, ohne Schwanz«, sagte sie. »Aber ich bin dir schrecklich dankbar, Ben.«

Dann näherte sie sich Abdullah, wobei sie jetzt schon besser laufen konnte. Abdullah drückte sich wieder gegen die Wand, aus Angst, Sophie würde auch ihn umarmen. Aber Sophie sagte nur: »Sie haben sich sicher gefragt, warum ich Ihnen gefolgt bin. Der Grund ist: Ich finde mich in Kingsbury einfach nie zurecht.«

»Ich bin glücklich, Euch gedient zu haben, charmanteste aller Verwandlungen«, sagte Abdullah ziemlich steif. Er war sich nicht sicher, ob er mit Sophie besser zurechtkommen würde als mit Mitternacht. Sie kam ihm für eine junge Frau ziemlich dickköpfig vor – fast so dickköpfig wie Fatima, die Schwester der ersten Frau seines Vaters.

Lettie wollte immer noch wissen, warum Sophie in eine Katze verwandelt worden war, und Zauberer Suliman sagte sorgenvoll: »Sophie, soll das heißen, dass Howl auch als Tier herumläuft?«

»Nein, nein«, sagte Sophie und sah plötzlich ganz furchtbar ängstlich aus. »Ich habe nicht die geringste Ahnung, wo Howl ist. Er war es doch, der mich in eine Katze verwandelt hat, verstehst du?«

»Was? Dein eigener Mann hat dich in eine Katze verwandelt?«, rief Lettie aus.

»Vielleicht mal wieder wegen einer eurer Streitereien?«

»Ja, aber es war absolut angebracht«, sagte Sophie. »Jemand wollte das fliegende Schloss stehlen. Wir wussten erst seit einem halben Tag davon, und auch das nur, weil Howl sich zufällig mit einem Vorhersehungs-Zauber für den König beschäftigte. Darin war etwas sehr, sehr Mächtiges zu sehen, das das Schloss und dann Prinzessin Valeria entführte. Howl sagte, er wolle sofort den König warnen. Hat er das getan?«

»Sicher hat er das getan«, sagte der Zauberer Suliman. »Die Prinzessin wird jede Sekunde bewacht. Ich habe Dämonen angerufen und Schutzgeister im Raum nebenan aufgestellt. Wer auch immer ihr etwas anhaben will – er hat keine Chance, zu ihr zu gelangen.«

»Gott sei Dank!«, sagte Sophie. »Da fällt mir ein Stein vom Herzen. Es handelt sich nämlich um einen Dschinn, wusstet ihr das?«

»Selbst ein Dschinn käme nicht hindurch«, sagte Zauberer Suliman. »Aber was hat Howl denn nun getan?«

»Er hat geflucht«, sagte Sophie. »Auf Walisisch. Dann hat er Michael und den neuen Lehrling weggeschickt. Er wollte mich auch wegschicken. Aber ich habe gesagt, wenn er und Calcifer blieben, dann bliebe ich auch. Und ihn gebeten, mich mit einem Zauber zu belegen, durch den der Dschinn einfach nicht merken würde, dass ich da war. Und darüber sind wir in Streit geraten …«

Lettie kicherte. »Komisch, dass mich das gar nicht überrascht …«

Sophies Gesicht wurde rosig und sie warf kampflustig den Kopf in die Höhe. »Howl redete ununterbrochen auf mich ein, meinte, ich sei weit weg am sichersten aufgehoben, am besten bei seiner Schwester in Wales. Dabei weiß er doch, dass ich mich nicht mit ihr verstehe. Und ich habe immer wieder gesagt, ich könnte mich viel nützlicher machen, wenn ich im Haus bliebe, ohne dass der Entführer es merkte. Aber leider …«, sie verbarg ihr Gesicht in den Händen, »… stritten wir immer noch, als der Dschinn kam. Es gab einen unglaublichen Krach und alles wurde dunkel und geriet durcheinander. Ich erinnere mich, wie Howl die Worte des Katzenzaubers ausstieß – ganz schnell – und dann Calcifer zurief …«

»Calcifer ist ihr Feuergeist«, erklärte Lettie Abdullah höflich.

»… und dann Calcifer zurief, er solle hinauslaufen und sich in Sicherheit bringen, weil der Dschinn für sie beide zu mächtig sei«, fuhr Sophie fort. »Dann wurde das Schloss wie der Deckel einer Käseschachtel über mir weggehoben. Und als Nächstes fand ich mich als Katze in den Bergen nördlich von Kingsbury wieder.«

Lettie und der Königliche Zauberer tauschten überraschte Blicke über Sophies gebeugtem Haupt. »Warum denn in den Bergen?«, fragte Zauberer Suliman. »Da hatte das Schloss doch gar nicht gestanden.«

»Nein, es befand sich an vier Stellen gleichzeitig«, sagte Sophie. »Ich denke, ich bin einfach irgendwo in der Mitte zu Boden gefallen. Aber es hätte schlimmer kommen können. Es gab jede Menge Mäuse und Vögel zu fressen.«

Letties hübsches Gesicht verzog sich angewidert. »Sophie!«, rief sie aus. »Mäuse?«

»Warum nicht? Die fressen Katzen doch nun mal«, sagte Sophie und hob wieder herausfordernd ihren Kopf. »Mäuse schmecken sehr gut. Auf Vögel bin ich allerdings nicht sonderlich scharf. Man verschluckt sich an den Federn. Aber …« Sie schluckte und verbarg wieder das Gesicht in ihren Händen. »Aber all das geschah zu einer recht ungünstigen Zeit für mich. Etwa eine

Woche später wurde Morgan geboren, und dann natürlich als kleiner Kater …«

Dies verursachte bei Lettie, sofern dies überhaupt noch möglich war, noch mehr Verblüffung als der Gedanke, dass ihre Schwester Mäuse gegessen hatte. Sie brach in Tränen aus und schlang ihre Arme um Sophie. »O Sophie! Und was hast du getan?«

»Natürlich das, was Katzen dann eben so tun«, antwortete Sophie. »Ihn gesäugt und geleckt. Aber keine Angst, Lettie. Ich habe ihn bei Abdullahs Freund, dem Soldaten, gelassen. Dieser Mann würde jeden umbringen, der diesem Kätzchen etwas anhaben wollte. Allerdings denke ich«, wandte sie sich nun an Zauberer Suliman, »dass ich Morgan jetzt hierher holen sollte, damit du auch ihn wieder zurückverwandeln kannst.«

Zauberer Suliman blickte fast so verstört drein wie Lettie. »Wenn ich das gewusst hätte«, sagte er. »Wenn er als Teil desselben Zaubers als kleiner Kater geboren wurde, ist er vielleicht schon wieder zurückverwandelt worden. Das sollten wir ganz schnell herausfinden.« Er trat vor einen der runden Spiegel und vollführte mit beiden Händen Kreisbewegungen.

Der Spiegel – und alle anderen Spiegel auch – zeigte sogleich das Zimmer in der Herberge, jeder aus einem anderen Blickwinkel, als wenn sie dort an der Wand hingen. Abdullah blickte von einem zum anderen und war von dem, was er sah, ebenso alarmiert wie die drei anderen auch. Aus irgendeinem Grund war der fliegende Teppich auf dem Boden ausgerollt worden. Auf ihm lag ein kräftiges, nacktes rosiges Baby. So klein das Baby auch war, Abdullah konnte doch erkennen, dass es einen ebenso starken Charakter hatte wie Sophie. Und es behauptete diesen Charakter: Seine Arme und Beine traten und boxten in die Luft, sein Gesicht war vor Zorn verzerrt, und sein Mund war ein weit aufgerissenes ärgerliches Loch. Obwohl die Bilder in den Spiegeln stumm waren, wurde deutlich, dass Morgan ausgesprochen laut war.

»Wer ist dieser Mann dort?«, fragte Zauberer Suliman. »Irgendwo habe ich ihn schon einmal gesehen.«

»Ein Soldat aus Strangia, o Vollbringer von Wundern«, sagte Abdullah schwach.

»Dann muss er mich an jemand erinnern, den ich kenne«, sagte der Zauberer.

Der Soldat stand neben dem schreienden Baby und wirkte verschreckt und hilflos. Vielleicht hoffte er, dass der Flaschengeist etwas unternähme. Jedenfalls hatte er die Flasche in der Hand. Der Geist aber hing in mehreren Fahnen blauen Rauchs aus der Flasche, und jede Fahne bildete ein Gesicht, das sich die Hände auf die Ohren hielt. Er war genauso hilflos wie der Soldat.

»Ach, der arme Kleine«, sagte Lettie.

»Der arme Soldat, meinst du wohl eher«, sagte Sophie. »Morgan ist sauer. Er ist ja bisher immer ein kleiner Kater gewesen, und junge Katzen können einfach viel mehr als Menschenbabys. Er ärgert sich, weil er nicht laufen kann. Ben, denkst du, du könntest …?«

Der Rest von Sophies Frage ging in einem Geräusch unter, das klang, als risse ein riesiges Stück Seide entzwei. Der Raum erzitterte. Zauberer Suliman rief etwas, eilte zur Tür – und wich dann schnell zurück. Eine ganze Meute kreischender und jaulender *Was-auch-immer* flutete durch die Wand neben der Tür, schwappte durch den Raum und versickerte in der gegenüberliegenden Wand. Sie waren zu schnell, als dass man sie hätte erkennen können, aber keins dieser Wesen schien menschlicher Natur zu sein.

Nur undeutlich sah Abdullah Füße mit vielen Krallen, etwas, das ganz ohne Beine dahinglitt, ein Lebewesen mit einem Furcht erregenden Auge und andere mit ganzen Trauben von Augen. Er sah Köpfe mit Reißzähnen, flatternde Zungen, lodernde Schwänze. Eins, das sich am schnellsten von allen bewegte, war eine rollende Schlammkugel.

Dann waren sie verschwunden. Die Tür wurde von einem erregten Lehrling aufgerissen.

»Meister! Meister! Die Schutzgeister sind los! Wir konnten sie nicht halten …«

Zauberer Suliman ergriff den Mann am Arm und schob ihn schnell zurück in das andere Zimmer. Dabei rief er über die Schulter: »Ich komme zurück, sobald ich kann. Die Prinzessin ist in Gefahr.«

Abdullah blickte in die Spiegel, um zu sehen, wie es mit dem Soldaten und dem Baby weiterging. Aber sie zeigten nichts weiter als sein eigenes besorgtes Gesicht.

Ebenso wie das von Lettie und Sophie, die ebenfalls in die Spiegel sahen.

»Mist«, sagte Sophie. »Lettie, kennst du dich mit ihnen aus?«

»Nein. Sie sind Bens Spezialgebiet«, sagte Lettie.

Abdullah dachte daran, dass der Teppich ausgerollt war und der Soldat die Flasche in der Hand gehabt hatte. »In diesem Fall, o Zwillingspaar von Perlen«, sagte er, »allerlieblichste Damen, werde ich mit Eurer Erlaubnis zurück zur Herberge eilen, bevor es zu viele Beschwerden wegen des Lärms gibt.«

Sophie und Lettie antworteten im Chor, dass sie mitkämen. Abdullah konnte es ihnen nicht verübeln, kam diesem Zustand allerdings in den nächsten fünf Minuten doch beträchtlich nahe. Lettie war in ihrer speziellen Verfassung nicht in der Lage, durch die Straßen von Kingsbury zu laufen. Als die drei durch das Chaos und Durcheinander von gebrochenen Zaubern im Raum nebenan eilten, unterbrach Suliman für einen Augenblick sein eiliges Aufstellen neuer Gegenstände in den Ruinen, um Manfred aufzutragen, den Wagen herauszuholen. Während Manfred davonschoss, nahm Lettie Sophie mit nach oben, um ihr anständige Kleider zu geben.

Abdullah blieb allein in der Halle zurück. Ungeduldig lief er auf und ab. Um allen die Ehre zu lassen: Er wartete weniger als fünf Minuten, aber während dieser Zeit versuchte er zehnmal die Haustür zu öffnen – um festzustellen, dass ein Zauber sie geschlossen hielt. Er dachte, er müsse verrückt werden. Es kam ihm wie eine Ewigkeit vor, bis Sophie und Lettie wieder herunterkamen, beide in hübscher Ausgeh-Kleidung. Manfred öffnete die Haustür und gab den Blick frei auf einen eleganten kleinen Wagen, der von einem hübschen rotbraunen Wallach gezogen wurde. Abdullah wäre am liebsten in den Wagen gesprungen und hätte den Wallach ordentlich angetrieben. Aber das wäre natürlich unhöflich gewesen. Er musste warten, bis Manfred den Damen beim Einsteigen geholfen hatte und danach selbst auf den Kutschbock geklettert war. Dann setzte sich der Wagen rasch in Bewegung und klapperte über das Pflaster, während Abdullah sich noch neben Sophie auf den Sitz quetschte. Aber selbst jetzt ging es ihm nicht schnell genug. Er durfte kaum daran denken, was der Soldat alles anstellen konnte.

»Hoffentlich gelingt es Ben, so schnell wie möglich wieder ein paar Schutzgeister für die Prinzessin aufzustellen«, sagte Lettie sorgenvoll, während sie mit hoher Geschwindigkeit über einen großen Platz fuhren.

Sie hatte kaum zu Ende gesprochen, als man eine rasch aufeinander folgende Reihe von Explosionen hörte, wie ein missratenes Feuerwerk. Glockenschläge erklangen, unregelmäßig und hastig – dong-dong-dong.

»Was ist das?«, fragte Sophie und beantwortete dann ihre Frage selbst, indem sie nach draußen deutete und schrie: »Oh, verflixt! Seht nur! Seht nur! Seht nur!«

Abdullah drehte den Kopf in die Richtung, in die sie zeigte. Er konnte gerade noch sehen, wie ein schwarzes Paar ausgebreiteter Flügel die Sterne über den Türmen und Kuppeln in ihrer Nähe verdeckte. Von den Spitzen einiger Türme kamen Flammen und Donnergrollen. Offensichtlich schossen die Soldaten mit Kanonen auf die Flügel. Abdullah hätte ihnen sagen können, dass so etwas gegen einen Dschinn kein bisschen half. Die Flügel schlugen unbeirrt weiter und stiegen in den Himmel auf, dann verschwanden sie im dunklen Blau der Nacht.

»Dein Freund, der Dschinn«, sagte Sophie. »Ich fürchte, wir haben Ben in einem entscheidenden Augenblick abgelenkt.«

»Dies war die Absicht des Dschinns, o vormalige Samtpfote«, sagte Abdullah. »Wie Ihr Euch vielleicht erinnert, bemerkte er, als er uns verließ, dass einer von uns ihm helfen werde, die Prinzessin zu entführen.«

Mittlerweile waren weitere Glocken in den Alarm eingefallen. Die Leute liefen auf die Straße und sahen in den Himmel. Der Wagen bahnte sich einen Weg durch den zunehmenden Tumult und war gezwungen, immer langsamer zu fahren, weil die Leute die Straßen verstopften. Jeder schien genau zu wissen, was passiert war. »Die Prinzessin ist fort!«, hörte Abdullah. »Ein Teufel hat Prinzessin Valeria entführt!« Die meisten

Leute waren wohl verstört und verängstigt, aber der ein oder andere sagte auch: »Dieser Königliche Zauberer sollte gehängt werden. Wofür wird er denn bezahlt?«

»Ach, du liebe Zeit«, sagte Lettie. »Der König wird uns keinen Moment lang glauben, wie hart Ben dafür gearbeitet hat, dass dies nicht passiert.«

»Keine Angst«, sagte Sophie. »Sobald ich Morgan geholt habe, gehe ich zum König und werde ihm was erzählen. Das kann ich gut, Königen etwas erzählen.«

Das glaubte Abdullah ihr aufs Wort. Er saß da und rutschte nervös hin und her.

Nach einer Weile, die wiederum eine Ewigkeit zu dauern schien, aber wahrscheinlich nur fünf Minuten betragen hatte, kämpfte sich der Wagen durch den überfüllten Hof der Herberge. Überall standen Leute, die nach oben schauten.

»Ich habe seine Flügel gesehen«, hörte Abdullah einen Mann sagen. »Es war ein riesiger Vogel, der die Prinzessin in seinen Fängen hielt.«

Der Wagen blieb stehen. Endlich musste Abdullah seine Ungeduld nicht mehr beherrschen. Er sprang ab und rief: »Aus dem Weg! Aus dem Weg, ihr Leute! Hier kommen zwei Hexen in wichtiger Mission!« Unter wiederholtem Rufen und Schubsen gelang es ihm, Lettie und Sophie zur Eingangstür der Herberge zu bugsieren und sie hindurchzuschieben. Lettie war peinlich berührt.

»Das hätten Sie nicht sagen dürfen«, sagte sie. »Ben

möchte nicht, dass die Leute wissen, dass ich eine Hexe bin.«

»Darüber nachzudenken wird er im Moment keine Zeit haben«, antwortete Abdullah. Er schob die beiden an dem überraschten Wirt vorbei zur Treppe. »Hier kommen die Hexen, von denen ich Euch berichtet habe, o trefflicher Wirt«, sagte er zu dem Mann. »Sie sorgen sich um ihre Katzen.« Er eilte die Treppe hinauf, wobei er erst Lettie, dann Sophie überholte, und lief weiter in das nächste Stockwerk. Er riss die Zimmertür auf. »Tut nichts Unbeson…«, begann er. Dann verstummte er, weil er merkte, dass alles vollkommen still war.

Das Zimmer war leer.

## 17. KAPITEL *in dem Abdullah endlich im Luftschloss ankommt*

Zwischen den Überresten des Abendessens stand ein Korb mit einem Kissen auf dem Tisch. In einem der Betten befand sich eine Delle, über der eine Wolke von Tabakduft hing, als ob der Soldat gerade noch hier gelegen und geraucht hätte. Das Fenster war geschlossen.

Abdullah lief hinüber, wollte es aufreißen und hinaussehen – aus keinem bestimmten Grund, sondern nur, weil ihm nichts Besseres einfiel – und stolperte dabei über einen Unterteller mit Sahne. Der Unterteller schlug um und ein großer Schwall dickflüssiger, gelblich-weißer Sahne ergoss sich über den Zauberteppich.

Abdullah starrte zu Boden. Der Teppich war also noch da. Aber was hatte all das zu bedeuten? Von dem Soldaten und einem schreienden Baby war in diesem Zimmer nicht das Geringste zu sehen. Ebenso wenig – bemerkte er, während er seine Augen schnell in alle Ecken gleiten ließ – wie von dem Flaschengeist.

»O nein!«, rief Sophie, die gerade die Tür erreichte. »Wo ist er denn bloß? Er kann doch nicht weit gekommen sein, wenn der Teppich noch hier ist.«

Abdullah wünschte, er hätte sich dessen sicher sein

können. »Ohne Euch in Schrecken versetzen zu wollen, o Mutter eines höchst beweglichen Babys«, sagte er, »muss ich anmerken, dass der Flaschengeist offenbar ebenfalls fehlt.«

Eine kleine, kaum wahrnehmbare Falte erschien auf Sophies Stirn. »Was für ein Flaschengeist?«

Abdullah wurde klar, dass Sophie, solange sie Mitternacht gewesen war, von der Existenz des Flaschengeists offenbar nie etwas bemerkt hatte. Endlich betrat auch Lettie das Zimmer. Sie rang nach Atem und presste sich eine Hand in die Seite. »Was ist denn?«, keuchte sie.

»Sie sind nicht hier«, sagte Sophie. »Vielleicht hat der Soldat Morgan zur Wirtin gebracht. Die kennt sich sicher mit Babys aus.«

Mit einem Gefühl, als fasste er in Brennnesseln, sagte Abdullah: »Ich gehe hinunter und sehe nach.« Es kann natürlich sein, dass Sophie Recht hat, dachte er, während er die erste Treppe hinunterlief. Es war zumindest das, was die meisten Männer tun würden, die plötzlich mit einem schreienden Baby fertig werden mussten – vorausgesetzt allerdings, dass ein solcher Mann nicht einen Flaschengeist in Händen hielt.

Die untere Treppe war voller Menschen, die nach oben drängten: Männer in derben Stiefeln und Uniformen. Der Wirt führte sie hinauf und sagte: »Im zweiten Stockwerk, meine Herren. Ihre Beschreibung des Strangianers passt auf ihn, sofern er seinen Zopf abgeschnitten hat, und der jüngere Mann ist offenbar der Komplize, von dem Sie sprachen.«

Abdullah fuhr herum und lief auf Zehenspitzen zurück nach oben, wobei er immer zwei Stufen auf einmal nahm.

»Es gibt ein grundsätzliches Problem, o höchst bezaubernde Geschwister«, erklärte er Lettie und Sophie keuchend. »Der Wirt – der durchtriebene Schankmeister – hat die Wachen geholt, um den Soldaten und mich einsperren zu lassen. Was sollen wir jetzt tun?«

Es war Zeit, dass eine willensstarke Frau die Dinge in die Hand nahm. Und diesmal war Abdullah recht froh, dass Sophie zu dieser Sorte von Frauen gehörte. Sie reagierte sofort, schloss die Tür und schob den Riegel vor. »Leih mir dein Taschentuch«, sagte sie zu Lettie, und als Lettie es ihr gab, ging Sophie auf die Knie und wischte damit die Sahne von dem fliegenden Teppich. »Komm«, sagte sie zu Abdullah. »Steig mit mir auf den Teppich und sag ihm, er soll uns dahin bringen, wo sich Morgan befindet. Lettie, du bleibst hier und hältst die Wachen auf. Ich glaube nicht, dass der Teppich dich tragen kann.«

»Gut«, sagte Lettie. »Ich will sowieso wieder bei Ben sein, bevor der König ihn zur Verantwortung ziehen will. Aber erst werde ich dem Wirt noch die Meinung sagen. Das ist eine gute Vorübung für den König.« Sie straffte ihre Schultern auf ebenso entschlossene Weise wie ihre Schwester und stemmte die Arme auf eine Art in die Hüften, die schlechte Zeiten sowohl für den Wirt wie für die Wachen ahnen ließ.

Abdullah war sehr zufrieden, was Lettie betraf. Er stieg auf den Teppich und schnaubte leise. Der Teppich erzitterte. Allerdings zögernd und widerwillig. »O teuerstes Textil, Karfunkel und Chrysolith unter den Teppichen«, sagte Abdullah, »dieser ungehobelte Rüpel entschuldigt sich zutiefst dafür, dass er Sahne auf deinem kostbaren Antlitz verschüttet hat …«

Heftiges Klopfen kam von der Tür. »Im Namen des Königs: Aufmachen!«, bellte draußen eine Stimme.

Es blieb keine Zeit, dem Teppich noch weiter zu schmeicheln. »Teppich, ich flehe dich an«, flüsterte Abdullah, »trag diese Dame und mich zu dem Ort, an den der Soldat das Baby gebracht hat.«

Der Teppich schüttelte sich unmutig, gehorchte aber. Er schoss wie gewohnt los, direkt durch das geschlossene Fenster. Diesmal war Abdullah aufmerksam genug und für einen Moment erschienen ihm das Glas und der dunkle Rahmen des Fensters wie eine Wasseroberfläche. Dann glitten sie hindurch und stiegen hoch, über die silbernen Kugeln hinweg, die die Straßen erleuchteten. Dass Sophie dies auch sah, bezweifelte er allerdings. Sie klammerte sich mit beiden Händen an Abdullahs Arm und hatte ihre Augen offenbar geschlossen.

»Ich habe Höhenangst«, sagte sie. »Hoffentlich ist es nicht so weit.«

»Dieser hervorragende Teppich wird uns so schnell wie möglich ans Ziel bringen, hochverehrte Hexe«, sagte Abdullah, um sie und den Teppich einander ein wenig näher zu bringen. Er war sich allerdings nicht sicher, ob es bei einem von beiden funktionierte.

Sophie klammerte sich weiter fest an seinen Arm und stieß leise Paniklaute aus, während der Teppich, nach einer unerwarteten, Schwindel erregenden Kurve über den Türmen und Lichtern von Kingsbury, eine halsbrecherische Runde über den offenbar zum Palast gehörenden Kuppeln drehte und dann zu einer weiteren Schleife über der Stadt ansetzte.

»Was macht dieses Ding denn nur?«, keuchte Sophie. Offensichtlich hatte sie ihre Augen doch nicht ganz geschlossen.

»Ganz ruhig, o zuversichtlichste Zauberin«, beschwichtigte sie Abdullah. »Er fliegt Kurven, um Höhe zu gewinnen, wie die Vögel es auch tun.« Seine persönliche Meinung war allerdings, dass der Teppich die Spur verloren hatte. Als aber die Lichter und Türme von Kingsbury zum dritten Mal unter ihnen dahinsausten, merkte er, dass er zufällig doch Recht gehabt hatte. Sie befanden sich nun schon einige hundert Fuß höher. Bei der vierten Schleife, die noch größer war als die dritte – obwohl ebenso halsbrecherisch –, war Kingsbury nur noch eine kleine Ansammlung von glänzenden Lichtern, weit, weit unter ihnen.

Sophie riskierte einen Blick nach unten – und zuckte sofort zurück. Ihr Griff, mit dem sie Abdullahs Arm umklammert hielt, wurde noch fester, falls das überhaupt möglich war. »O Himmel und Hölle«, sagte sie. »Wir steigen ja noch immer! Anscheinend ist dieser verfluchte Soldat mit Morgan dem Dschinn gefolgt.«

Sie waren nun so hoch, dass Abdullah fürchtete, sie könnte Recht haben. »Ohne Zweifel wollte er die Prinzessin retten«, sagte er. »In der Hoffnung auf eine reiche Belohnung.«

»Aber dazu musste er doch mein Baby nicht mitnehmen«, stellte Sophie klar. »Warte nur, bis ich ihn in die Finger kriege! Aber wie hat er es überhaupt geschafft, ohne den Teppich?«

»Er hat wohl dem Flaschengeist befohlen, dem Dschinn zu folgen, o Mond der Mütterlichkeit«, erklärte Abdullah.

Worauf Sophie wieder sagte: »Was denn für ein Flaschengeist?«

»Ich versichere Euch, o schärfster Verstand aller Zauberinnen, ich besaß nicht nur diesen Teppich, sondern auch einen Flaschengeist, auch wenn Ihr ihn offenbar niemals wahrgenommen habt«, sagte Abdullah.

»Dann will ich es dir eben glauben«, sagte Sophie. »Aber sprich weiter. Sprich – sonst muss ich nach unten sehen, und dann falle ich ganz sicher hinunter.« Da sie sich immer noch fest an Abdullahs Arm klammerte, konnte er davon ausgehen, dass er ebenfalls fallen würde, wenn sie fiel.

Kingsbury war nun ein verschwommener heller Fleck, der einmal auf dieser und dann auf der anderen

Seite des Teppichs auftauchte, während sich dieser weiter in Spiralen nach oben schraubte. Die Ebenen von Ingari umschlossen diesen Fleck wie eine große, dunkelblaue Scheibe. Der Gedanke, so tief zu fallen, machte Abdullah fast so viel Angst wie Sophie. Hastig begann er ihr all seine Abenteuer zu erzählen: wie er Blume-in-der-Nacht getroffen hatte, wie ihn der Sultan in den Kerker geworfen hatte, wie der Flaschengeist in der Oase von Kabul Akbas Räubern – die in Wirklichkeit Engel gewesen waren – aus dem Teich geangelt worden war, und wie schwierig es war, einen Wunsch zu äußern, der trotz der Hinterhältigkeit des Flaschengeistes nicht misslang.

Als er an diesem Punkt der Erzählung angelangt war, konnte er die Wüste sehen, die sich im Süden von Ingari wie ein bleiches Meer erstreckte – obwohl es bei ihrer jetzigen Flughöhe schwierig war, dort unten überhaupt noch etwas zu erkennen. »Jetzt sehe ich ein, dass der Soldat nur deswegen zugegeben hat, die Wette verloren zu haben, um mich von seiner Ehrlichkeit zu überzeugen«, sagte Abdullah reuevoll. »Bestimmt hat er die ganze Zeit schon vorgehabt, den Flaschengeist und wahrscheinlich auch den Teppich zu stehlen.«

Sophie hörte aufmerksam zu. Ihr Griff an seinem Arm lockerte sich ein wenig, zu Abdullahs großer Erleichterung. »Du kannst es dem Flaschengeist nicht übel nehmen, dass er alle Leute hasst«, sagte sie. »Denk daran, wie du dich im Kerker gefühlt hast.«

»Aber der Soldat …«, sagte Abdullah.

»Das ist eine ganz andere Sache«, erklärte Sophie. »Warte nur, bis ich ihn zu fassen bekomme. Menschen, die nett zu Tieren sind, aber jeden Menschen betrügen, dem sie begegnen, kann ich nicht ausstehen. Aber um auf diesen Flaschengeist zurückzukommen, von dem du behauptest, du habest ihn besessen – es sieht doch ganz so aus, als hätte der Dschinn ihn dir absichtlich in die Hände gespielt. Meinst du, es gehört zu seinem Plan, dass die verhinderten Liebhaber ihm helfen sollen, seinen Bruder zu überwältigen?«

»Das meine ich«, bestätigte Abdullah.

»Wenn wir zu dem Wolkenschloss kommen – ich meine, falls wir dort ankommen«, sagte Sophie, »dann können wir also davon ausgehen, dass weitere enttäuschte Liebhaber eintreffen und uns helfen werden?«

»Das könnte jedenfalls sein«, sagte Abdullah vorsichtig. »Aber ich erinnere daran, neugierigste aller Katzen, auch Ihr habt Euch in die Büsche verkrümelt, als der Dschinn erschien. Und der Dschinn erwartet wohl nur mich allein.«

Unwillkürlich sah er nach oben. Es wurde nun langsam kühl und die Sterne kamen einem ungemütlich nah vor. Ein eigenartiger silberner Hauch haftete dem dunklen Blau des Himmels an, der das von irgendwoher durchschimmernde Mondlicht ahnen ließ. Es war wunderschön. Abdullahs Herz schwoll an bei dem Gedanken, dass er möglicherweise – endlich – auf dem Weg war, Blume-in-der-Nacht zu retten.

Leider sah Sophie auch in die Höhe. Der Klammergriff an seinem Arm wurde wieder fester. »Sag irgendwas«, sagte sie. »Ich habe schreckliche Angst.«

»Dann müsst Ihr auch mit mir reden, o mutige Meisterin der Magie«, sagte Abdullah. »Schließt Eure Augen und erzählt mir vom Prinzen von Ochinstan, dem Blume-in-der-Nacht versprochen war.«

»Ich kann mir das gar nicht vorstellen«, brachte Sophie undeutlich hervor. Sie hatte wirklich furchtbare Angst. »Der Sohn des Königs ist noch ein Baby. Es gibt natürlich noch den Bruder des Königs, Prinz Justin. Aber er sollte eigentlich Beatrice von Strangia heiraten – nur dass sie davon nichts wissen wollte und fortlief. Glaubst du, der Dschinn könnte sie gefangen haben? Ich denke, dein Sultan ist nur hinter den Waffen her, die unsere Zauberer hier herstellen. Und die würde er niemals bekommen. Die Söldner bekommen sie nicht mit, wenn sie nach Süden ziehen. Und Howl sagt, man sollte sowieso besser überhaupt keine Söldner mehr aussenden. Howl …« Ihre Stimme versagte. Ihre Hände an Abdullahs Arm zitterten. »Sag was!«, krächzte sie.

Beide konnten kaum noch atmen. »Ich kann nicht, Königin des Klammergriffs«, keuchte Abdullah. »Die Luft muss hier sehr dünn sein. Kennt Ihr nicht ein paar magische Worte, die uns das Atmen erleichtern könnten?«

»Ich glaube kaum. Du nennst mich zwar immer Hexe, aber in Wirklichkeit habe ich noch nicht viel Erfahrung«, wandte Sophie ein. »Du hast es doch selbst gesehen. Als ich eine Katze war, konnte ich mich gerade nur etwas größer machen.« Aber sie ließ Abdullah einen Moment los und vollzog einige seltsame Gebärden über ihnen. »Also wirklich, Luft«, sagte sie. »Das ist doch einfach unerhört. Du musst uns schon ein wenig besser atmen lassen, sonst halten wir nicht mehr lange aus. Sammle dich um uns und lass uns dich einatmen.« Sie klammerte sich wieder an Abdullah. »Ist es so besser?«

Es schien nun tatsächlich wieder mehr Luft um sie herum zu geben, dafür war es kälter als zuvor.

Abdullah war überrascht. Sophies Art zu zaubern kam ihm ziemlich unhexenhaft vor. Eigentlich war es nicht viel anders, als wenn er den Teppich dazu überredete, sich in Bewegung zu setzen. Aber er musste zugeben, dass es funktionierte. »Ja, vielen Dank, Zitiererin des Zauberspruchs.«

»Sag was!«, forderte Sophie.

Sie flogen jetzt so hoch, dass das Land unter ihnen nicht mehr zu sehen war. Abdullah konnte Sophies Angst völlig verstehen. Der Teppich segelte durch ein dunkles Nichts, immer höher und höher, und Abdullah wusste, dass er geschrien hätte, wenn er allein gewesen wäre. »Sprecht Ihr, o Meisterschülerin der Magie«, sagte er mit bebender Stimme. »Erzählt mir von Eurem Zauberer Howl.«

Sophies Zähne klapperten zwar, aber sie sagte stolz: »Er ist der beste Zauberer von Ingari und überall. Wenn er genug Zeit gehabt hätte, hätte er den Dschinn besiegt. Er ist gerissen und selbstsüchtig und eitel wie ein Pfau und feige und er will sich nie auf etwas festlegen.«

»Tatsächlich?«, fragte Abdullah. »Komisch, dass Ihr so stolz von einer derartigen Liste von Lastern sprecht, liebendste aller Ehefrauen.«

»Was soll das heißen – Laster?«, entgegnete Sophie entgeistert. »Ich habe Howl nur beschrieben, wie er ist. Er stammt aus einer vollkommen anderen Welt. Sie nennt sich Wales. Und ich will einfach nicht glauben, dass er tot ist … Ooh!«

Sie schloss mit einem Stöhnen, weil der Teppich weiter aufwärts schoss, in den zarten Schleier einer Wolke hinein. Im Inneren der Wolke entpuppten sich die zarten Schleier als Eiskristalle, die ihnen als Splitter und Brocken und Klumpen wie ein Hagelsturm um die Ohren flogen. Als der Teppich wieder daraus hervorbrach, rangen beide nach Atem. Und dann schnappten sie gleich noch mal nach Luft, vor Verwunderung.

Sie befanden sich in einem unbekannten Land, das von Mondlicht überflutet war – einem Mondlicht, das die goldene Färbung des Erntemondes besaß. Als Abdullah aber nach dem Mond Ausschau hielt, konnte er ihn nirgends entdecken. Das Licht schien von dem silberblauen Himmel selbst zu kommen, an dem glänzend goldene Sterne standen. Allerdings konnte Abdullah für diese Schönheiten nur einen kurzen Blick erübrigen. Der Teppich schwebte knapp über der Oberfläche eines dunstigen, transparenten Meeres und kämpfte sich jetzt langsam über den sanften Wellen, die sich an Wolkenfelsen brachen, vorwärts. Auch wenn sie durch jede Welle hindurchsehen konnten, als wäre sie aus gold-grüner Seide, war es wirklich echtes Wasser, das drohte, über den Teppich zu schlagen. Die Luft war warm. Und der Teppich war – genau wie ihre Kleidung und ihre Haare – von Eisklumpen bedeckt, die langsam zu schmelzen begannen. Die nächsten Minuten waren Sophie und Abdullah deshalb vollkommen damit beschäftigt, die Eisklumpen über die Ränder des Teppichs in den durchsichtigen Ozean zu fegen, wo sie in dem darunter liegenden Himmel versanken und verschwanden.

Der enteiste Teppich kam nun wieder problemlos voran, so dass sie die Möglichkeit hatten, sich umzusehen. Und wieder stockte ihnen der Atem. Denn hier lagen nun die Inseln, Landzungen und Buchten aus reinem Gold, die Abdullah im Sonnenuntergang gesehen hatte. Sie reichten von der Stelle, an der sie sich befanden, bis in die weite silberne Entfernung hinaus, wo sie still, unbewegt und verzaubert lagen, wie ein Blick auf das Paradies selbst. Die durchsichtigen Wellen brachen sich mit leisem Flüstern am Wolkenstrand, was die Stille noch zu verstärken schien.

An solch einem Ort schien es falsch zu sprechen. Sophie stieß Abdullah an und deutete voraus. Dort, auf dem nächstgelegenen Wolken-Festland, stand ein Schloss, eine Ansammlung stolzer, hoch aufragender

Türme, in denen mattsilberne Fenster zu erkennen waren. Es bestand aus Wolken. Während sie es betrachteten, zogen einige der höheren Türme seitlich davon und lösten sich auf, während andere vor ihren Augen zusammenschrumpften und sich verbreiterten. Plötzlich wuchs das Schloss, wurde zu einer massiven, wehrhaften Burg, um sich gleich darauf wieder zu verwandeln. Aber es war immer noch dort und immer noch ein Schloss und offenbar der Ort, wohin der Teppich sie bringen wollte.

Der Teppich flog nun in sehr gemächlichem Tempo die Küste entlang, als fürchtete er nicht im Geringsten, gesehen zu werden.

Am Ufer standen Wolkenbüsche, die wie der Nachklang des Abendrots rot und silbern leuchteten. In ihren Schutz verschwand der Teppich nun, wie er sich auch im Schatten der Bäume in der Ebene von Kingsbury verborgen hatte, während er die Bucht umrundete, um zur Landzunge zu gelangen. Wieder eröffneten sich ihnen neue Ausblicke auf goldene Meere, auf denen sich weit entfernt verschwommene Schatten bewegten, die Schiffe hätten sein können oder Wolkenkreaturen, die ihren Beschäftigungen nachgingen. Immer noch von vollkommener, raunender Stille umgeben, bewegte sich der Teppich auf das Festland zu, wo keine Büsche mehr wuchsen. Hier sank er herab und schwebte nun etwa so tief über dem wolkigen Grund, wie er über die Dächer von Kingsbury geglitten war.

Abdullah war dies überaus willkommen. Das Schloss vor ihnen veränderte sich schon wieder. Es dehnte sich aus, bis es zu einem mächtigen Pavillon wurde. Als der Teppich die lange Allee erreichte, die zu seinen Toren führte, bildeten sich Kuppeln heraus, und auch ein schlankes goldenes Minarett richtete sich auf, als wollte es sie beobachten.

Die Allee war gesäumt von wolkigen Gestalten, die ihrer Ankunft ebenfalls zuzusehen schienen. So, wie sich oft ein einzelner Wolkenfetzen aus einer dichten Wolke herauslöst und nach oben steigt, ragten diese Gestalten aus dem Wolkengrund. Aber im Gegensatz zum Schloss veränderten sie ihre Form nicht. Jede einzelne Gestalt wuchs stolz empor, in der Form ähnlich einem Seepferdchen oder Springer beim Schachspiel, nur dass ihre Gesichter flacher und glatter waren als die Gesichter von Pferden und von lockigen Strähnen umkränzt wurden, die weder Wolken noch Haare waren. Als sie die Gestalten passierten, betrachtete Sophie mit wachsender Abscheu jede einzelne von ihnen. »Was diese Skulpturen betrifft, so halte ich von seinem Kunstverstand nicht allzu viel«, sagte sie.

»O schweigt, verehrteste Verplapperin!«, flüsterte Abdullah. »Das sind keine Skulpturen, sondern die zweihundert Hilfsengel, die der Dschinn befehligt.«

Der Klang ihrer Stimmen erweckte die Aufmerksamkeit der Wolkengestalt, die sich gerade direkt neben ihnen befand. Sie wallte wie Nebel, öffnete ein riesiges

Paar Mondsteinaugen und machte Anstalten, sich über den Teppich zu beugen.

»Wag es nicht, uns aufzuhalten!«, drohte Sophie. »Wir sind nur hier, um mein Baby zu holen.«

Die großen Augen blinzelten. Offensichtlich war der Engel es nicht gewöhnt, so grob angesprochen zu werden. An seinen Seiten begannen weiße Wolkenflügel zu wachsen.

Abdullah erhob sich schnell auf dem Teppich und verbeugte sich. »Seid gegrüßt, erhabenster Botschafter des Himmels«, sagte er. »Was diese Dame so rundheraus sagte, ist die Wahrheit. Ich bitte, ihr zu vergeben. Sie stammt aus dem Norden. Aber wie auch ich kommt sie in Frieden. Die Dschinns haben ihr Kind gehütet, und wir kommen, um es zu holen und ihnen unseren ergebensten und demütigsten Dank zu sagen.«

Dies schien dem Engel zu gefallen. Seine Flügel schrumpften wieder in seine wolkigen Seiten zurück, und obwohl sein seltsam geformter Kopf ihnen noch nachblickte, als der Teppich weiterglitt, versuchte er nicht sie aufzuhalten. Jetzt aber hatte der Engel auf der gegenüberliegenden Seite seine Augen ebenfalls geöffnet, und auch die beiden nächsten wandten sich ihnen zu. Abdullah wagte es nicht, sich wieder zu setzen. Er spreizte seine Beine, um die Balance halten zu können, und verbeugte sich vor jedem Engelpaar, dem sie sich näherten. Das war nicht ganz einfach. Der Teppich wusste ebenso gut wie Abdullah, wie gefährlich die

Engel werden konnten, und flog schneller und schneller.

Sogar Sophie ging auf, dass ein wenig Höflichkeit nur nützlich sein könnte. Auch sie nickte nun jedem Engel zu, während sie an ihnen vorbeiflogen. »Guten Abend«, sagte sie. »Herrlicher Sonnenuntergang, heute. Guten Abend.« Für mehr blieb ihr keine Zeit, denn das letzte Stück der Allee legte der Teppich in rasendem Tempo zurück. Als er vor den Toren des Schlosses ankam – die geschlossen waren –, tauchte er darunter hindurch wie eine Kanalratte. Abdullah und Sophie wurden von feuchtem Dunst umhüllt, dann umgab sie plötzlich ein ruhiges, goldenes Licht.

Wie sie feststellten, befanden sie sich in einem Garten. Hier fiel der Teppich, schlaff wie ein Wischlappen, zu Boden und blieb dort liegen. Leise Schauer durchzuckten ihn der Länge nach, wie es bei einem Teppich sein mochte, wenn er vor Angst zitterte oder vor Anstrengung nach Atem rang oder beides.

Vorsichtig betraten Sophie und Abdullah den Garten, der nicht aus Wolken zu bestehen schien. Sie standen auf einer richtigen Wiese, auf der silber-grünes Gras wuchs. In einiger Entfernung, zwischen streng geschnittenen Hecken, plätscherte ein Marmorbrunnen. Sophie sah sich um, dann runzelte sie die Stirn.

Abdullah bückte sich und rollte den Teppich mit großer Sorgfalt auf. Dabei klopfte er ihn und redete sanft auf ihn ein: »Sehr gut gemacht, kühnstes Kunstwerk der Knüpftechnik«, sagte er zu ihm. »Brav, brav. Nur keine Angst. Ich werde es niemals zulassen, dass der Dschinn dir auch nur eine Faser der Fransen an deinem Rand krümmt, egal, wie mächtig er ist.«

»Du klingst wie der Soldat, wenn er sein Theater um Morgan gemacht hat, als der noch Gernegroß war«, sagte Sophie. »Und das Schloss ist da drüben.«

Sie setzten sich in Bewegung. Sophie sah sich aufmerksam um und ließ hier und da ein leises Schnauben hören, während Abdullah den Teppich, den er auf der Schulter trug, von Zeit zu Zeit klopfte und fühlte, ob das Zittern in ihm langsam nachließ. So gingen sie eine ganze Weile, denn obwohl der Garten nicht aus Wolken bestand, veränderte und vergrößerte er sich laufend. Die Hecken wurden zu kunstvollen Rabatten aus hellrosa Blumen, und der Brunnen, den sie die ganze Zeit in der Entfernung deutlich erkennen konnten, schien nun aus Kristall oder vielleicht sogar aus Chrysolith zu sein. Ein paar Schritte weiter und alles war voller Blumen in edelsteinverzierten Töpfen, Palmwedel und Kletterpflanzen, die sich an lackierten Säulen emporrankten. Sophies Schnauben wurde lauter. Der Brunnen bestand jetzt, soweit sie es erkennen konnten, aus Silber und war mit Saphiren besetzt.

»Dafür, dass ihm dieses Schloss nicht gehört, hat sich dieser Dschinn eine Menge Freiheiten herausgenommen«, sagte Sophie. »Wenn ich mich nicht vollkommen irre, muss das hier unser Bad gewesen sein.«

Abdullah fühlte, wie sein Gesicht heiß wurde. Sophies Bad oder nicht, dies waren die Gärten seines Tagtraums. Hasruel verspottete ihn, wie er es schon die ganze Zeit mit Abdullah gemacht hatte. Als sich der Brunnen vor ihnen erneut verwandelte – jetzt war er aus Gold geschmückt, mit weinroten glänzenden Rubinen –, wurde Abdullah ebenso ärgerlich wie Sophie.

»So darf ein Garten nicht aussehen, selbst wenn man von den ständigen verwirrenden Veränderungen mal absieht«, sagte er wütend. »Ein Garten sollte natürlich wirken, mit naturbelassenen Teilen und einer großen Fläche, auf der Veilchen wachsen.«

»Vollkommen richtig«, sagte Sophie. »Sieh dir nur jetzt wieder den Brunnen an! Wie kann man nur so etwas aus einem Bad machen!«

Der Brunnen bestand jetzt aus Platin und Smaragden. »Lächerlich, wie das glitzert!«, sagte Abdullah. »Wenn ich meinen Garten anlege …«

Er wurde vom Schreien eines Kindes unterbrochen. Und sie begannen beide zu laufen.

## 18. KAPITEL *in dem es ziemlich viele Prinzessinnen gibt*

Das Schreien des Kindes wurde lauter. Es gab keinen Zweifel, von wo es kam. Während Sophie und Abdullah dem Gebrüll durch einen Säulengang entgegenliefen, keuchte Sophie: »Das ist aber nicht Morgan. Das ist ein älteres Kind.« Es schien Abdullah, als hätte sie Recht. Er hörte Worte aus dem Geschrei heraus, wenn er auch nicht verstehen konnte, was sie bedeuteten. Und selbst wenn Morgan so laut heulte, wie er nur konnte, für einen solchen Lärm waren seine Lungen doch noch nicht groß genug. Nachdem das Geschrei fast unerträglich laut geworden war, wandelte es sich zu herzzerreißendem Schluchzen. Dies fiel ab zu einem gleichmäßig quälenden »Uaah-uaah-uaah!«. Und gerade, als es wirklich nicht mehr auszuhalten war, erhob das Kind seine Stimme wieder zu hysterischem Kreischen.

Sophie und Abdullah folgten dem Krach, bis sie am Ende des Säulenganges in eine große Wolkenhalle gelangten. Dort blieben sie hinter einem Pfeiler stehen und Sophie sagte: »Unser Wohnzimmer. Sie haben es wie einen Ballon aufgeblasen.«

Es war wirklich eine riesengroße Halle. Das schreiende

Kind stand genau in der Mitte. Es war ein Mädchen, etwa vier Jahre alt, das blonde Locken hatte und ein weißes Nachthemd trug. Sein Gesicht war knallrot, der Mund ein riesiges schwarzes Viereck, und es war damit beschäftigt, sich auf den Boden zu werfen, wieder aufzustehen, um sich sofort wieder hinzuwerfen. Wenn es jemals ein wütendes Kind gegeben hatte, dann dieses hier. Und das Echo in der riesigen Halle brüllte mit ihm um die Wette.

»Das ist Prinzessin Valeria«, flüsterte Sophia Abdullah zu. »Glaube ich wenigstens.«

Über der schreienden Prinzessin schwebte Hasruels riesiger Körper. Ein anderer Dschinn, der wesentlich kleiner und hellhäutiger war, verbarg sich hinter ihm.

»Tu doch etwas!«, rief dieser kleinere Dschinn. Nur die Tatsache, dass seine Stimme durchdringend wie der Klang silberner Trompeten war, verschaffte ihm überhaupt Gehör. »Sie macht mich wahnsinnig.«

Hasruel beugte sich mit seinem scheußlichen Antlitz über Valerias verheultes Gesicht. »Kleine Prinzessin«, flötete er süß, »hör auf zu weinen. Wir tun dir doch nichts.«

Prinzessin Valerias Antwort bestand darin, zuerst aufzustehen und Hasruel ins Gesicht zu schreien und sich dann wieder auf den Boden zu werfen, um sich dort zu wälzen.

»Uaah-uaah-uaah!«, zeterte sie. »Ich will nach Hause! Ich will zu meinem Papa! Ich will zu meinem Kindermädchen! Ich will zu Onkel Justin! Uaaah!«

»Kleine Prinzessin«, säuselte Hasruel verzweifelt.

»Nun flöte sie doch nicht immer nur an!«, trompetete der andere Dschinn, der offensichtlich Dalzel war. »Zaubere irgendwas! Süße Träume, einen Schweigebann, tausend Teddybären oder eine Tonne Bonbons. Aber mach irgendwas!«

Hasruel drehte sich zu seinem Bruder um. Seine gespreizten Flügel riefen Windböen hervor, die Valerias Haar flattern und ihr Nachthemd wehen ließen. Sophie und Abdullah mussten sich an der Säule festhalten, sonst hätte der Wind sie weggeblasen.

Auf Valerias Wutausbruch hatte er allerdings keinen Einfluss. Und wenn doch, dann nur den, dass sie jetzt umso lauter brüllte.

»Das habe ich doch alles schon versucht, Bruder!«, polterte Hasruel.

Prinzessin Valeria schrie nun ununterbrochen den gleichen Satz: »Mama! Mama! Die sind gemein zu mir!«

Hasruel musste seine Stimme zu einem regelrechten Donnern erheben. »Ist dir eigentlich nicht klar«, dröhnte er, »dass es so gut wie keinen Zauber gibt, der ein Kind in dieser Stimmung besänftigen kann?«

Dalzel hielt sich mit seinen bleichen Händen die Ohren zu – spitze Ohren, die ein wenig an Pilze erinnerten. »Ich halte es nicht mehr aus«, rief er schrill. »Lass sie hundert Jahre lang schlafen.«

Hasruel nickte. Er wandte sich wieder Prinzessin Valeria zu, die schreiend auf dem Boden lag und strampelte, und breitete seine riesige Hand über sie.

»O je!«, sagte Sophie zu Abdullah. »Du musst etwas tun!«

Da Abdullah keine Ahnung hatte, was er tun sollte, und da er persönlich der Ansicht war, dass jedes Mittel recht war, um dieses schreckliche Geschrei abzuschalten, tat er nichts anderes, als sich vorsichtig ein Stück von der Säule zu entfernen. Und bevor Hasruels Zauber seine Wirkung auf Prinzessin Valeria entfalten konnte, rauschte zum Glück eine Gruppe von Leuten in den Raum. Eine laute, fordernde Stimme schallte durch die Halle.

»Was soll denn dieser Lärm?«

Die beiden Dschinns wichen zurück. Die Neuankömmlinge waren allesamt weiblich und sahen äußerst unerfreut aus. Wobei diese beiden Dinge aber auch schon alles zu sein schienen, was sie gemeinsam hatten. Sie standen alle in einer Reihe, dreißig Frauen, und sahen die Dschinns vorwurfsvoll an. Sie waren groß, klein, pummelig, dünn, jung und alt und von verschiedenster Hautfarbe. Abdullahs Augen glitten überrascht die Reihe entlang. Das mussten die entführten Prinzessinnen sein. Das war also die dritte Eigenschaft, die sie miteinander verband. Da war zum Beispiel eine kleine, schmale gelbhäutige Prinzessin, die ganz in seiner Nähe stand, aber auch eine ältliche, gebeugte Prinzessin, nur ein paar Schritte weiter entfernt. Und sie trugen die unterschiedlichsten Kleider, vom Ballkleid bis zum Tweedkostüm.

Die, die sich lautstark nach der Ursache des Lärms erkundigt hatte, war eine kräftig gebaute, mittelgroße Prinzessin, die ein wenig vor den anderen stand. Sie trug Reitkleidung. Ihr Gesicht drückte – abgesehen davon, dass es leicht gebräunt war und von dem Leben an der frischen Luft ein paar feine Linien hatte – etwas Handfestes und Bodenständiges aus. Sie sah die beiden Dschinns mit unverhohlener Verachtung an.

»Das ist ja wohl das Albernste, was es überhaupt geben kann«, sagte sie. »Zwei große, starke Kerle wie ihr! Und ihr könnt noch nicht mal ein weinendes Kind beruhigen!«

Sie ging zu Valeria und gab ihr einen ordentlichen Klaps auf das Hinterteil. »Sei still!« Es funktionierte. Valeria hatte noch nie in ihrem Leben einen Klaps bekommen. Sie rollte sich herum und setzte sich auf, als hätte man auf sie geschossen. Sie sah die bodenständige Prinzessin aus ihren verheulten Augen erstaunt an. »Du hast mich gehauen!«

»Und ich werde dich noch mal hauen, wenn du es darauf anlegst«, sagte die handfeste Prinzessin.

»Dann schreie ich«, sagte Valeria. Ihr Mund ging wieder weit auf. Sie holte tief Luft.

»Das wirst du nicht tun«, sagte die bodenständige Prinzessin. Sie hob Valeria hoch und drückte sie kurzum den beiden Prinzessinnen in die Arme, die hinter ihr standen. Sie und ein paar andere umringten Valeria in einem Knäuel und machten beruhigende Geräusche.

Aus der Mitte dieses Knäuels hörte man wieder Valerias Geschrei, aber es klang nicht mehr allzu überzeugt. Die bodenständige Prinzessin stemmte die Hände in die Hüften und wandte sich verächtlich an die Dschinns.

»Seht ihr?«, sagte sie. »Man braucht nur ein wenig Konsequenz und Güte – aber dass ihr das versteht, kann man wohl von keinem von euch erwarten.«

Dalzel trat an sie heran. Nachdem er nun nicht mehr solche Qualen aushalten musste, sah Abdullah zu seiner Überraschung, dass er sehr schön war. Abgesehen von seinen pilzförmigen Ohren und seinen krallenbewehrten Füßen hätte er ein großer männlicher Engel sein können. Auf seinem Kopf ringelten sich goldene Locken, und seine Flügel, obwohl sie klein und verkümmert schienen, waren ebenfalls aus Gold. Seine leuchtend roten Lippen verbreiterten sich zu einem süßen Lächeln. Insgesamt besaß er eine überirdische Schönheit, die zu dem merkwürdigen Wolkenreich passte, in dem er lebte. »Ich bitte Euch, bringt das Kind weg«, sagt er. »Und tröstet es, Prinzessin Beatrice, beste meiner Ehefrauen.«

Die patente Prinzessin Beatrice gab den anderen Prinzessinnen ein Zeichen, Valeria hinauszubringen, dann kam sie unumwunden auf das eben Gesagte zurück: »Freundchen, ich habe dir schon mal gesagt, dass niemand von uns hier deine Ehefrau ist. Du kannst uns so nennen, bis du schwarz wirst, aber das wird dir nichts nützen. Wir sind nicht deine Ehefrauen, und wir werden es niemals sein!«

»Sehr richtig!«, pflichteten die übrigen Frauen in einem entschlossenen, vielstimmigen Chor bei. Dann drehten sich alle bis auf eine um und gingen fort, wobei sie die schluchzende Prinzessin Valeria mit sich nahmen.

Auf Sophies Gesicht erschien ein begeistertes Lächeln. »Anscheinend halten sich die Prinzessinnen ganz gut«, flüsterte sie.

Abdullah nahm sie gar nicht wahr. Die noch anwesende Prinzessin war Blume-in-der-Nacht. Sie war – wie immer – doppelt so schön, wie er sie in Erinnerung hatte. Mit ihren dunklen Augen, die sie fest auf Dalzel gerichtet hatte, sah sie lieblich und ernst aus. Sie verbeugte sich höflich. Bei ihrem Anblick begannen Abdullahs Sinne zu vibrieren. Die Wolkensäulen um ihn herum schienen zwischen Existenz und Nichtexistenz hin und her zu pendeln. Sein Herz klopfte vor Freude. Sie war in Sicherheit! Sie war hier!

Sie sprach zu Dalzel: »Vergebt mir, großer Dschinn, wenn ich zurückbleibe, um Euch eine Frage zu stellen«, sagte sie und ihre Stimme klang noch schöner, als Abdullah sie in Erinnerung hatte – melodiös und erfrischend wie ein kühler Brunnen. Zu Abdullahs Verblüffung reagierte Dalzel mit offener Angst.

»Nein, nicht schon wieder du!«, trompetete er – worauf Hasruel, der wie eine dunkle Säule im Hintergrund gestanden hatte, seine Arme verschränkte und spöttisch grinste.

»Doch, ich bin es, grausamer Entführer der Sultans-

Töchter«, sagte Blume-in-der-Nacht mit höflich geneigtem Haupt. »Ich bin nur hier, um zu fragen, weshalb das Kind angefangen hat zu schreien.«

»Woher soll ich das denn wissen?«, fragte Dalzel. »Du fragst mich immer Dinge, die ich nicht beantworten kann. Warum willst du das überhaupt wissen?«

»Weil, o Räuber der Nachkommenschaft der Regenten, der einfachste Weg, ein Kind zu beruhigen, der ist, den Grund seines Ärgers zu erfahren«, antwortete Blume-in-der-Nacht. »Dies weiß ich aus meiner eigenen Kindheit, da ich selbst oft Wutanfälle hatte.«

Das kann überhaupt nicht sein!, dachte Abdullah. Sie lügt mit Absicht. Ein so liebenswerter Charakter hätte niemals um irgendetwas ein Geschrei veranstalten können. Aber zu seinem Erstaunen sah er, dass Dalzel ihr ohne weiteres glaubte.

»Das kann ich mir vorstellen«, sagte er.

»Also, was war der Grund, Plünderer der Tapferen?«, beharrte Blume-in-der-Nacht. »Will sie vielleicht wieder nach Hause in ihren Palast oder will sie ihre Puppe haben oder hat sie sich einfach nur vor deinem Gesicht erschreckt, oder …?«

»Ich werde sie nicht nach Hause lassen, wenn es das ist, worauf Ihr hinauswollt«, fiel Dalzel ihr ins Wort. »Sie ist jetzt eine meiner Ehefrauen.«

»Dann ersuche ich Euch umso ernsthafter, herauszufinden, warum sie angefangen hat zu schreien, Häscher der Gerechten«, sagte Blume-in-der-Nacht. »Denn ohne dieses Wissen werden nicht einmal dreißig Prinzessinnen sie zur Ruhe bringen können.« Während sie sprach, erklang von ferne tatsächlich wieder Valerias Stimme: »Uaah-uaah-uaah!«

»Ich spreche aus Erfahrung«, bemerkte Blume-in-der-Nacht. »Ich habe einmal eine ganze Woche lang Tag und Nacht geschrien. Bis ich keine Stimme mehr hatte. Weil mir meine Lieblingsschuhe zu klein geworden waren.«

Abdullah sah jetzt ein, dass Blume-in-der-Nacht die reine Wahrheit erzählte. Er wollte ihr glauben, aber sosehr er sich auch bemühte, er konnte sich einfach nicht vorstellen, dass seine liebliche Blume-in-der-Nacht auf dem Boden lag und um sich trat und schrie.

Hiermit hatte Dalzel wiederum keinerlei Schwierigkeiten. Er erschauderte und wandte sich verärgert an Hasruel. »Denk nach, oder kannst du das nicht? Du hast sie doch hierher gebracht. Du musst doch mitbekommen haben, worüber sie sich so aufregt.«

Hasruels großes braunes Gesicht zog sich hilflos zusammen. »Mein Bruder, ich habe sie durch die Küche hereingebracht. Denn sie war vollkommen schweigsam und vor Angst ganz weiß und ich dachte, eine Leckerei könnte ihr gefallen. Aber sie hat mit der Leckerei nach dem Hund des Kochs geworfen und hat weiter geschwiegen. Wie du weißt, fing sie erst zu weinen an, nachdem ich sie bei den anderen Prinzessinnen untergebracht hatte, und mit dem Schreien hat sie begonnen, als du sie …«

Blume-in-der-Nacht hob einen Finger. »Aha!«, sagte sie.

Die beiden Dschinns sahen sie an.

»Ich habe es«, sagte sie. »Es ist der Hund des Kochs. Bei Kindern läuft es eben oft auf Tiere hinaus. Sie ist daran gewöhnt, alles zu bekommen, was sie will. Und sie will den Hund. König der Kidnapper, sagt dem Koch, dass er seinen Hund in unser Gemach bringen soll, und der Lärm wird aufhören. Das kann ich Euch versprechen.«

»Na schön«, sagte Dalzel. »Mach schon!«, trompetete er Hasruel an.

Blume-in-der-Nacht verbeugte sich. »Ich danke Euch«, sagte sie, wandte sich um und schritt anmutig davon.

Sophie zerrte Abdullah am Arm. »Wir müssen ihr folgen.«

Abdullah antwortete nicht und rührte sich nicht. Er blickte Blume-in-der-Nacht nach und konnte kaum glauben, dass er sie wirklich sah, und ebenso wenig, dass Dalzel ihr nicht zu Füßen gefallen war und sie angebetet hatte. Er musste zwar zugeben, dass dies eine Erleichterung war, aber trotzdem …!

»Ist das etwa deine?«, fragte Sophie nach einem kurzen Blick in sein Gesicht. Abdullah nickte hingerissen. »Dann hast du einen guten Geschmack«, sagte Sophie. »Aber jetzt komm, bevor sie uns bemerken.«

Sie drückten sich hinter den Säulen entlang in die Richtung, in die Blume-in-der-Nacht verschwunden war, hielten dabei aber ihre Augen stets wachsam auf die große Halle gerichtet. In einiger Entfernung ließ Dalzel sich trübsinnig auf einem riesigen Thron nieder, der am Kopf einer Treppe stand. Als Hasruel aus der Küche zurückkehrte – wo immer sie sein mochte –, machte Dalzel ihm ein Zeichen, sich vor den Thron zu knien. Keiner der beiden sah in ihre Richtung. Sophie und Abdullah liefen auf Zehenspitzen zu einem Bogengang, wo ein Vorhang hin- und herschwang, den Blume-in-der-Nacht soeben angehoben haben musste, um hindurchzugehen. Sie schoben den Vorhang beiseite, folgten ihr und standen plötzlich in einem großen, hell erleuchteten Raum, der verwirrend voll von Prinzessinnen war. Von irgendwoher aus ihrer Mitte schluchzte Valeria: »Ich will nach Hause.«

»Still, Liebes. Du bist ja bald wieder da«, antwortete jemand.

Prinzessin Beatrice' Stimme sagte: »Du hast so wunderbar geweint, Valeria. Wir sind alle sehr stolz auf dich. Aber jetzt sei ein braves Mädchen und hör auf.«

»Ich kann nicht«, sagte Valeria. »Ich bin gerade so schön drin.«

Sophie sah sich mit wachsendem Zorn in dem Raum um. »Unerhört!«, sagte sie. »Das ist unsere Besenkammer!«

Abdullah schenkte ihr keine Beachtung, denn Blume-in-der-Nacht stand ganz in ihrer Nähe und rief leise: »Beatrice.«

Prinzessin Beatrice hörte es und löste sich aus der Gruppe. »Sag bloß, du hast es wirklich getan«, sagte sie. »Das ist gut! Diese Dschinns wissen nicht mehr, wo ihnen der Kopf steht, wenn du ihnen zu Leibe rückst, Blume. Jetzt wird alles seinen Gang gehen, wenn dieser Mann bereit ist …«

In diesem Moment bemerkte sie Sophie und Abdullah. »Wo kommt ihr denn her?«, fragte sie.

Blume-in-der-Nacht wirbelte herum. Als sie Abdullah sah, fand er in ihrem Gesicht einen Moment lang all das, was er sich hätte wünschen können: Anerkennung, Freude, Liebe und Stolz. Ich wusste, dass du kommen würdest, um mich zu retten, sagten ihre dunklen Augen. Aber dann verlosch zu seiner Überraschung alles. Ihre Miene wurde höflich und undurchdringlich. Sie verbeugte sich steif. »Dies ist Prinz Abdullah aus Zanzib«, sagte sie. »Aber die Dame ist mir nicht weiter bekannt.«

Blume-in-der-Nachts Verhalten traf Abdullah bis ins Mark. Sie ist wohl eifersüchtig auf Sophie, dachte er. Er machte ebenfalls eine Verbeugung und beeilte sich, die Dinge klarzustellen.

»Diese Dame, o Perlen in vieler Könige Diademe, ist die Frau des Königlichen Zauberers Howl. Sie ist hier, um nach ihrem Kind zu suchen.«

Prinzessin Beatrice wandte Sophie ihr offenes, sonnengebräuntes Gesicht zu.

»Ach, das ist Euer Baby?«, sagte sie. »Habt Ihr Howl denn zufällig auch mitgebracht?«

»Nein«, sagte Sophie traurig. »Ich hatte gehofft, dass er hier sein würde.«

»Leider keine Spur von ihm«, sagte Prinzessin Beatrice. »Schade. Er könnte uns nützlich sein. Auch wenn er an der Eroberung meines Landes beteiligt war. Aber wir haben Euer Baby. Kommt mit.«

Prinzessin Beatrice ging voraus in den hinteren Teil des Raumes, vorbei an der Gruppe von Prinzessinnen, die versuchten Valeria zu trösten. Da Blume-in-der-Nacht mit ihr ging, folgte auch Abdullah. Zu seiner wachsenden Enttäuschung sah Blume-in-der-Nacht ihn kaum an, sondern beugte nur höflich ihren Kopf bei jeder Prinzessin, an der sie vorbeiliefen.

»Die Prinzessin von Alberien«, sagte sie höflich. »Die Prinzessin von Farktan. Die Erbprinzessin von Thayack. Dies ist die Prinzessin von Peichistan und neben ihr die Infantin von Inhico. Dahinter seht ihr die Demoiselle von Dorimynda.«

Wenn es keine Eifersucht ist, was kann es dann sein?, überlegte Abdullah verzweifelt. An der hinteren Wand des Raumes stand eine breite Bank mit Kissen. »Mein Kramregal«, grollte Sophie. Auf dieser Bank saßen drei Prinzessinnen: die ältliche Prinzessin, die Abdullah schon vorhin aufgefallen war, eine plump wirkende Prinzessin, die sich in einen Mantel gewickelt hatte, und die kleine gelbhäutige Prinzessin, die recht eingepfercht zwischen den beiden anderen saß. Die zweigdünnen Arme der kleinen Prinzessin umschlangen Morgans wohl gerundeten rosigen Körper.

»Sie ist, sofern wir es richtig aussprechen können, die erhabene Prinzessin von Tsapfan«, sagte Blume-in-der-Nacht beflissen. »Rechts von ihr die Prinzessin aus dem Hohen Norland. Und links von ihr die Jharine von Jham.«

Die winzige erhabene Prinzessin von Tsapfan sah aus wie ein Kind mit einer zu großen Puppe. Aber sie gab Morgan mit größter Gelassenheit und Übung aus einer großen Babyflasche zu trinken.

»Er fühlt sich sehr wohl bei ihr«, sagte Prinzessin Beatrice. »Und ihr tut es auch gut. Sie ist nicht mehr so traurig. Sie sagt, sie hat selbst vierzehn Babys gehabt.«

Die kleine Prinzessin sah mit einem scheuen Lächeln auf. »Alles Jungen«, sagte sie mit leiser, lispelnder Stimme.

Morgan spreizte seine Hände und Füße und zog sie wieder zusammen. Er war das Inbild eines zufriedenen Babys. Sophie erstarrte plötzlich.

»Woher hat sie diese Flasche?«, fragte sie, als könnte sie vergiftet sein.

Die kleine Prinzessin sah wieder auf. Sie lächelte und streckte einen winzigen Finger aus, um damit auf etwas zu zeigen.

»Sie beherrscht unsere Sprache nicht allzu gut«, erklärte Prinzessin Beatrice. »Aber der Flaschengeist scheint sie verstanden zu haben.«

Der zweigdünne Finger der Prinzessin deutete nämlich neben der Bank auf den Boden, wo unter ihren kleinen baumelnden Füßen die altbekannte blaulila Flasche stand. Abdullah bückte sich danach. Die dicke Jharine von Jham tat im gleichen Moment dasselbe, mit einer unerwartet kräftigen, großen Hand.

»Hört auf!«, schrie der Geist aus dem Inneren, während die beiden um die Flasche rangen. »Ich werde sowieso nicht herauskommen. Sonst werden die Dschinns mich dieses Mal sicher umbringen.«

Abdullah bekam die Flasche mit beiden Händen zu fassen und riss sie an sich. Durch das Gerangel glitt der Mantel, in den sich die Jharine gehüllt hatte, von ihren Schultern.

Abdullah sah plötzlich in zwei weit aufgerissene blaue Augen, die aus einem faltigen Gesicht unter einem Büschel grauer Haare hervorsahen. Das Gesicht verzog sich zu einer Unschuldsmiene, mit der der Soldat Abdullah verlegen anlächelte, als er die Flasche mit dem Flaschengeist losließ.

»Du?«, entfuhr es Abdullah angewidert.

»Einer meiner Untertanen«, erklärte Prinzessin Beatrice. »Er ist gekommen, um mich zu retten. Er passt nur nicht so recht hierher. Darum mussten wir ihn verkleiden.«

Sophie schob Abdullah und Prinzessin Beatrice beiseite. »Den überlasst mal mir!«, sagte sie.

## 19. KAPITEL *in dem ein Soldat, ein Koch und ein Teppichhändler allesamt ihre Forderungen erheben*

In den nächsten Minuten stieg der Geräuschpegel im Raum so stark an, dass selbst Prinzessin Valeria übertönt wurde. Hauptsächlich verantwortlich dafür war Sophie, die mit harmlosen Ausdrücken wie »Dieb« und »Lügner« begann und sich dann sehr schnell steigerte, indem sie laut schreiend Anschuldigungen gegen den Soldaten vorbrachte. Und zwar wegen Vergehen, von denen Abdullah noch nie etwas gehört hatte, und an die zu begehen der Soldat wohl noch nicht mal gedacht hatte.

Während Abdullah ihrem Gekeife lauschte, überlegte er, dass das metallisch-quietschende Geräusch, das Sophie als Mitternacht von sich gegeben hatte, immer noch angenehmer war als der Lärm, den sie jetzt machte. Nicht gerade leise war allerdings auch der Soldat, der ein Knie hochgezogen hatte und beide Hände schützend vor das Gesicht hielt und jetzt lauter und lauter rief: »Mitternacht … ich meine, Madame! Lassen Sie mich doch erklären, Mitternacht … äh, Madame!«

Dazu krächzte Prinzessin Beatrice ununterbrochen: »Nein, lasst mich erklären …«

Und verschiedene Prinzessinnen trugen ebenfalls noch zu dem Getöse bei, indem sie riefen: »O bitte, seid doch leise, sonst hören es noch die Dschinns!«

Abdullah versuchte Sophie zu bremsen, indem er fest an ihrem Arm rüttelte. Aber wahrscheinlich gab es nichts, was sie hätte bremsen können, wenn nicht Morgan mit sichtlichem Missfallen seine Lippen von der Flasche gelöst und sich umgesehen hätte, um dann ebenfalls in das Geschrei miteinzustimmen. Sophie klappte mit einem Mal ihren Mund zu und öffnete ihn dann wieder, um zu sagen: »Also gut. Erkläre dich!«

Es wurde vergleichsweise still, die winzige Prinzessin konnte Morgan beruhigen, und er widmete sich wieder dem Trinken.

»Ich wollte das Baby doch gar nicht hierher bringen«, sagte der Soldat.

»Wie bitte?«, rief Sophie. »Du wolltest mein Kind allein lassen?«

»Nein, nein«, sagte der Soldat. »Ich habe dem Flaschengeist befohlen, es irgendwohin zu bringen, wo sich jemand darum kümmert. Und mich selbst zur Prinzessin von Ingari. Ich will auch gar nicht verschweigen, dass es mir um eine Belohnung ging.« Er wandte sich an Abdullah. »Aber du weißt ja, wie dieser Geist ist, nicht wahr? Das Nächste, woran ich mich erinnern kann, ist, dass Gernegroß und ich hier waren.«

Abdullah hielt die Flasche in die Höhe und sah hinein. »Er hat seinen Wunsch erfüllt bekommen«, sagte der Geist gleichmütig von drinnen.

»Und das Kind hat Haus und Hof zusammengeschrien«, sagte Prinzessin Beatrice.

»Dalzel schickte Hasruel, um herauszufinden, woher der Lärm kam. Und mir fiel nichts Besseres ein als zu sagen, dass Prinzessin Valeria einen Wutanfall hätte. Daraufhin mussten wir Valeria natürlich zum Schreien bringen. Und dann schmiedete Blume-in-der-Nacht einen Plan zu unserer Rettung.«

Sie wandte sich an Blume-in-der-Nacht, die offensichtlich an etwas ganz anderes dachte – und dieses ganz andere hatte nicht das Geringste mit Abdullah zu tun, wie Abdullah düster feststellte. Sie blickte zur anderen Seite des Raumes. »Beatrice, ich glaube, da kommt der Koch mit dem Hund«, sagte sie.

»Oh, gut!«, sagte Prinzessin Beatrice. »Kommt alle mit.« Sie lief zur Mitte des Raumes. Dort stand ein Mann mit einer hohen Kochmütze. Es war ein zerfurchter, alter Kerl, der nur ein Auge hatte. Sein Hund drückte sich eng an seine Beine und knurrte jede Prinzessin an, die sich ihm näherte. Dies spiegelte wahrscheinlich auch die Gefühle des Kochs wider. Er war offensichtlich misstrauisch gegen alles und jeden.

»Jamal!«, rief Abdullah. Woraufhin er die Flasche in die Höhe hielt und wieder einen fragenden Blick hineinwarf.

»Es war eben der nächstgelegene Palast, der nicht in Zanzib lag«, verteidigte sich der Flaschengeist.

Abdullah freute sich so sehr, seinen alten Freund gesund wiederzusehen, dass er keine Lust hatte, mit dem Geist zu streiten. Er stürzte an zehn Prinzessinnen vorüber, wobei er alle seine Manieren vergaß, und drückte Jamal die Hand. »Mein Freund!«

Jamals einziges Auge starrte ihn an. Eine Träne quoll daraus hervor, als er ebenfalls Abdullahs Hand drückte. »Du bist in Sicherheit«, sagte er. Jamals Hund sprang auf die Hinterbeine, pflanzte seine Vorderpfoten auf Abdullahs Bauch und hechelte vor Zuneigung. Ein bekannter Gestank fischigen Atems erfüllte die Luft.

Und Valeria fing prompt wieder an zu schreien. »Ich will diesen Hund nicht haben. Der stinkt!«

»Psst!«, machten mindestens sechs Prinzessinnen. »Tu einfach nur so, Liebes. Wir sind auf die Hilfe dieses Mannes angewiesen.«

»ICH … WILL … NICHT …!«, schrie die Prinzessin.

Sophie hatte die ganze Zeit über kritisch die kleine Prinzessin beäugt. Jetzt riss sie sich los und ging auf Valeria zu. »Hör auf, Valeria«, sagte sie. »Du kennst mich doch noch, oder?«

Offensichtlich erinnerte sich Valeria an sie. Sie lief Sophie entgegen und klammerte sich an ihre Beine, wo sie wieder in – echte – Tränen ausbrach. »Sophie, Sophie, Sophie! Bring mich nach Hause!«

Sophie setzte sich auf den Boden und drückte sie an

sich. »Ist ja gut, ist ja gut. Natürlich bringe ich dich nach Hause. Wir müssen nur erst alles dafür vorbereiten. Es ist schon komisch«, wandte sie sich an die Prinzessinnen, die sie umringten. »Im Umgang mit Valeria fühle ich mich vollkommen sicher. Aber ich bin starr vor Angst, dass ich Morgan fallen lassen könnte.«

»Sie werden es noch lernen«, sagte die ältliche Prinzessin aus dem Hohen Norland und setzte sich steif neben sie. »Ich habe gehört, es geht allen so.«

Blume-in-der-Nacht betrat die Mitte des Raumes. »Meine Freundinnen«, sagte sie, »und ihr drei Herren, wir sollten uns nun zusammensetzen, die schwierige Lage besprechen, in der wir uns befinden, und Pläne für unsere baldige Befreiung machen. Zunächst einmal aber wäre es auf jeden Fall umsichtig, einen Schweigebann auf die Schwelle zu diesem Raum zu legen. Es wäre nicht hilfreich, wenn unsere Entführer etwas mitbekämen.« Ihre Augen wanderten auf höchst zufällige und gänzlich absichtslose Weise zu der Flasche in Abdullahs Hand.

»Nein«, sagte der Flaschengeist. »Versucht nicht, mich zu so etwas zu zwingen, sonst werdet ihr alle zu Kröten.«

»Ich mache es schon«, sagte Sophie. Sie rappelte sich auf, während Valeria noch an ihren Röcken hing, und ging zur Türschwelle, wo sie eine Hand voll Stoff des Vorhangs ergriff. »Du gehörst doch nicht zu den Stoffen, die Worte durch sich hindurchdringen lassen, oder?«, sagte sie zu dem Vorhang. »Ich schlage vor, du redest auch mal mit den Wänden und machst ihnen das klar. Sag ihnen, dass niemand etwas davon hören soll, was wir in diesem Raum hier sprechen.«

Ein Gemurmel der Erleichterung und Zustimmung erhob sich nun unter den Prinzessinnen. Aber Blume-in-der-Nacht sagte: »Entschuldigt, wenn ich kleinlich bin, gewiefte Magierin, aber ich denke, irgendetwas sollten die Dschinns doch hören können. Sonst werden sie argwöhnisch.«

Die kleine Prinzessin von Tsapfan erhob sich, mit Morgan, der in ihren Armen riesig aussah. Vorsichtig gab sie das Baby an Sophie weiter. Sophie sah verunsichert aus und hielt das Baby, als wäre es eine Bombe, die jeden Moment explodieren könnte. Das schien Morgan nicht zu gefallen. Er ruderte mit den Armen. Während die winzige Prinzessin ihre beiden kleinen Hände auf den Vorhang legte, jagten verschiedene Blicke reinsten Missbehagens über sein Gesicht. »Rülps«, bemerkte er. Sophie machte einen Satz und hätte Morgan fast fallen gelassen. »Himmel noch mal!«, sagte sie. »Ich habe nicht gewusst, dass sie so etwas machen.«

Valeria lachte lauthals auf. »Mein Bruder macht das auch immer.«

Die kleine Prinzessin bedeutete durch Gesten, dass sie Blume-in-der-Nachts Einwand nachgekommen war. Alle lauschten angestrengt. Irgendwo weit entfernt konnte man das freundlich brummende Summen von schwatzenden Prinzessinnen hören. Von Zeit zu Zeit erklang sogar ein kleiner Schrei, der nach Valeria klang.

»Besser geht es kaum«, sagte Blume-in-der-Nacht. Sie lächelte die winzige Prinzessin freundlich an und Abdullah wünschte sich, dass sie auch ihm ein solches Lächeln schenken würde. »Wenn sich jetzt alle setzen, können wir Pläne für unsere Flucht schmieden.«

Jeder gehorchte auf seine Weise. Jamal hockte sich – seinen Hund in den Armen – hin und blickte argwöhnisch um sich. Sophie hielt Morgan fest umklammert und setzte sich auf den Boden, wo sich Valeria gegen sie lehnte. Valeria war mittlerweile ganz zufrieden. Abdullah ließ sich im Schneidersitz neben Jamal nieder. Als der Soldat ganz in seiner Nähe Platz nahm, umfasste Abdullah die Flasche fester und sicherte mit der anderen Hand den Teppich auf seiner Schulter.

»Blume-in-der-Nacht ist ein echtes Juwel«, bemerkte Prinzessin Beatrice, während sie sich zwischen Abdullah und den Soldaten quetschte. »Sie kam hierher und wusste nichts, sofern sie es nicht in einem Buch gelesen hatte. Aber sie lernt sehr schnell. Sie brauchte zwei Tage, dann hatte sie Dalzel durchschaut – und jetzt hat der elende Dschinn erbärmliche Angst vor ihr. Bevor sie hierher kam, war es mir bislang nur gelungen, dieser Kreatur klar zu machen, dass wir nicht seine Ehefrauen werden würden. Aber sie denkt in großen Zusammenhängen. Gleich von Anfang an hat sie sich Gedanken um die Flucht gemacht. Und sie hat die ganze Zeit versucht, den Koch als Hilfe zu gewinnen. Jetzt hat sie es geschafft. Sieh sie dir nur an. Sie sieht doch aus, als könne sie ein Reich regieren, nicht wahr?«

Abdullah nickte traurig und sah zu, wie Blume-in-der-Nacht dastand und darauf wartete, dass alle es sich bequem gemacht hatten. Sie trug immer noch die dünnen Baumwollsachen, die sie angehabt hatte, als Hasruel sie aus dem Nachtgarten entführt hatte. Sie war immer noch so schlank, so anmutig und so schön. Ihre Kleider waren jetzt verknittert und ein wenig zerrissen. Abdullah hatte keinen Zweifel, dass jeder Riss, jedes Loch und jeder herabhängende Faden für etwas Neues stand, das Blume-in-der-Nacht gelernt hatte. Sie könnte tatsächlich ein Reich regieren, dachte er. Wenn er Blume-in-der-Nacht mit Sophie verglich, die ihm missfallen hatte, weil sie so dickköpfig war, musste er einsehen, dass Blume-in-der-Nacht etwa doppelt so willensstark war wie Sophie. Und dies machte Blume-in-der-Nacht in Abdullahs Augen nur noch erhabener. Was ihn aber zutiefst betrübte, war die Art, wie sie es ständig höflich vermied, ihn allein anzusprechen. Und er wünschte, er wüsste warum.

»Das Problem, vor dem wir stehen«, sagte Blume-in-der-Nacht gerade, als Abdullah ihren Worten wieder Gehör schenkte, »ist, dass wir uns in einem Palast befinden, bei dem man nicht gut einfach vor die Tür treten kann. Selbst wenn es uns gelänge, uns aus dem Schloss zu stehlen, ohne dass die Dschinns es bemerken oder Hasruels Engel uns davon abhalten könnten, würden wir nur durch die Wolken hindurchbrechen und steinschwer auf die Erde hinabfallen – die tief, tief unten liegt. Und selbst wenn wir diese Schwierigkeiten irgendwie überwinden könnten …«, jetzt wanderten ihre Augen zu der Flasche in Abdullahs Hand und zu dem Teppich über seiner Schulter, aber – leider – nicht zu Abdullah selbst, »… würde nichts Dalzel daran hindern, seinen Bruder auszuschicken, damit er uns alle zurückbringt. Darum ist der Dreh- und Angelpunkt jedes Plans, den wir ins Auge fassen, Dalzel zu entmachten. Wir wissen, was ihm einst zur Macht verholfen hat. Er stahl das Leben seines Bruders Hasruel und dieser muss ihm nun gehorchen oder sterben. Daraus folgt, dass wir – um fliehen zu können – Hasruels Leben finden und es ihm zurückgeben müssen. Werte Damen, meine sehr verehrten Herren, geschätzter Hund, ich bitte um Ihre Vorschläge zu diesem Thema.«

Hervorragend gesprochen, o Blume meines Begehrens, dachte Abdullah traurig, während Blume-in-der-Nacht anmutig Platz nahm.

»Aber wir wissen doch immer noch nicht, wo Hasruels Leben sein könnte«, blökte die fette Prinzessin von Farktan.

»Richtig«, sagte Prinzessin Beatrice. »Das weiß nur Dalzel.«

»Aber die gemeine Kreatur lässt doch ständig Bemerkungen darüber fallen«, klagte die blonde Prinzessin von Thayack.

»Damit wir sehen, wie geschickt er ist«, bemerkte die dunkelhäutige Prinzessin von Alberien bitter.

Sophie sah auf. »Was denn für Bemerkungen?«, fragte sie.

Ein Gewirr von Stimmen erfüllte den Raum, weil mindestens zwanzig Prinzessinnen gleichzeitig Sophie dies erklären wollten. Abdullah spitzte die Ohren, um wenigstens einen der Hinweise aufzuschnappen. Blume-in-der-Nacht versuchte gerade die Ordnung wiederherzustellen, als der Soldat laut sagte: »Ach, seid doch mal ruhig, allesamt!«

Dies führte zu absoluter Stille. Die Augen sämtlicher Prinzessinnen richteten sich auf ihn, erstarrt in königlichem Entsetzen.

Der Soldat fand das sehr lustig. »Donner und Doria!«, sagte er. »Sie können mich ansehen, wie es Ihnen gefällt, meine Damen. Aber währenddessen denken Sie doch bitte darüber nach, ob ich mich jemals bereit erklärt habe, Ihnen zur Flucht zu verhelfen. Das habe ich nicht. Warum auch? Dalzel hat mir nie etwas getan.«

»Das kommt nur daher«, sagte die ältliche Prinzessin aus dem Hohen Norland, »weil er Sie noch nicht gefunden hat, guter Mann. Wollen Sie vielleicht abwarten, was passiert, wenn es so weit ist?«

»Ich würde es riskieren«, sagte der Soldat. »Andererseits – ich könnte Ihnen natürlich helfen – und ich wette, Sie werden nicht allzu weit kommen, wenn ich es nicht tue – vorausgesetzt, eine von Ihnen würde mir meinen Aufwand vergelten.«

Blume-in-der-Nacht, die sich auf die Knie erhoben hatte, um aufzustehen, sagte mit fürstlicher Herablassung: »Euch Euren Aufwand vergelten, in welcher Art, schäbiger Schacherer? Jede von uns hat einen sehr reichen Vater. Wenn unsere Väter uns wiederhaben, wird es Belohnungen auf Euch herabregnen. Wollt Ihr für jede von uns eine bestimmte Summe haben? Das lässt sich einrichten.«

»Ich würde es nicht ablehnen«, antwortete der Soldat. »Aber das ist nicht das, woran ich gedacht habe, meine Hübsche. Als ich mich auf dieses Abenteuer eingelassen habe, ist mir versprochen worden, dass ich selbst am Ende eine Prinzessin erhalten würde. Und das ist es, was ich will: eine Prinzessin zum Heiraten. Eine von euch wird mir doch wohl die Ehre erweisen. Und wenn ihr nicht könnt oder nicht wollt, dann könnt ihr nicht mehr auf mich zählen und ich mache meinen Frieden mit Dalzel. Er kann mich ja anstellen, um euch zu bewachen.«

Diese Worte riefen ein Schweigen hervor, das – sofern möglich – noch erstarrter, entsetzter und königlicher war als zuvor. Bis Blume-in-der-Nacht sich als Erste fasste. »Meine Freundinnen«, sagte sie. »Wir alle sind auf die Hilfe dieses Mannes angewiesen – und wenn es nur wegen seiner ruchlosen, niederträchtigen Gerissenheit ist. Was wir auf keinen Fall wollen, ist, dass ein Unhold wie er als Wache über uns eingesetzt wird.

Darum sollten wir ihm erlauben, sich eine Frau unter uns auszusuchen. Wer ist dagegen?«

Es war nur zu deutlich – alle anderen Prinzessinnen waren in höchstem Maße dagegen. Weitere Eisblicke trafen den Soldaten, der grinste und sagte: »Wenn ich zu Dalzel gehe und mich als Wache anbiete, könnt ihr davon ausgehen, dass ihr niemals wieder hier wegkommt. Ich kenne sämtliche Tricks. Nicht wahr, Abdullah?«, wandte er sich an Abdullah.

»Es ist wahr, gerissenster Korporal«, sagte Abdullah.

Man hörte ein leises Murmeln von der winzigen Prinzessin. »Sie sagt, sie ist schon verheiratet – die vierzehn Kinder, wie ihr euch erinnert«, sagte die ältliche Prinzessin, die das Gemurmel zu verstehen schien.

»Dann sollen alle, die noch unverheiratet sind, ihre Hand heben«, sagte Blume-in-der-Nacht und erhob – höchst entschlossen – ihre eigene Hand.

Zögernd und unsicher hoben zwei Drittel der übrigen Prinzessinnen ebenfalls ihre Hände. Der Kopf des Soldaten drehte sich langsam, als er sie der Reihe nach betrachtete, und der Ausdruck auf seinem Gesicht erinnerte Abdullah an Sophie, wie sie als Mitternacht einem Festschmaus aus Milch und Lachs entgegensah. Während die Augen des Soldaten von einer Prinzessin zur nächsten wanderten, stand Abdullahs Herz still. Es war vollkommen klar, dass er Blume-in-der-Nacht wählen würde. Ihre Schönheit stach hervor wie eine Lilie im Mondlicht.

»Du«, sagte der Soldat schließlich. Zu Abdullahs Erleichterung und Erstaunen zeigte er auf Prinzessin Beatrice.

Prinzessin Beatrice war ebenso verblüfft. »Ich?«, fragte sie.

»Ja, du«, sagte der Soldat. »Ich wollte immer schon eine beherzt zupackende und bodenständige Prinzessin wie dich haben. Und die Tatsache, dass du aus Strangia kommst, macht die Sache perfekt.«

Prinzessin Beatrices Gesicht war leuchtend rot wie eine Rübe. Das schmeichelte ihrem Aussehen nicht unbedingt. »Aber … aber …«, sagte sie, doch dann fasste sie sich. »Mein guter Soldat, ich muss Ihnen mitteilen, dass ich Prinz Justin von Ingari heiraten soll.«

»Dann kannst du ihm ja sagen, dass du nur aus … aus politischen Gründen zugestimmt hattest, oder?«, erwiderte der Soldat. »Ich habe den Eindruck, du bist ganz froh, aus der Sache herauszukommen.«

»Also ich …«, begann Prinzessin Beatrice. Zu Abdullahs Erstaunen standen Tränen in ihren Augen und sie musste noch mal von vorne anfangen. »Sie meinen es doch nicht ernst«, sagte sie. »Ich sehe weder gut aus, noch sonst etwas in der Art.«

»Das kommt mir gerade recht«, sagte der Soldat. »Mit beiden Beinen auf dem Boden. Was soll ich mit einer zerbrechlichen hübschen kleinen Prinzessin? Bei dir kann ich mir gut vorstellen, dass du mir den Rücken stärkst, bei allem, was ich tue. Und ich wette, du kannst auch Socken stopfen.«

»Glauben Sie es oder nicht, ich kann tatsächlich Socken stopfen«, sagte Prinzessin Beatrice. »Und Stiefel flicken auch. Aber meinen Sie es denn wirklich ernst?«

»Ja«, sagte der Soldat.

Die beiden hatten sich einander zugewandt, und es war klar, dass sie beide es absolut ernst meinten. Und die übrigen Prinzessinnen hatten ganz vergessen, erstarrt und königlich zu sein. Sie alle beugten sich vor und sahen mit zartem, gerührtem Lächeln zu. Dasselbe Lächeln lag auf Blume-in-der-Nachts Gesicht, als sie sagte: »Dann können wir unser Gespräch ja fortsetzen, oder hat jemand noch Einwände?«

»Ich …«, sagte Jamal. »Ich habe Einwände.«

Sämtliche Prinzessinnen stöhnten. Jamals Gesicht war fast so rot wie das von Prinzessin Beatrice, und sein einziges Auge schielte. Aber das Beispiel des Soldaten hatte ihm Mut gemacht.

»Lieblichste Damen«, sagte er, »mein Hund und ich, wir haben Angst. Bevor wir hierher gebracht wurden, um für Euch zu kochen, liefen wir durch die Wüste und hatten die Kamele des Sultans auf den Fersen. Wir wollen nicht dorthin zurückgeschickt werden. Aber wenn all Ihr makellosen Prinzessinnen von hier weggeht, was sollen wir dann tun? Das, was ich kochen kann, essen die Dschinns nicht. Ohne jemand zu nahe treten zu wollen, aber wenn ich Euch bei der Flucht helfe, haben mein Hund und ich keine Arbeit mehr. So einfach ist das.«

»O je«, stöhnte Blume-in-der-Nacht und wusste anscheinend nicht, was sie sonst noch dazu sagen sollte.

»Das wäre aber eine Schande. Er ist ein sehr guter Koch«, bemerkte eine pummelige Prinzessin in einem weiten roten Gewand, die vermutlich die Infantin von Inhico war.

»Das wäre es tatsächlich«, sagte die ältliche Prinzessin aus dem Hohen Norland. »Ich schaudere bei dem Gedanken an das Essen, das die Dschinns für uns gestohlen haben, bis er kam.« Sie wandte sich an Jamal. »Mein Großvater hatte früher einen Koch aus Rashput«, sagte sie. »Und bis Sie hierher gekommen sind, habe ich nie etwas Besseres gegessen als die frittierten Calamares dieses Mannes. Und Ihre sind noch besser! Helfen Sie uns zu fliehen, guter Mann, dann stelle ich Sie vom Fleck weg bei mir an, mit Ihrem Hund und allem. Nur«, fügte sie hinzu, als ein breites Grinsen Jamals ledriges Gesicht erhellte, »bedenken Sie bitte, dass mein alter Vater ein sehr kleines Reich regiert. Sie bekommen Unterkunft und Verpflegung. Aber ein großes Gehalt kann ich mir nicht leisten.«

Das Grinsen auf Jamals Zügen blieb bestehen. »Meine allerhöchste Dame«, sagte er, »ich will kein Gehalt, ich will nur Sicherheit. Dafür koche ich Euch ein Essen, das selbst Engeln schmeckt.«

»Hm«, machte die ältliche Prinzessin. »Ich weiß gar nicht, was Engel überhaupt essen – aber das können wir dann ja sehen. Möchte einer von Ihnen beiden vielleicht auch noch etwas, bevor Sie uns helfen?«

Alle blickten zu Sophie.

»Eigentlich nicht«, sagte Sophie, ziemlich traurig. »Ich habe ja Morgan. Und da Howl nicht hier zu sein scheint, gibt es sonst nichts, was mir noch fehlt. Ich helfe euch auf jeden Fall.«

Dann sahen alle zu Abdullah.

Er erhob sich und machte eine tiefe Verbeugung. »O Augäpfel zahlreicher Könige«, begann er. »Es sei fern von einem Unwürdigen wie mir, Euch irgendeine Art von Bedingung für meine Hilfe zu stellen. Die ohne Lohn geleistete Hilfe ist die beste, wie uns die Schrift lehrt.« Als er an dieser Stelle seiner erhabenen und großzügigen Rede angekommen war, merkte er, dass das alles Blödsinn war. Es gab doch etwas, was er wollte – und zwar dringend. Eilig änderte er seine Taktik. »Und ohne Gegenleistung soll meine Hilfe sein«, sagte er, »umsonst wie der Wind, der weht, oder der Regen, der die Blumen benetzt. Ich werde mich bis zur Selbstvernichtung verausgaben zu Eurem edlen Wohle und im Gegenzug nur eine kleine Wohltat erbitten, die leicht zu erfüllen sein wird ...«

»Kommen Sie zur Sache, junger Mann«, sagte die Prinzessin aus dem Hohen Norland. »Was wollen Sie?«

»Fünf Minuten unter vier Augen mit Blume-in-der-Nacht«, sagte Abdullah.

Alle sahen zu Blume-in-der-Nacht. Ihr Kopf erhob sich, ziemlich drohend.

»Bring es hinter dich, Blume«, sagte Prinzessin Beatrice. »Fünf Minuten bringen dich ja nicht um.«

Blume-in-der-Nacht ließ keinen Zweifel daran, dass sie sie sehr wohl umbringen könnten. Wie eine Prinzessin, die zur Hinrichtung geführt wird, sagte sie: »Also gut«, und mit einem noch kälteren Blick als bisher sah sie in Abdullahs Richtung und fragte: »Jetzt?«

»Lieber noch früher, Taube meines Verlangens«, sagte er und verbeugte sich nachdrücklich. Blume-in-der-Nacht nickte kühl und stolzierte, unübersehbar gequält, in eine Ecke des Raumes. »Hier«, sagte sie, als Abdullah ihr folgte.

Er verbeugte sich wieder, sogar noch nachdrücklicher. »Ich sagte unter vier Augen, o starrsinniger Anlass meiner Seufzer«, bemerkte er.

Blume-in-der-Nacht zog ärgerlich einen der Vorhänge beiseite, die neben ihr hingen. »Hier können sie uns wahrscheinlich genauso gut hören«, sagte sie mit kalter Stimme, als sie ihm winkte, damit er ihr folge.

»Aber nicht sehen, Prinzessin meiner Leidenschaft«, sagte Abdullah und drückte sich hinter den Vorhang.

Er fand sich in einem kleinen Alkoven wieder. Sophies Stimme drang klar zu ihm: »Das ist der lose Ziegel, wo ich immer Geld versteckt habe. Ich hoffe nur, sie haben genug Platz.«

Was immer dieser Ort einmal gewesen war, jetzt war er offenbar die Garderobe der Prinzessinnen. Blume-in-der-Nacht verschränkte die Arme und blickte Abdullah an. Eine Reitjacke hing hinter ihr. Umhänge, Mäntel und ein Reifrock, der offensichtlich unter den schlaffen roten Umhang gehörte, den die Infantin von Inhico trug, umspielten Abdullah, während er Blume-in-der-Nachts Blick erwiderte. Jedenfalls war es hier drin nicht viel enger oder voller als in seiner Bude in Zanzib, überlegte Abdullah, und das war normalerweise privat genug.

»Was wolltest du mir sagen?«, fragte Blume-in-der-Nacht kühl.

»Ich wollte dich nach den Gründen für deine Kälte fragen«, antwortete Abdullah hitzig. »Was habe ich getan, dass du mich kaum ansiehst und kaum mit mir sprichst? Bin ich etwa nicht hierher gekommen, um dich zu retten? Habe ich nicht, als Einziger unter den enttäuschten Liebhabern, jegliche Gefahr auf mich genommen, um zu diesem Schloss zu gelangen? Habe ich nicht die mühsamsten Abenteuer durchgestanden, mich von deinem Vater bedrohen, vom Soldaten hintergehen und vom Dschinn verhöhnen lassen, nur um dir zu Hilfe zu eilen? Was soll ich denn sonst noch tun? Oder soll ich aus deinem Verhalten schließen, dass du dich in Dalzel verliebt hast?«

»In Dalzel?«, rief Blume-in-der-Nacht aus. »Jetzt beschuldigst du mich auch noch? Du fügst dem Unrecht eine Beschuldigung hinzu? Jetzt sehe ich ein, dass Beatrice Recht hatte und du mich wirklich nicht liebst.«

»Beatrice?«, donnerte Abdullah. »Was hat sie denn dazu zu sagen, wie ich fühle?«

Blume-in-der-Nacht ließ ihren Kopf ein wenig hängen, obwohl sie eher eingeschnappt als beschämt aussah. Es herrschte Grabesstille. Die Stille war tatsächlich so tief, dass Abdullah plötzlich klar wurde: Alle sechzig Ohren der anderen Prinzessinnen – nein, achtundsechzig Ohren, wenn man Sophie, den Soldaten, Jamal und seinen Hund dazuzählte und davon ausging, dass Morgan schlief –, all diese Ohren waren in diesem Moment ausschließlich auf das gerichtet, was er und Blume-in-der-Nacht sprachen.

»Redet gefälligst untereinander!«, rief er hinüber.

Die Stille wurde unbehaglich. Dann wurde sie unterbrochen von der ältlichen Prinzessin, die sagte: »Das Unangenehmste an diesem Aufenthaltsort ist ja, dass es über den Wolken kein Wetter gibt, über das man sich unterhalten kann.«

Abdullah wartete, bis dieser Feststellung ein zögerliches Summen anderer Stimmen folgte, dann wandte er sich wieder an Blume-in-der-Nacht: »Und? Was hat Prinzessin Beatrice gesagt?«

Blume-in-der-Nacht hob nachlässig ihren Kopf. »Sie sagte, diese Porträts anderer Männer und all die hübschen Worte seien ja gut und schön. Aber sie musste doch feststellen, dass du niemals den geringsten Versuch unternommen hast, mich zu küssen.«

»Dieses unverschämte Weib!«, sagte Abdullah. »Als ich dich das erste Mal gesehen habe, glaubte ich, du seiest ein Traum. Ich habe befürchtet, du würdest einfach vergehen.«

»Beim zweiten Mal, als du mich gesehen hast, warst du dir aber meiner Echtheit ziemlich sicher«, sagte Blume-in-der-Nacht.

»Stimmt«, sagte Abdullah. »Aber zu diesem Zeitpunkt wäre es unfair gewesen. Denn, wie du dich erinnerst, hattest du bis dahin keinen anderen leibhaftigen Mann gesehen, bis auf deinen Vater und mich.«

»Beatrice sagt«, entgegnete Blume-in-der-Nacht, »dass Männer, die nur schöne Worte machen, ausgesprochen schwache Ehemänner abgeben.«

»Immer Prinzessin Beatrice!«, sagte Abdullah. »Was denkst du denn eigentlich?«

»Ich denke«, sagte Blume-in-der-Nacht, »ich denke, ich will einfach nur wissen, warum du mich zu unattraktiv gefunden hast, um mich zu küssen.«

»Ich habe dich doch nicht unattraktiv gefunden!«, polterte Abdullah. Dann fielen ihm die achtundsechzig Ohren hinter dem Vorhang wieder ein und er fügte eindringlich flüsternd hinzu: »Wenn du es unbedingt wissen willst – ich hatte noch nie zuvor in meinem Leben ein Mädchen geküsst, und du bist mir einfach viel zu hübsch, um es falsch machen zu wollen.«

Ein feines Lächeln, begleitet von einem tiefen Grübchen auf ihrer Wange, stahl sich über Blume-in-der-Nachts Lippen. »Und wie viele Mädchen hast du in der Zwischenzeit geküsst?«

»Keins!«, grollte Abdullah. »Ich bin immer noch ein blutiger Anfänger.«

»Ich auch«, gab Blume-in-der-Nacht zu. »Obwohl ich jetzt immerhin genug weiß, um dich nicht mit einer Frau zu verwechseln. Das war ziemlich dumm.«

Sie unterdrückte ein Lachen. Abdullah ebenfalls. Und im nächsten Augenblick platzten beide heraus und lachten aus vollem Hals und unter Keuchen brachte Abdullah hervor: »Vielleicht sollten wir ein bisschen üben.«

Danach war Stille hinter dem Vorhang. Diese Stille dauerte so lange, dass sämtlichen Prinzessinnen der Plauderstoff ausging, bis auf Prinzessin Beatrice, die dem Soldaten offenbar eine Menge zu erzählen hatte.

Schließlich rief Sophie herüber: »Seid ihr fertig, ihr beiden?«

»Allerdings«, kam es von Blume-in-der-Nacht und Abdullah zurück. »Restlos.«

»Dann lasst uns Pläne machen«, sagte Sophie.

In der geistigen Verfassung, in der Abdullah sich nun befand, stellten Pläne für ihn überhaupt kein Problem mehr dar. Er kam hinter dem Vorhang hervor, hielt Blume-in-der-Nachts Hand und fühlte sich, als könnte er auf Wolken wandeln, falls sich das Schloss in diesem Moment auflösen würde. Und wenn es selbst die nicht mehr gäbe, dann eben durch die Luft. So, wie die Dinge aber standen, wandelte er nur über einen recht unwürdigen Marmorboden – und übernahm einfach das Kommando.

## 20. KAPITEL *in welchem das Leben eines Dschinns gefunden und wieder verborgen wird*

Zehn Minuten später sagte Abdullah: »So, meine erhabenen und überaus intelligenten Zuhörer, lauten also unsere Pläne. Jetzt muss nur noch der Flaschengeist …«

Violetter Rauch strömte aus der Flasche und wallte in aufgeregten Wellen über den Marmorboden. »Mich wirst du nicht benutzen!«, schrie der Flaschengeist. »Ich sagte Kröten, und ich meine Kröten. Hasruel war es, der mich in diese Flasche gesteckt hat. Hast du das nicht kapiert? Wenn ich irgendetwas gegen ihn unternehme, verbannt er mich an einen noch schlimmeren Ort.«

Sophie blickte auf und betrachtete mit gerunzelter Stirn den Rauch. »Das ist ja wirklich ein Flaschengeist.«

»Aber ich erbitte doch nur deine Weissagungskraft, damit wir erfahren, wo Hasruels Leben versteckt ist«, erklärte Abdullah. »Ich bitte dich doch noch nicht mal, mir einen Wunsch zu erfüllen.«

»Nein!«, jaulte der malvenfarbene Rauch.

Blume-in-der-Nacht hob die Flasche hoch und stellte sie sich auf die Knie. Rauch floss in kleinen Wolken herab und versuchte in den Ritzen des Marmorbodens zu versinken. »Es ist doch verständlich«, sagte Blume-in-der-Nacht, »dass auch der Flaschengeist seinen Lohn haben muss, wenn jeder andere Mann, den wir um Hilfe bitten, seinen Preis fordert. Dies scheint eine typisch männliche Eigenschaft zu sein. Flaschengeist, wenn du Abdullah bei dieser Sache hilfst, verspreche ich dir das, was die Logik als den gerechten Lohn empfiehlt.«

Widerwillig strömte der Rauch zurück in die Flasche. »Also gut«, sagte der Flaschengeist.

Zwei Minuten später glitt der verzauberte Vorhang über der Schwelle zum Gemach der Prinzessinnen beiseite und alle strömten in die große Halle, um Dalzels Aufmerksamkeit einzufordern – mit Abdullah als hilflosem Gefangenen in ihrer Mitte.

»Dalzel! Dalzel!«, riefen die dreißig Prinzessinnen. »Nennst du das etwa, uns bewachen? Du solltest dich schämen!«

Dalzel sah auf. Er saß über die Lehne seines großen Throns gebeugt und spielte Schach mit Hasruel. Bei dem Anblick, der sich ihm bot, erbleichte er ein wenig und gab seinem Bruder ein Zeichen, er solle das Schachspiel wegräumen. Zum Glück waren die Prinzessinnen so zahlreich, dass er die Jharine von Jham und Sophie, die sie in ihrer Mitte verbargen, gar nicht wahrnahm. Allerdings fiel sein Blick sehr wohl auf Jamal, und seine hübschen Augen verengten sich. »Was ist denn jetzt schon wieder los?«, fragte er.

»Ein Mann in unserem Gemach!«, schrien die Prinzessinnen. »Ein furchtbarer, schrecklicher Mann!«

»Was für ein Mann?«, trompetete Dalzel. »Welcher Mann wagt es?«

»Dieser hier!«, kreischten die Prinzessinnen. Abdullah wurde nach vorne gestoßen, zwischen Prinzessin Beatrice und die Prinzessin von Alberien, höchst peinlich gekleidet in so gut wie nichts als den Reifrock, der hinter dem Vorhang gehangen hatte. Dieser Reifrock war ein entscheidender Teil des Plans. Darunter waren unter anderem zwei Dinge versteckt: die Flasche mit dem Flaschengeist und der fliegende Teppich. Als Dalzel ihn jetzt anstarrte, war Abdullah ausgesprochen froh, diese Vorkehrung getroffen zu haben. Er wusste, dass die Augen eines Dschinns regelrecht in Flammen stehen konnten. Und Dalzels Augen sahen aus wie zwei bläulich leuchtende Schmelzöfen.

Hasruels Verhalten verursachte Abdullah noch mehr Unbehagen. Ein gemeines Grinsen lag auf seinem riesigen Gesicht und er sagte: »Ach! Du schon wieder?« Dann verschränkte er seine massigen Arme und musterte ihn mit sarkastischer Miene.

»Wie ist dieser Kerl hierher gekommen?«, fragte Dalzel mit Trompetenstimme.

Bevor jemand antworten konnte, trat Blume-in-der-Nacht zwischen den Prinzessinnen hervor und spielte ihre Rolle des Plans, indem sie sich anmutig auf die Stufen vor dem Thron warf. »Habt Erbarmen, großer

Dschinn«, rief sie aus. »Er ist nur gekommen, um mich zu retten.«

Dalzel lachte geringschätzig. »Dann ist der Kerl ein Dummkopf. Ich sollte ihn gleich zurück auf die Erde schleudern.«

»Wenn Ihr das tut, großer Dschinn, werde ich Euch keine ruhige Minute mehr lassen«, erklärte Blume-in-der-Nacht.

Das spielte sie nicht. Sie meinte es vollkommen ernst. Und das war Dalzel klar. Ein Schauer rann durch seinen schmalen, bleichen Körper, und seine Finger mit den goldenen Krallen klammerten sich an die Armlehnen des Throns. Aber seine Augen loderten noch immer vor Wut. »Ich tue, was ich will!«, trompetete er.

»Dann geruht, gnädig zu sein«, jammerte Blume-in-der-Nacht. »Gebt ihm wenigstens eine Chance.«

»Schweig, Frau!«, trompetete Dalzel. »Ich habe mich noch nicht entschieden. Ich will zuerst wissen, wie er hierher gekommen ist.«

»Natürlich als Hund des Kochs. Er hat seine Gestalt angenommen«, sagte Prinzessin Beatrice.

»Und er war fast vollkommen nackt, als er sich wieder in einen Mann verwandelte«, sagte die Prinzessin von Alberien.

»Eine peinliche Angelegenheit«, sagte Prinzessin Beatrice. »Wir mussten ihm den Reifrock der Infantin anziehen.«

»Bringt ihn her«, befahl Dalzel.

Prinzessin Beatrice und ihre Assistentin zerrten Abdullah vor die Stufen des Throns. Abdullah machte winzige Trippelschritte, von denen er hoffte, die Dschinns würden sie auf den Reifrock zurückführen. Der wirkliche Grund war, dass sich auch Jamals Hund unter dem Rock befand. Damit er nicht weglaufen konnte, hielt Abdullah ihn zwischen seinen Knien fest. Für diesen Teil des Plans war nur ein Hund vonnöten, und keine der Prinzessinnen hatte sich darauf verlassen wollen, dass Dalzel Hasruel nicht ausschicken würde, um nach dem Hund zu suchen und sie auf diese Weise alle als Lügnerinnen zu entlarven.

Dalzel sah auf Abdullah herab, und Abdullah hoffte inständig, dass Dalzel wirklich so gut wie keine Kräfte besaß. Hasruel hatte seinen Bruder schwach genannt. Aber so, wie Abdullah es sah, war selbst ein schwacher Dschinn immer noch um einiges stärker als ein gewöhnlicher Mann.

»Du bist als Hund hierher gekommen?«, trompetete Dalzel. »Wie das?«

»Durch Zauberei, großer Dschinn«, sagte Abdullah. Er hatte eigentlich vorgehabt, an dieser Stelle eine längere Erklärung vorzubringen, aber unter dem Reifrock der Infantin bahnte sich ein geheimer Kampf an. Offenbar verabscheute Jamals Hund Dschinns noch mehr als die meisten Mitglieder der menschlichen Rasse. Er hatte vor, auf Dalzel loszugehen. »Ich habe mich in den Hund Eures Kochs verwandelt …«, fing Abdullah wieder an. Doch nun wurde Jamals Hund so wild, dass Abdullah befürchtete, er könne sich losreißen. Er presste seine Knie noch enger aneinander. Die Antwort des Hundes war ein lautes, gurgelndes Knurren. »Oh, Entschuldigung«, sagte Abdullah. Schweiß stand ihm auf der Stirn. »Aber in mir ist noch so viel Hündisches, dass ich von Zeit zu Zeit einfach knurren muss.«

Blume-in-der-Nacht bemerkte Abdullahs Bedrängnis und brach wieder in Wehklagen aus. »O edelster Prinz! Verschont ihn, edler Dschinn! Verschont ihn!«

»Sei still, Frau«, sagte Dalzel. »Wo ist dieser Koch? Bringt ihn vor!«

Die Prinzessin von Farktan und die Erbprinzessin von Thayack führten Jamal nach vorn. Er rang und knetete die Hände.

»Verehrter Dschinn, ich habe mit der Sache nichts zu tun, ich schwöre es«, winselte er. »Tut mir nichts! Ich habe nicht gewusst, dass es kein echter Hund ist!« Abdullah hätte in diesem Moment nicht sagen können, ob Jamal wirklich Angst hatte oder ob er nur wie verabredet so tat. Wie es auch war, immerhin besaß er die Geistesgegenwart, Abdullah den Kopf zu tätscheln. »Braver Hund«, sagte Jamal. »Gutes Tier.« Woraufhin er sich nach den Anstandsregeln von Zanzib zu Boden fallen ließ und sich auf den Stufen vor dem Thron wälzte. »Ich bin unschuldig, Größter«, sagte er immer wieder. »Unschuldig. Tut mir nichts!«

Die Stimme seines Herrn beruhigte den Hund. Er hörte auf zu knurren. Abdullah konnte seine Knie ein wenig lockern. »Ich bin ebenfalls unschuldig, o Sammler königlicher Jungfern«, sagte er. »Ich bin nur gekommen, um die eine, die ich liebe, zu retten. Ihr müsst Verständnis für meine Leidenschaft haben, da Ihr selbst doch so viele Prinzessinnen liebt.«

Dalzel rieb sich verwirrt das Kinn. »Liebe?«, fragte er. »Nein, ich kann nicht sagen, dass ich für Liebe Verständnis hätte. Überhaupt kann ich nicht verstehen, wie man sich für *irgendetwas* in eine solche Situation bringen kann, wie du, Sterblicher.«

Hasruel, der dunkel und riesig neben dem Thron hockte, grinste noch gemeiner als zuvor. »Was soll ich mit dieser Kreatur anstellen, Bruder?«, polterte er. »Ihn rösten? Ihm seine Seele entziehen und sie zu einem Teil des Fußbodens machen? Ihn wegbringen und …?«

»Nein, nein, seid gnädig, großer Dalzel!«, rief Blume-in-der-Nacht wieder aus. »Gebt ihm wenigstens eine Chance! Wenn Ihr das tut, werde ich Euch nie wieder Fragen stellen oder mich beschweren oder Euch belehren. Ich will bescheiden und höflich sein.«

Dalzel kratzte sich wieder am Kinn. Er wirkte unentschlossen. Abdullah war sehr erleichtert. Dalzel war tatsächlich ein schwacher Dschinn – charakterlich jedenfalls. »Wenn ich ihm eine Chance geben würde …«, begann er.

»Wenn du meinen Rat willst, Bruder«, fiel Hasruel ein, »tu es nicht. Dieser Kerl ist hinterhältig.«

Jetzt jammerte Blume-in-der-Nacht erneut los und schlug sich an die Brust. Durch den Lärm hindurch schrie Abdullah: »Lasst mich raten, wo Ihr das Leben Eures Bruders versteckt habt, großer Dalzel. Wenn ich es nicht errate, könnt Ihr mich umbringen. Falls ich es errate, lasst mich in Frieden ziehen.«

Dies amüsierte Dalzel ganz außerordentlich. Sein Mund öffnete sich, zeigte spitze, silberne Zähne, und sein Gelächter schallte durch die Wolkenhalle wie eine Trompetenfanfare. »Das wirst du nie erraten, kleiner Sterblicher«, lachte er. Aber dann, nachdem alle Prinzessinnen Abdullah mehrfach den Rücken gestärkt hatten, konnte Dalzel es sich doch nicht verkneifen, ihm einen Hinweis zu geben. »Ich habe dieses Leben so geschickt versteckt«, sagte er stolz, »dass man es sehen kann, ohne es zu erkennen. Selbst Hasruel kann es nicht sehen, und er ist immerhin ein Dschinn. Welche Hoffnung machst du dir also? Aber du sollst trotzdem dreimal raten dürfen – nur zum Spaß, bevor ich dich töte. Denk mal scharf nach! Wo könnte ich das Leben meines Bruders versteckt haben?«

Abdullah warf Hasruel einen raschen Blick zu, um festzustellen, ob er vorhatte, dazwischenzufunken. Aber Hasruel saß einfach nur mit undurchdringlicher Miene da. So weit funktionierte der Plan also. Es lag ja in Hasruels Interesse, die Sache nicht zu vereiteln. Darauf hatte Abdullah gezählt. Mit seinen Knien hielt er den Hund in Schach und nestelte gleichzeitig, während er so tat, als müsste er nachdenken, am Reifrock der Infantin herum. In Wirklichkeit aber schüttelte er die Flasche. »Mein erster Versuch, es zu erraten, großer Dschinn ...«, sagte er und blickte zu Boden, als könnte ihn der grüne Porphyr auf eine Idee bringen. Würde der Flaschengeist Wort halten? Einen Augenblick lang dachte Abdullah ängstlich und voller Entsetzen, dass der Flaschengeist ihn wieder einmal im Stich lassen würde und er das Versteck ganz allein erraten müsse. Zu seiner großen Erleichterung aber sah er dann ein winziges Rauchfähnchen unter dem Reifrock der Infantin hervortreten und sich still und wachsam neben Abdullahs nackten Fuß legen.

»Mein erster Versuch lautet: Ihr habt Hasruels Leben auf dem Mond versteckt«, sagte Abdullah.

Dalzel lachte amüsiert. »Falsch! Da hätte er es doch gefunden! Nein, es ist viel sichtbarer als dort, aber weitaus weniger zu erkennen. Denk an das Spiel ›Ich-sehe-was-was-du-nicht-siehst‹, Sterblicher!«

Daraus schloss Abdullah, dass sich Hasruels Leben hier im Schloss befand, wie die meisten der Prinzessinnen es schon geahnt hatten. Er tat so, als dächte er angestrengt nach. »Mein zweiter Versuch lautet: Du hast es in die Obhut der Wachengel gegeben«, sagte er.

»Wieder falsch«, sagte Dalzel, noch fröhlicher als zuvor. »Die Engel hätten es Hasruel sofort zurückgegeben. Das Versteck ist noch viel raffinierter, kleiner Sterblicher. Du wirst es nie erraten. Es ist erstaunlich, dass niemand das sieht, was sich direkt vor seiner eigenen Nase befindet.«

In einer blitzartigen Eingebung ging Abdullah plötzlich auf, wo sich Hasruels Leben befand. Blume-in-der-Nacht liebte ihn. Er wandelte immer noch auf Wolken. Sein Geist war erleuchtet und *er war sich sicher.* Aber er hatte trotzdem entsetzliche Angst, einen Fehler zu begehen. Er wusste, dass er sofort zugreifen musste, wenn der Moment da war, in dem er Hasruels Leben in die Finger bekam. Denn ein zweites Mal würde Dalzel sich nicht überlisten lassen. Darum musste der Flaschengeist seine Vermutung bestätigen. Das Rauchfähnchen lag immer noch an seinem Platz, beinahe unsichtbar. Aber wenn Abdullah es erraten hatte, dann der Flaschengeist doch sicher auch?

»Äh ...«, machte Abdullah. »Hm ...«

Das Rauchfähnchen zog sich unter den Reifrock zurück und stieg nach oben, wo es offenbar die Nase von Jamals Hund kitzelte. Der Hund nieste.

»Hatschiii!«, rief Abdullah laut und hätte dadurch fast die Stimme des Flaschengeistes überhört, die flüsterte: »Es steckt in Hasruels Nasenring.«

»Hatschiii!«, machte Abdullah und riet dann absichtlich falsch. Wobei sein Plan an dieser Stelle zweifellos riskant war. »Das Leben Eures Bruders ist einer Eurer Zähne, mächtiger Dalzel.«

»Falsch!«, trompetete Dalzel. »Hasruel, röste ihn!«

»Verschont ihn!«, jammerte Blume-in-der-Nacht,

während Hasruel sich erhob und sein ganzer Körper Widerwillen und Enttäuschung ausdrückte.

Auf diesen Moment hatten die Prinzessinnen gewartet. Zehn königliche Hände zogen Valeria aus der Menge hervor und stellten sie auf die Stufen zum Thron.

»Ich will mein Hündchen!«, brüllte Valeria. Das war ihr großer Moment. Wie Sophie ihr erklärt hatte, hatte sie dreißig neue Tanten und drei neue Onkel gefunden. Und sie alle hatten sie gebeten, so laut zu schreien, wie sie nur konnte. Dabei hatte bisher nie jemand gewollt, dass sie schrie. Und außerdem hatte jede der neuen Tanten ihr eine Kiste Süßigkeiten versprochen, wenn sie jetzt einen richtig schönen Wutanfall bekam. Dreißig Kisten Süßes. Das war es schon wert, sein Bestes zu geben. Sie riss ihren Mund weit auf. Sie holte tief Luft. Und dann gab sie wirklich alles:

»ICH WILL MEINEN HUND! ICH WILL NICHT DIESEN MANN! ICH WILL MEINEN HUND WIEDERHABEN!«

Sie warf sich auf die Stufen des Throns, purzelte über Jamal, rappelte sich wieder auf und stürzte sich auf den Thron. Um ihr zu entkommen, sprang Dalzel blitzschnell oben auf die Lehne des Thronsitzes. »GIB MIR MEINEN HUND ZURÜCK!«, jaulte Valeria.

Im gleichen Moment verpasste die winzige Prinzessin von Tsapfan Morgan einen ordentlichen Knuff an geeigneter Stelle. Morgan hatte in ihren dünnen Armen geschlafen und geträumt, er sei wieder ein kleiner Kater. Mit einem Schlag wachte er auf und musste feststellen, dass er immer noch ein hilfloses Baby war. Sein Ärger kannte keine Grenzen. Er öffnete den Mund und brüllte los. Seine Füße strampelten vor Zorn. Seine Arme ruderten. Und sein Gebrüll war so ohrenbetäubend, dass er gewonnen hätte, wenn es sich um einen Wettkampf zwischen ihm und Valeria gehandelt hätte. Der Lärm war jedenfalls unglaublich. Das Echo in der Halle nahm ihn auf, verdoppelte die Schreie und warf sie zurück zum Thron.

»Echos, werft euch diesen Dschinns entgegen«, sagte Sophie in dem Plauderton, in dem sie üblicherweise zauberte. »Und verdoppelt den Lärm nicht nur, sondern verdreifacht ihn!«

Die Halle wurde zum Tollhaus. Beide Dschinns hielten sich mit den Händen die spitzen Ohren zu. Dalzel schrie: »Aufhören! Aufhören! Wo kommt das Baby her?«

Worauf Hasruel jaulte: »Von den Frauen, die bekommen schließlich Babys, du Narr von einem Dschinn! Was hast du denn gedacht?«

»ICH WILL MEINEN HUND WIEDERHABEN!«, schrie Valeria und trommelte mit ihren Fäusten auf den Sitz des Thrones ein.

Dalzels Trompetenstimme hatte Mühe, sich durchzusetzen. »Gib ihr diesen Hund, Hasruel, sonst bringe ich dich um.«

In dieser Phase seines Plans hatte Abdullah fest damit gerechnet – sofern er bis dahin nicht getötet worden war –, in einen Hund verwandelt zu werden. Darauf hatte er es jedenfalls angelegt. Auf diese Weise, so hatte er es sich überlegt, wäre auch Jamals Hund wieder freigekommen. Abdullah hatte gehofft, der Anblick von zweien anstatt einem Hund, die unter dem Reifrock der Infantin hervorschossen, würde die Verwirrung noch erhöhen. Aber Hasruel war von der Schreierei und dem dreifachen Echo ebenso durcheinander wie sein Bruder. Er lief hin und her, hielt sich die Ohren zu und schrie vor Schmerz – offensichtlich wusste er nicht mehr weiter. Schließlich faltete er seine großen Flügel zusammen und verwandelte sich selbst in einen Hund.

Es war ein sehr großer Hund, eine Mischung zwischen einem Esel und einer Bulldogge, grau-braun gefleckt und mit einem goldenen Ring in seiner Schnauze. Dieser riesige Hund stellte seine gigantischen Vorderpfoten auf eine Armlehne des Throns und näherte sich Valerias Gesicht mit einer enormen, schlabberigen Zunge. Hasruel wollte eigentlich nur freundlich sein, aber angesichts dieses großen, hässlichen Dings schrie Valeria – verständlicherweise – nur noch lauter. Der Lärm machte Morgan Angst. Und er brüllte daraufhin ebenfalls noch mehr.

Einen Moment lang wusste Abdullah nicht, was er tun sollte. Und nur einen Augenblick später war er sich sicher, dass es kaum auffallen würde, wenn er jetzt auch noch schrie.

»Soldat!«, brüllte er. »Halt Hasruel fest. Und jemand anderer Dalzel!«

Zum Glück hatte der Soldat aufgepasst. Das war wirklich seine Stärke. Die Jharine von Jham löste sich in einen Haufen alter Kleider auf und der Soldat sprang die Stufen zum Thron empor. Sophie eilte ihm hinterher und bedeutete den übrigen Prinzessinnen, ihr zu folgen. Während der Soldat seine muskulösen Arme um den Hals des Hundes legte, schlang sie die ihren um Dalzels schmale weiße Knie. Die Prinzessinnen stampften hinter ihnen die Stufen hoch, um sich alle – mit dem Ausdruck von Prinzessinnen, die nach Rache dürsten – auf Dalzel zu werfen; alle Prinzessinnen, bis auf Prinzessin Beatrice, die Valeria aus dem Tumult herauszerrte und sich der schwierigen Aufgabe widmete, sie zu beruhigen. Und der kleinen Prinzessin von Tsapfan, die in aller Ruhe auf dem Porphyrboden saß und Morgan wieder in den Schlaf wiegte.

Abdullah wollte zu Hasruel. Aber als er sich in Bewegung setzte, sah Jamals Hund seine Chance zu fliehen. Er stürzte unter dem Reifrock hervor und warf sich mitten in die Rauferei. Er liebte Raufereien. Außerdem hatte er den anderen Hund entdeckt. Wenn es etwas gab, das er noch mehr hasste als Menschen oder Dschinns, dann andere Hunde. Egal wie groß. Und er ging gleich zum Angriff über. Während Abdullah noch versuchte, sich aus dem Reifrock der Infantin freizustrampeln, sprang Jamals Hund Hasruel schon an den Hals. Das war zu viel für Hasruel, der ja schon vom Soldaten bearbeitet wurde. Er verwandelte sich wieder in einen Dschinn, machte ein paar ärgerliche Gesten –

und der Hund segelte kopfüber davon und landete mit einem Jaulen auf der anderen Seite der Halle. Danach versuchte Hasruel aufzustehen, aber der Soldat saß bereits auf seinem Rücken und hinderte ihn daran, seine Lederflügel auszubreiten. Hasruel wankte hin und her.

»Ich beschwöre dich, Hasruel, beuge deinen Kopf nach unten!«, schrie Abdullah, der sich endlich aus dem Reifrock befreit hatte. Nur mit einem Lendenschurz bekleidet, stürmte er die Stufen hinauf und bekam Hasruels großes linkes Ohr zu fassen. In diesem Moment ging auch Blume-in-der-Nacht auf, wo sich Hasruels Leben befand, und zu Abdullahs großer Freude sprang sie hinzu und klammerte sich an Hasruels rechtes Ohr. Und dort hingen die beiden nun, wurden von Zeit zu Zeit in die Höhe gehoben, wenn Hasruel die Oberhand über den Soldaten gewann, und wieder zu Boden geschleudert, wenn der Soldat die Oberhand über Hasruel gewann. Von Zeit zu Zeit erhaschte Abdullah einen Blick auf Dalzel, der inmitten eines Knäuels von Prinzessinnen auf der Sitzfläche seines Thrones stand. Er hatte seine kümmerlichen goldenen Flügel ausgebreitet. Sie schienen zum Fliegen nicht allzu geeignet zu sein, aber er hielt sich damit die Prinzessinnen vom Leib. Gleichzeitig rief er Hasruel um Hilfe.

Dalzels Hilferufe schienen in Hasruel neue Kräfte zu wecken. Es sah so aus, als ob er den Kampf zu seinen Gunsten entscheiden würde. Abdullah wollte eine Hand frei machen, damit er nach dem goldenen Ring greifen konnte, der gleich neben seiner Schulter an Hasruels Hakennase baumelte. Er löste seine linke Hand, aber dabei rutschte auch seine rechte Hand, die schweißnass war, von Hasruels Ohr ab. Verzweifelt griff er ins Leere, dann fiel er herab. Doch er hatte die Rechnung ohne Jamals Hund gemacht. Nachdem dieser fast eine Minute lang benommen am Boden gelegen hatte, stand er auf, wütender als zuvor und voller Hass gegen Dschinns. Dann erblickte er Hasruel und erkannte in ihm seinen Feind. Knurrend und mit gesträubtem Fell fegte er quer durch die Halle, an der kleinen Prinzessin und Morgan, an Prinzessin Beatrice und Valeria vorbei, durch die wogende Menge der Prinzessinnen, die hinter der Gestalt seines zusammengekauerten Herrchens um den Thron herumwirbelten, sprang los und schnappte nach dem Teil des Dschinns, den er am besten zu fassen kriegte.

SCHNAPP!, machten die Zähne des Hundes. *Schluck*, machte seine Kehle. Woraufhin sein Gesicht einen verwirrten Ausdruck annahm, er zu Boden fiel und einen schrecklichen Schluckauf bekam. Hasruel jaulte vor Schmerz und sprang auf, wobei er beide Hände gegen seine Nase drückte. Der Soldat und Blume-in-der-Nacht wurden zur Seite geschleudert. Abdullah wollte sich zu dem hicksenden Hund herabbeugen, aber Jamal war zuerst bei ihm und hob ihn zärtlich auf.

»Armer Hund, mein armer, armer Hund! Es wird

gleich wieder besser!«, tröstete er ihn und trug ihn vorsichtig die Stufen hinab.

Abdullah zog den benommenen Soldaten mit sich und stellte sich mit ihm vor Jamal. »Alle aufhören!«, schrie er. »Dalzel, ich beschwöre dich, hör auf! Wir haben das Leben deines Bruders!«

Der Kampf auf dem Thron ebbte ab. Dalzel stand mit gespreizten Flügeln da. Seine Augen glühten wieder wie Hochöfen. »Ich glaube dir nicht«, sagte er. »Wo ist es?«

»Im Hund«, sagte Abdullah.

»Aber nur bis morgen«, warf Jamal, der nur an seinen hicksenden Hund dachte, beruhigend ein. »Er hat einen nervösen Magen, weil er zu viel Calamares frisst. Ihr könnt dankbar sein …«

Abdullah verpasste ihm einen Tritt, damit er schwieg. »Der Hund hat den Ring, der in Hasruels Nase steckte, aufgefressen«, sagte er.

Das Entsetzen auf Dalzels Gesicht sagte ihm, dass der Flaschengeist Recht gehabt hatte. Und auch er selbst hatte richtig geraten.

»Oh«, sagten die Prinzessinnen. Alle Augen richteten sich auf Hasruels riesige Gestalt, der vornübergebeugt dasaß, Tränen in seinen wilden Augen hatte und sich mit beiden Händen die Nase hielt. Klares, grünliches Dschinn-Blut rann zwischen seinen großen hornigen Fingern hinab.

»Daf häppe ich mir penken können«, sagte Hasruel ärgerlich. »Ef hing pirekt vor meiner Nafe.«

Die ältliche Prinzessin aus dem Hohen Norland löste sich aus der Gruppe rund um den Thron, langte in ihren Ärmel und reichte Hasruel ein kleines Spitzentaschentuch. »Hier, bitte schön«, sagte sie. »Nichts für ungut.«

Hasruel nahm das Taschentuch mit einem ergebenen »Panke« entgegen und tupfte damit seine ramponierte Nasenspitze ab. Außer dem Ring hatte der Hund nicht viel erwischt. Nachdem er alles sorgfältig abgewischt hatte, kniete Hasruel sich schwerfällig hin und winkte Abdullah die Stufen zum Thron herauf. »Was soll ich für dich tun – jetzt, wo ich wieder gut bin?«, fragte er geknickt.

## 21. KAPITEL *in dem das Schloss auf die Erde zurückkehrt*

Abdullah musste über Hasruels Frage nicht lange nachdenken. »Du musst deinen Bruder in die Verbannung schicken, mächtiger Dschinn, an einen Ort, von dem er nicht zurückkehren kann«, sagte er.

Dalzel brach sofort in herzzerreißende blaue Tränen aus. »Das ist gemein!«, heulte er und stampfte mit dem Fuß auf. »Immer sind alle gegen mich. Du liebst mich nicht, Hasruel! Du hast mich betrogen! Du hast noch nicht mal versucht, diese drei Menschen, die an dir hingen, loszuwerden.«

Abdullah war überzeugt, dass Dalzel damit sogar Recht hatte. Er wusste, welche Kraft der Dschinn besaß, und er war sich sicher, dass Hasruel den Soldaten – und natürlich auch Blume-in-der-Nacht und ihn selbst – bis an das Ende der Welt hätte schleudern können, wenn er gewollt hätte.

»Ich habe doch gar nichts Böses getan!«, rief Dalzel. »Habe ich denn kein Recht, zu heiraten?«

Während er schrie und tobte, flüsterte Hasruel Abdullah zu: »Im südlichen Ozean befindet sich eine wandernde Insel, die man nur einmal in hundert Jahren finden kann. Sie verfügt über einen Palast und viele Obstbäume. Soll ich meinen Bruder dahin schicken?«

»Und jetzt willst du mich auch noch wegschicken!«, heulte Dalzel auf. »Es ist euch wohl ganz egal, wie einsam ich dann sein werde!«

»Ganz nebenbei«, flüsterte Hasruel Abdullah weiter zu. »Die Verwandten der ersten Frau deines Vaters haben einen Pakt mit den Söldnern geschlossen, so dass sie aus Zanzib fliehen und der Rache des Sultans entkommen konnten. Die beiden Nichten haben sie allerdings zurückgelassen. Der Sultan hat die zwei unglücklichen Mädchen eingesperrt, weil sie die Einzigen aus deiner Familie waren, die er finden konnte.«

»Wie überaus schrecklich«, sagte Abdullah. Ihm war klar, worauf Hasruel hinauswollte. »Vielleicht, mächtiger Dschinn, könntest du deine Rückkehr zum Guten dadurch bekräftigen, dass du die beiden jungen Damen hierher bringst?«

Hasruels schauriges Gesicht erhellte sich. Er hob seine riesige Hand. Auf ein Donnergrollen folgte Mädchenkreischen, und dann standen die beiden dicken Nichten vor dem Thron. So einfach war das! Abdullah merkte jetzt, wie sehr Hasruel vorher seine Kräfte zurückgehalten haben musste. Er blickte in die schief stehenden Augen des Dschinns, in deren Winkel immer noch Tränen vom Angriff des Hundes standen – und sah, dass Hasruel wusste, was er wusste.

»Doch nicht noch mehr Prinzessinnen!«, sagte Prinzessin Beatrice. Sie kniete neben Valeria und blickte ziemlich angewidert.

»Aber ganz und gar nicht, das kann ich Euch versichern«, sagte Abdullah.

Die beiden Nichten hätten kaum weniger prinzessinnenhaft aussehen können. Sie trugen ihre ältesten Klamotten in praktischem Rosa und Alltags-Gelb, die durch die Vorkommnisse zerrissen und befleckt waren. Aus ihren Haaren war jegliche Krause gewichen. Sie warfen einen Blick auf Dalzel, der über ihnen auf seinem Thron stampfte und heulte, einen zweiten auf Hasruels riesenhafte Erscheinung und dann einen dritten auf Abdullah, der nur einen Lendenschurz trug – und kreischten wieder los. Dann versuchte jede von ihnen, ihr Gesicht an der massigen Schulter der anderen zu verbergen.

»Arme Mädchen«, stellte die Prinzessin aus dem Hohen Norland fest. »Das ist aber kein königliches Benehmen.«

»Dalzel!«, rief Abdullah zu dem schluchzenden Dschinn hinauf. »Glücklicher Dalzel, Häscher der Prinzessinnen, sei einen Moment friedlich und sieh dir das Geschenk an, das ich dir mache, damit du es mit in die Verbannung nehmen kannst.«

Dalzel hielt mitten in einem Schluchzer inne. »Ein Geschenk?«

Abdullah zeigte mit seinem Finger auf die Nichten. »Sieh dir diese beiden Bräute an, jung und saftig und dringend auf der Suche nach einem Bräutigam.«

Dalzel wischte sich glitzernde Tränen von seinen Wangen und musterte die beiden Nichten genau so, wie Abdullahs kritischste Kunden seine Teppiche inspizierten. »Die passen ja zusammen!«, sagte er. »Und sind so wunderbar fett! Aber wo ist der Haken? Gehören sie dir vielleicht gar nicht, so dass du sie gar nicht verschenken kannst?«

»Es gibt keinen Haken, leuchtender Dschinn«, sagte Abdullah. Er war überzeugt, dass er jetzt derjenige war, der über die Mädchen verfügen konnte, nachdem ihre übrigen Verwandten sie im Stich gelassen hatten. Um aber sicherzugehen, fügte er hinzu: »Sie gehören Euch, sofern Ihr sie stehlen wollt, mächtiger Dalzel.« Dann ging er zu den Nichten und tätschelte beiden ihre dicken Arme. »Meine Damen«, sagte er. »Vollste Monde von Zanzib, ich bitte euch, mir mein unglückliches Gelübde zu vergeben, das mich für immer davon abhalten wird, eure Umfänge zu genießen. Aber nun blickt zum Thron und nehmt stattdessen den Ehemann in Augenschein, den ich für euch an meiner Stelle gefunden habe.«

Als die beiden Nichten das Wort »Ehemann« hörten, hoben sie ihre Köpfe und musterten Dalzel von Kopf bis Fuß. »Der sieht aber gut aus«, sagte die Rosafarbene.

»Ich mag es, wenn sie Flügel haben«, sagte die Gelbe. »Das ist mal etwas anderes.«

»Reißzähne sind total sexy«, überlegte die in Rosa. »Und Krallen auch, sofern er vorsichtig damit ist, wenn er über die Teppiche läuft.«

Bei jeder Bemerkung wurden Dalzels Augen ein Stück größer. »Ich werde diese beiden sofort stehlen«, sagte er. »Die mag ich viel lieber als die Prinzessinnen. Warum habe ich nicht gleich dicke Frauen gesammelt, Hasruel?«

Ein breites Lächeln ließ Hasruels Reißzähne aufschimmern. »Es war deine Entscheidung, Bruder.« Sein Lächeln erlosch. »Und wenn du jetzt endlich bereit bist, ist es meine Pflicht, dich in die Verbannung zu schicken.«

»Das finde ich gar nicht mehr so schlimm«, sagte Dalzel mit Blick auf die beiden Nichten.

Hasruel hob wieder seine Hand, zögernd und bedauernd. Und langsam, unter dreimaligem Donnergrollen, wurden Dalzel und die Nichten unsichtbar. Man nahm einen leichten Geruch von Meerwasser wahr und hörte von ferne Möwenschreie. Morgan und Valeria begannen wieder zu weinen. Alle seufzten, Hasruel am tiefsten von allen. Abdullah stellte überrascht fest, dass Hasruel seinen Bruder anscheinend wirklich liebte. Obwohl es kaum zu verstehen war, wie man Dalzel überhaupt lieben konnte. Aber als jetzt Blume-in-der-Nacht zu ihm kam und ihren Arm in seinen schob, fand er es plötzlich anmaßend, sich überhaupt ein Urteil über Hasruels Gefühle zu erlauben.

Hasruel stieß einen noch schwereren Seufzer aus, setzte sich auf den Thron – der zu seinen Maßen viel besser passte als zu Dalzels schmächtiger Gestalt – und ließ seine großen Flügel traurig zu beiden Seiten herabhängen. »Es gibt noch mehr zu tun«, sagte er und befühlte vorsichtig seine Nase, die bereits zu heilen schien.

»Ja, das kann man wohl sagen«, sagte Sophie. Sie hatte auf den Stufen des Throns ungeduldig auf eine passende Gelegenheit gewartet. »Als du unser fliegendes Schloss gestohlen hast, hast du meinen Ehemann Howl verschwinden lassen. Wo ist er? Ich will ihn wiederhaben.«

Hasruel hob traurig seinen Kopf, aber bevor er antworten konnte, hörten sie erschreckte Laute von den Prinzessinnen. Alle, die am Fuß der Treppe standen, wichen vor dem Reifrock der Infantin zurück. Seine Reifringe zogen sich wie bei einer Ziehharmonika auseinander und wieder zusammen. »Hilfe!«, rief der Flaschengeist darunter hervor. »Lass mich heraus! Du hast es versprochen!«

Blume-in-der-Nacht schlug sich die Hand vor den Mund. »Oh! Das habe ich doch glatt vergessen!«, sagte sie und schoss die Stufen hinunter. Sie warf den Reifrock in einem Wirbel aus violettem Rauch beiseite. »Ich wünsche«, rief sie laut, »dass du aus deiner Flasche befreit wirst, Flaschengeist, und dass du für immer frei sein wirst.«

Wie üblich, hielt sich der Flaschengeist nicht mit langen Dankesreden auf. Die Flasche zerbrach mit einem schallenden KLIRR. In den Rauchschwaden zeichneten sich nun die Umrisse einer menschlichen Gestalt ab, die sich langsam erhob.

Bei ihrem Anblick stieß Sophie einen Schrei aus. »Oh, Gott sei's gedankt, Mädchen! Danke dir, vielen, vielen Dank!« Sie lief so schnell auf den sich auflösenden Rauch zu, dass sie den Mann aus Fleisch und Blut beinahe umgerannt hätte. Was ihn aber nicht zu stören schien. Er hob Sophie in die Luft und wirbelte sie ein paarmal im Kreis herum. »Ach, warum bin ich nur nicht dahinter gekommen? Warum habe ich es nicht gewusst?«, keuchte Sophie und stakste zwischen dem zerbrochenen Glas umher.

»Weil es ein Zauber war«, sagte Hasruel düster. »Wenn er als Zauberer Howl zu erkennen gewesen wäre, hätte ihn doch jemand befreit. So konntest du nicht wissen, wer er war, und er konnte es auch niemand sagen.«

Der Königliche Zauberer Howl war wesentlich jünger als Zauberer Suliman. Und ein ganzes Stück eleganter. Er war in einen kostbaren Anzug aus violettem Satin gekleidet, von dem sich sein blondes Haar unwahrscheinlich leuchtend abhob. Abdullah sah in die hellen Augen im schmalen Gesicht des Zauberers. Diese Augen hatte er schon einmal gesehen, an einem weit zurückliegenden Morgen. Er hatte das Gefühl, dass er es hätte ahnen sollen. Insgesamt befand er sich in einer komischen Situation. Er hatte sich des Flaschengeistes bedient. Und er hatte das Gefühl, den Flaschengeist sehr gut zu kennen. Hieß das nun, dass er den Zauberer ebenfalls kannte? Oder nicht?

Aus diesem Grund schloss Abdullah sich nicht an, als

sich jetzt alle um Zauberer Howl versammelten und ihm gratulierten. Er beobachtete, wie die kleine Prinzessin von Tsapfan still durch die jubelnde Menge schritt und Morgan mit ernster Miene in Howls Arme legte.

»Danke«, sagte Howl. »Ich dachte, ich nehme ihn lieber dahin mit, wo ich ein Auge auf ihn haben kann«, erklärte er Sophie. »Tut mir Leid, wenn ich dir einen Schrecken eingejagt habe.« Howl schien eher daran gewöhnt zu sein, ein Kind auf dem Arm zu halten, als Sophie. Er schaukelte Morgan beruhigend und sah ihn sich genau an. Morgan blickte ziemlich gallig zurück. »Und ich sage dir, er ist hässlich«, sagte Howl. »Der Apfel fällt nicht weit vom Stamm.«

»*Howl!*«, sagte Sophie. Aber sie klang nicht wirklich böse.

»Einen Augenblick noch«, sagte Howl. Er trat an die Stufen zum Thron und wandte sich an Hasruel. »Hör mal, Dschinn«, sagte er, »ich habe noch ein Hühnchen mit dir zu rupfen. Wie kommst du eigentlich dazu, mein Schloss zu stehlen und mich in eine Flasche zu sperren?«

Hasruels Augen erglommen in einem ärgerlichen Orange. »Zauberer, glaubst du vielleicht, deine Macht ist so groß wie meine?«

»Nein«, sagte Howl. »Ich will nur eine Erklärung.« Abdullah musste feststellen, dass er den Mann bewunderte. Er hatte selbst erlebt, was für ein Feigling der Flaschengeist war. Zweifellos zitterte Howl jetzt gerade innerlich vor Angst wie ein Pudding. Aber er ließ es sich nicht anmerken. Er legte Morgan über seine violettseidene Schulter und blickte Hasruel fest an.

»Also gut«, sagte Hasruel. »Mein Bruder hatte mir befohlen, ein Schloss zu stehlen. Mir blieb keine Wahl. Was dich betraf, hatte Dalzel mir keine Befehle gegeben. Ich sollte lediglich sicherstellen, dass du das Schloss nicht zurückstehlen würdest. Wärst du ein unbeschriebenes Blatt gewesen, hätte ich dich einfach auf die Insel gebracht, auf der sich jetzt mein Bruder befindet. Aber ich wusste, dass du deine Zauberkraft dazu eingesetzt hattest, ein benachbartes Land zu erobern …«

»Das ist nicht fair«, sagte Howl. »Der König hatte es mir befohlen …« Einen Moment lang klang er genau wie Dalzel, und anscheinend fiel es ihm selbst auf. Er verstummte und dachte nach. Dann sagte er zerknirscht: »Ich gebe zu, ich hätte das Vorhaben Seiner Majestät vielleicht beeinflussen können, wenn ich genauer darüber nachgedacht hätte. In diesem Punkt hast du Recht. Aber eins sage ich dir: Pass bloß auf, dass ich dich nicht einmal irgendwo erwische, wo ich dich in eine Flasche sperren kann.«

»Vielleicht habe ich es ja verdient«, stimmte Hasruel zu. »Und umso mehr, weil ich keine Mühe gescheut habe, um jeden, der mit der Sache zu tun hatte, dem passendsten Schicksal auszusetzen, das mir einfiel.« Seine Augen glitten zu Abdullah. »Oder nicht?«

»Doch, auf das Peinvollste, großer Dschinn«, stimmte Abdullah zu. »ALLE meine Träume sind wahr geworden. Und nicht nur die schönen.«

Hasruel nickte. »Und jetzt«, sagte er, »muss ich euch verlassen. Jedoch nicht, bevor ich nicht eine letzte, wichtige Kleinigkeit erledigt habe.« Seine Flügel richteten sich auf und seine Hände vollführten ein paar Gesten. Sogleich befand er sich mitten in einem Schwarm seltsamer, geflügelter Gestalten. Sie schwebten wie durchsichtige Seepferdchen über seinem Kopf und um den Thron herum, vollkommen geräuschlos, bis auf das feine Sirren ihrer wirbelnden Flügel.

»Seine Engel«, erklärte Prinzessin Beatrice Prinzessin Valeria.

Hasruel flüsterte den geflügelten Wesen etwas zu und sie verschwanden so schnell, wie sie erschienen waren. Doch sogleich trat der ganze Schwarm wieder auf und schwebte jetzt über Jamals Kopf. Jamal wich ängstlich zurück, aber das nützte nichts. Der Schwarm folgte ihm. Nacheinander ließen sich alle geflügelten Wesen auf Jamals Hund nieder. Sobald sie landeten, schrumpften sie und verschwanden im Fell des Hundes, bis nur noch zwei übrig waren.

Plötzlich merkte Abdullah, dass diese beiden Wesen direkt vor seinem Gesicht schwebten. Er duckte sich, aber sie folgten ihm. Zwei dünne, kalte Stimmen sagten etwas zu ihm, das nur für seine Ohren bestimmt zu sein schien: »Nach reiflicher Überlegung«, sagten sie, »ziehen wir diese Gestalt der von Kröten vor. Wir betrachten die Sache nun im Licht der Ewigkeit, und deshalb danken wir dir.« Nachdem sie so gesprochen hatten, schossen die beiden Wesen davon und landeten auf Jamals Hund, wo sie ebenfalls schrumpften und in der schrundigen Haut seiner Ohren verschwanden.

Jamal blickte den Hund in seinen Armen an. »Warum habe ich jetzt einen Hund voller Engel?«, wollte er von Hasruel wissen.

»Sie werden dir und deinem Tier nichts tun«, antwortete Hasruel. »Sie werden nur warten, bis der goldene Ring wieder zum Vorschein kommt. Morgen, sagtest du doch, nicht wahr? Du musst verstehen, dass ich natürlich größtes Interesse daran habe, mein Leben nicht aus den Augen zu verlieren. Wenn meine Engel es finden, werden sie es zu mir bringen, egal, wo ich bin.« Er seufzte, so tief, dass es allen die Haare durcheinander wirbelte. »Allerdings weiß ich nicht, wo ich sein werde«, sagte er. »Ich werde mir einen abgeschiedenen Ort in den tiefsten Tiefen suchen müssen. Ich bin schlecht gewesen. Ich kann mich nicht wieder zwischen den guten Dschinns einreihen.«

»Jetzt hör aber auf, großer Dschinn«, sagte Blume-in-der-Nacht. »Mir hat man beigebracht, dass Güte bedeutet, vergeben zu können. Die guten Dschinns werden dich bestimmt wieder bei sich aufnehmen.«

Hasruel schüttelte seinen riesigen Kopf. »Meine kluge Prinzessin, du verstehst mich nicht.«

Abdullah hingegen verstand Hasruel nur zu gut. Vielleicht hatte sein Verständnis damit zu tun, dass er sich gegenüber den Verwandten der ersten Frau seines Vaters alles andere als höflich benommen hatte.

»Lass gut sein, Liebste«, sagte er. »Hasruel meint, er hat seine Schlechtigkeit genossen und bereut sie nicht.«

»So ist es«, sagte Hasruel. »Ich hatte in den letzten Monaten mehr Spaß als in vielen hundert Jahren davor. Und das habe ich von Dalzel gelernt. Jetzt muss ich weit weg gehen, weil ich befürchte, dass ich das gleiche Vergnügen unter den guten Dschinns verbreiten könnte. Wenn ich nur wüsste, wohin ich gehen soll.«

Howl schien eine Idee zu haben. Er hustete. »Warum gehst du nicht in eine andere Welt?«, schlug er vor. »Weißt du, es gibt noch Hunderte anderer Welten.«

Hasruels Flügel hoben und senkten sich begeistert, wodurch die Haare und die Kleider sämtlicher Prinzessinnen in der Halle hin- und hergewirbelt wurden. »Tatsächlich? Wo denn? Zeig mir doch, wie ich in eine andere Welt gelangen kann.«

Howl legte Morgan in Sophies ungeübte Arme und sprang die Stufen zum Thron empor. Was er Hasruel vorführte, war eine Abfolge seltsamer Gesten und ein Nicken oder etwas Ähnliches. Hasruel schien das alles genau zu verstehen. Er nickte ebenfalls. Dann erhob er sich vom Thron und ging ohne ein weiteres Wort einfach weg, quer durch die Halle und durch die Wand, als bestünde sie aus Nebel. Plötzlich wirkte die große Halle sehr leer.

»Auf Nimmerwiedersehen!«, sagte Howl.

»Hast du ihn vielleicht in *deine* Welt geschickt?«, fragte Sophie.

»Ganz bestimmt nicht«, sagte Howl. »Dort haben sie schon genug, worüber sie sich Sorgen machen müssen. Ich habe ihn in die entgegengesetzte Richtung geschickt. Und dabei riskiert, dass das Schloss einfach mit ihm verschwindet.« Er drehte sich langsam um und betrachtete die Wolkenwände der Halle. »Aber es ist alles noch da«, stellte er fest. »Das heißt, Calcifer muss auch noch irgendwo sein. Er ist doch derjenige, der alles am Laufen hält. Calcifer! Wo bist du?«, rief er laut.

Der Reifrock der Infantin schien wieder zum Leben zu erwachen. Diesmal sprang er auf seinen Ringen zur Seite weg, um den Teppich freizugeben. Der Teppich schüttelte sich, ähnlich wie Jamals Hund es auch gerade tat. Dann legte er sich – zum Erstaunen aller – auf den Boden und fing an sich aufzutrennen. Abdullah war ob dieses Verlustes fast den Tränen nahe. Der lange Faden, der sich freiriffelte, war blau und eigenartig schimmernd, als wenn der Teppich gar nicht aus gewöhnlicher Wolle gewebt worden sei. Der Faden schoss über dem Teppich hin und her, wurde immer länger und hob sich höher und höher, bis er ganz ausgestreckt zwischen der hohen Wolkendecke und dem einfachen Leinengewebe stand, auf das er geknüpft worden war.

Schließlich riss sich das Ende des Fadens mit einem ungeduldigen Ruck von der Unterlage los, sauste nach oben und verschmolz mit dem Rest, breitete sich dort flatternd aus, zog sich wieder zusammen und nahm schließlich eine neue Gestalt an. Er sah jetzt wie eine Kopf stehende Träne oder auch wie eine Flamme aus. Diese Gestalt schwebte nun zielstrebig und in gleichmäßigem Tempo abwärts. Als sie näher kam, konnte Abdullah ein Gesicht aus kleinen violetten, grünen und orangefarbenen Flammen erkennen. Resigniert zuckte er mit den Schultern. Offensichtlich hatte er mit seinem Gold einen Feuerdämon erstanden und keinen fliegenden Teppich.

Als der Feuerdämon sprach, flackerte sein Mund in leuchtendem Violett. »Dem Himmel sei Dank«, sagte er. »Warum hat niemand mal vorher meinen Namen gerufen? Ich bin verletzt.«

»O Calcifer, du Armer«, sagte Sophie. »Das konnte ich doch nicht wissen.«

»Mit dir spreche ich gar nicht«, antwortete der Flammengeist. »Du hast deine Fingernägel in mich gebohrt. Und mit dir«, sagte er und schwebte an Howl vorbei, »mit dir auch nicht. Du hast mir das alles eingebrockt. Ich war nicht derjenige, der der Armee des Königs helfen wollte. Ich spreche nur mit ihm«, sagte er und waberte neben Abdullahs Schulter. Der hörte, wie sein Haar mit einem leisen Knistern ansengte. Die Flamme war wirklich heiß. »Er ist der Einzige, der je versucht hat, mir zu schmeicheln.«

»Seit wann hast du denn Schmeicheleien nötig?«, fragte Howl bissig.

»Seitdem ich entdeckt habe, wie angenehm es ist, wenn man mir sagt, wie schön ich bin«, sagte Calcifer.

»Ich finde aber nicht, dass du schön bist«, sagte Howl. »Aber sei doch, wie du willst.« Und er wandte sich mit einem Flattern seiner malvenfarbenen Satin-Ärmel von Calcifer ab.

»Willst du vielleicht in eine Kröte verwandelt werden?«, fragte Calcifer. »Denk dran, du bist nicht der Einzige, der Kröten machen kann.«

Howl stampfte ärgerlich mit seinem Fuß auf, der in einem malvenfarbenen Stiefel steckte. »Vielleicht«, sagte er, »kann dich ja dann dein neuer Freund darum bitten, das Schloss wieder dahin zu bringen, wo es hingehört.«

Abdullah fühlte sich getroffen. Howl schien klarstellen zu wollen, dass sie einander gar nicht kannten. Aber er ging auf den Wink ein. Er verbeugte sich. »O Saphir unter den magischen Wesen«, begann er, »Flamme der Festlichkeit und Gestirn unter den Geweben, hervorragender noch einhundert Mal in deiner wahren Gestalt denn als kunstvolles Knüpfwerk …«

»Komm zur Sache«, murmelte Howl.

»… würdest du dich großzügigerweise einverstanden erklären, dieses Schloss zurück zur Erde zu bringen?«, endete Abdullah.

»Mit Vergnügen«, antwortete Calcifer.

Alle spürten, wie sich das Schloss abwärts bewegte. Und zwar so schnell, dass Sophie sich an Howls Arm klammerte und einige Prinzessinnen aufschrien. Denn ihre Mägen waren, wie Valeria laut ausrief, oben im Himmel geblieben. Möglicherweise war Calcifer nach so langer Zeit in fremder Gestalt außer Übung. Aber was immer auch der Grund war, nach einer Minute wurde die Abwärtsbewegung langsamer und so sanft, dass alle es kaum noch spürten. Was gut war, denn während es sich herabsenkte, wurde das Schloss beträchtlich kleiner. Alle wurden zusammengeschoben und mussten sich ihren Platz erkämpfen, um das Gleichgewicht halten zu können.

Die Wände bewegten sich nach innen und aus der Wolken-Porphyr-Verkleidung wurde wieder ein gewöhnlicher Verputz aus Gips. Die Decke senkte sich herab und ihre Gewölbe verwandelten sich in große schwarze Balken. Hinter der Stelle, an der der Thron gestanden hatte, erschien ein Fenster. Es war zunächst nur ein schemenhafter Umriss.

Abdullah eilte hinüber, hoffte noch einen letzten Blick auf das durchsichtige Meer mit seinen Inseln im Sonnenuntergang zu erhaschen. Aber als das Fenster endlich zu einem richtigen Fenster aus Glas und Rahmen wurde, war draußen nur noch Himmel zu sehen, der das auf Landhaus-Größe geschrumpfte Zimmer mit einem strahlenden, gelben Sonnenaufgang erleuchtete. Zu diesem Zeitpunkt drängte sich Prinzessin neben Prinzessin. Sophie wurde in eine Ecke gequetscht, klammerte sich mit dem einen Arm an Howl und hielt mit dem anderen Morgan fest. Und Abdullah war zwischen Blume-in-der-Nacht und dem Soldaten eingeklemmt.

Der Soldat hatte, wie Abdullah jetzt auffiel, lange

Zeit kein einziges Wort gesagt. Und er benahm sich ausgesprochen merkwürdig. Er hatte sich wieder den geliehenen Schleier über den Kopf gezogen und saß vornübergebeugt auf einem kleinen Hocker, der neben dem Herd erschienen war, während das Schloss schrumpfte.

»Geht es Euch auch gut?«, erkundigte sich Abdullah.

»Vollkommen«, sagte der Soldat. Sogar seine Stimme klang komisch.

Prinzessin Beatrice kämpfte sich zu ihm durch. »Ach, da bist du ja!«, sagte sie. »Was ist denn mit dir los? Hast du Angst, dass ich mein Versprechen breche, jetzt, wo alles wieder normal wird? Ist es das?«

»Nein«, sagte der Soldat. »Oder vielleicht – doch. Du wirst es bereuen.«

»Ich werde es keineswegs bereuen«, fauchte Prinzessin Beatrice. »Wenn ich etwas verspreche, dann halte ich es auch. Prinz Justin kann sich … verpfeifen!«

»Aber Prinz Justin bin ich«, sagte der Soldat.

»Wie bitte?«, fragte Prinzessin Beatrice.

Sehr langsam und verlegen nahm der Soldat den Schleier ab und sah auf. Es war immer noch dasselbe Gesicht, mit denselben blauen Augen, die entweder vollkommen aufrichtig oder aber völlig verschlagen blicken konnten. Oder beides. Aber es war jetzt ein jüngeres und gebildeteres Gesicht. Eine andere Art des Soldatentums war darin zu erkennen.

»Der verdammte Dschinn hatte mich ebenfalls verzaubert«, sagte er. »Jetzt erinnere ich mich wieder. Ich wartete in einem Wald darauf, dass die Spähtruppen Bericht erstatteten.« Er blickte sich entschuldigend um. »Wir lagen Prinzessin Beatrice auf der Lauer – äh – wie … wie man ja weiß, mit wenig Erfolg. Und plötzlich wurde mein Zelt weggeblasen und dann war da der Dschinn, der sich zwischen die Bäume quetschte. ›Ich nehme die Prinzessin mit‹, sagte er. ›Und da du ihr Land nicht in einem fairen Kampf, sondern mit Hilfe von Zauberei erobert hast, sollst du einer der besiegten Soldaten sein. Damit du siehst, wie das ist.‹ Und die nächste Sache, an die ich mich erinnere, ist, dass ich auf dem Schlachtfeld herumirrte und dachte, ich sei ein Soldat aus Strangia.«

»War das nicht schrecklich?«, fragte Prinzessin Beatrice.

»Na ja«, sagte der Prinz. »Es war schon ganz schön hart. Aber ich habe mich irgendwie damit arrangiert und alles mitgenommen, was mir nützlich erschien, und versuchte nach vorne zu blicken. Ich weiß jetzt, dass ich für all diese verlorenen und besiegten Soldaten etwas tun muss. Aber …«, ein Grinsen, das hundertprozentig das des alten Soldaten war, überzog sein Gesicht, »… um die Wahrheit zu sagen: Ich hatte ziemlich viel Spaß auf meiner Wanderung durch Ingari. Es hat mir gefallen, schlecht zu sein. Ich bin eigentlich genau wie dieser Dschinn. Die Vorstellung, mich wieder benehmen und über ein Land herrschen zu müssen, deprimiert mich.«

»Also, da kann ich dir weiterhelfen«, sagte Prinzessin Beatrice. »Mit so etwas kenne ich mich aus.«

»Wirklich?«, sagte der Prinz und sah sie genau so an, wie er als Soldat das kleine Kätzchen in seiner Kappe angesehen hatte. Blume-in-der-Nacht knuffte Abdullah sanft und voller Freude in die Seite. »Der Prinz von Ochinstan«, flüsterte sie. »Vor dem brauchen wir uns nicht mehr zu fürchten.«

Kurz darauf landete das Schloss sanft wie eine Feder auf der Erde. Während er die tief hängenden Balken der Decke umtanzte, erklärte Calcifer, dass er es in den Feldern vor den Toren von Kingsbury abgestellt hatte. »Und ich habe eine Nachricht zu einem von Sulimans Spiegeln geschickt«, sagte er selbstzufrieden.

Das brachte Howl auf die Palme. »Dasselbe habe ich auch getan«, sagte er ärgerlich. »Du bist ja ganz schön eigenmächtig, was?«

»Dann bekommt er eben zwei Nachrichten«, sagte Sophie. »Was ist denn dabei?«

»So etwas Albernes!«, sagte Howl und begann zu lachen. Worauf Calcifer auch lachen musste und sie sich wieder zu vertragen schienen. Als er darüber nachdachte, konnte Abdullah sich sogar in Howl hineinfühlen. Solange er ein Flaschengeist gewesen war, hätte er ständig vor Ärger platzen können. Und jetzt, wo er immer noch voller Wut war, ließ er sie allein an Calcifer aus. Vielleicht ging es Calcifer ja ebenso. Beide hatten wohl so starke magische Kräfte, dass es zu riskant war, sich über ganz gewöhnliche Leute zu ärgern.

Offensichtlich waren beide Nachrichten angekommen. Neben dem Fenster rief jemand »Seht mal!« und alle drängten sich davor, um zuzusehen, wie die Tore von Kingsbury geöffnet wurden. Eine Gruppe Soldaten eskortierte die Königliche Kutsche, die sich im Eiltempo näherte. Es war eine richtige Prozession. Der Kutsche des Königs folgten die Kutschen zahlreicher Botschafter, die die Wappen fast aller Länder trugen, in denen Hasruel Prinzessinnen gesammelt hatte.

Howl wandte sich an Abdullah: »Ich habe den Eindruck, ich habe dich ganz gut kennen gelernt«, sagte er. Sie sahen einander argwöhnisch an. »Kennst du mich auch?«, fragte Howl.

Abdullah verbeugte sich. »Mindestens so gut, wie Ihr mich kennt.«

»Das habe ich befürchtet«, sagte Howl reuevoll. »Aber gut. Jedenfalls weiß ich, dass ich mich auf dich verlassen kann, wenn ein ordentlicher Redeschwall gebraucht wird. Und das könnte der Fall sein, wenn all die Kutschen hier sind.«

So war es auch. In dem nun folgenden Wirrwarr aus Begrüßungen und Erklärungen wurde Abdullah ziemlich heiser. Das Verwirrendste aber war für ihn, dass jede einzelne Prinzessin – ganz zu schweigen von Sophie, Howl und Prinz Justin – darauf bestand, dem König zu erklären, wie mutig und klug Abdullah sich verhalten hatte. Abdullah hätte sie gern korrigiert. Er war nicht mutig gewesen – er war nur auf Wolken gewandelt, weil Blume-in-der-Nacht ihn liebte.

Prinz Justin nahm Abdullah beiseite und führte ihn in eins der zahlreichen Vorzimmer des Palastes. »Nimm es einfach hin«, sagte er. »Man wird nie für die richtigen Dinge gelobt. Sieh mich an. Die Strangianer sind ganz aus dem Häuschen, weil ich ihren Soldaten Geld geben will. Und mein Königlicher Bruder ist begeistert, weil ich ihm keine Schwierigkeiten mehr wegen der Heirat mit Prinzessin Beatrice bereite. Alle finden, ich bin ein Prinz wie aus dem Bilderbuch.«

»Hattet Ihr Euch denn geweigert, sie zu heiraten?«, fragte Abdullah.

»Allerdings«, sagte der Prinz. »Aber da hatte ich sie ja auch noch nicht kennen gelernt. Der König und ich hatten mal wieder eine Auseinandersetzung über dieses Thema und ich hatte ihm gedroht, ihn über das Palastdach zu werfen. Als ich verschwand, dachte er, ich sei aus Wut für eine Weile abgetaucht. Er hatte noch nicht mal angefangen, sich Sorgen zu machen.«

Der König war so zufrieden mit seinem Bruder und auch mit Abdullah, weil er Valeria und seinen zweiten Königlichen Zauberer gerettet hatte, dass er für den nächsten Tag eine wundervolle Doppelhochzeit ansetzte. So entstand neben der allgemeinen Verwirrung auch noch hektische Betriebsamkeit. Howl schuf rasch ein etwas merkwürdiges Abbild eines Königlichen Gesandten – in erster Linie aus Pergament bestehend –, das durch Zauberei zum Sultan von Zanzib gesandt wurde, um ihm den Transport zur Hochzeit seiner Tochter anzubieten. Eine halbe Stunde später kam der magische Botschafter reichlich mitgenommen aussehend zurück, mit der Nachricht, dass der Sultan einen vierzig Fuß hohen Pfahl für Abdullah bereithielt, falls er sich noch einmal in Zanzib blicken ließ.

Daraufhin sprachen Sophie und Howl beim König vor. Der König schuf zwei neue Posten mit dem Titel »Außerordentlicher Botschafter für das Reich Ingari« und übertrug sie noch am selben Abend auf Abdullah und Blume-in-der-Nacht.

Die Hochzeit des Prinzen und des Botschafters schrieb Geschichte, denn Prinzessin Beatrice und Blume-in-der-Nacht hatten jeweils vierzehn Prinzessinnen als Brautjungfern, und der König selbst führte die Bräute zur Trauung. Jamal war Abdullahs Trauzeuge. Als er Abdullah den Ehering reichte, berichtete er flüsternd, dass die Engel an diesem Morgen davongeflogen waren und Hasruels Leben mitgenommen hatten.

»Dem Himmel sei Dank!«, sagte Jamal. »Jetzt muss sich mein armer Hund nicht mehr laufend kratzen.«

Die einzigen Personen von Rang, die nicht an der Hochzeit teilnahmen, waren der Zauberer Suliman und seine Frau Lettie. Dies hatte nur indirekt mit dem Zorn des Königs zu tun. Als er gedroht hatte, Suliman wegen des Verschwindens von Valeria einzusperren, war Lettie so in Rage geraten, dass ihre Wehen früher als gedacht eingesetzt hatten. Zauberer Suliman wollte ihr nicht von der Seite weichen. Und genau am Tag der Hochzeit brachte Lettie ohne Komplikationen eine Tochter zur Welt.

»Oh, wie wunderbar!«, sagte Sophie. »Ich wusste doch, dass ich zum Tante-Sein wie geschaffen bin.«

Die erste Aufgabe der beiden neuen Botschafter bestand darin, zahlreiche der entführten Prinzessinnen zurück nach Hause zu begleiten. Einige von ihnen – wie die kleine Prinzessin von Tsapfan – lebten so weit entfernt, dass man über ihre Länder so gut wie nichts wusste. Die Botschafter hatten den Auftrag, Handelsbeziehungen zu knüpfen und außerdem alle auf ihrem Weg liegenden, unbekannten Orte auf Karten zu vermerken. Diese sollten dann später erkundet werden. Howl hatte mit dem König geredet. Und jetzt sprach ganz Ingari – aus welchem Grund auch immer – von der Entdeckung neuer Länder. Forschertrupps wurden zusammengestellt und ausgebildet.

Bei all dem Reisen und Prinzessinnen-Versorgen und Mit-fremden-Königen-Verhandeln war Abdullah viel zu beschäftigt, um bei Blume-in-der-Nacht zu beichten. Immer schien es so, als würde sich am nächsten Tag ein passenderer Moment ergeben. Schließlich aber, als sie fast schon im fernen Tsapfan angekommen waren, wurde ihm klar, dass er es nicht mehr länger hinausschieben konnte.

Er atmete tief durch. Er spürte, wie ihm die Farbe aus dem Gesicht wich. »In Wirklichkeit bin ich überhaupt kein Prinz«, platzte er heraus. So. Jetzt war es gesagt.

Blume-in-der-Nacht sah von der Karte auf, die sie gerade zeichnete. Das schwache Licht der Lampe in ihrem Zelt ließ ihr Gesicht fast noch schöner erscheinen, als es ohnehin schon war. »Ach, das weiß ich doch«, sagte sie.

»Wie bitte?«, fragte Abdullah.

»Aber sicher. Im Luftschloss hatte ich genügend Zeit, darüber nachzudenken«, sagte sie. »Und mir wurde schnell klar, dass du dir das alles nur ausgedacht hattest; denn es war genau wie in meinem Tagtraum, nur andersherum. Weißt du, ich habe mir immer vorgestellt, ich sei ein einfaches Mädchen und mein Vater Teppichhändler im Basar. Ich habe mir ausgemalt, wie ich für ihn die Geschäfte führe.«

»Du bist ein Juwel«, sagte Abdullah.

»Du aber auch«, sagte sie und widmete sich wieder ihrer Karte.

Bald darauf kehrten sie nach Ingari zurück, mit einem Extra-Transportpferd, das mit den Süßigkeiten-Kisten bepackt war, die die Prinzessinnen Valeria versprochen hatten. Sie enthielten Schokolade, kandierte Orangen, haltbares Kokosnuss-Eis und mit Honig überzogene Nüsse. Die wunderbarste aller Süßigkeiten aber kam von der kleinen Prinzessin: stapelweise papierdünne Bonbons, die die Prinzessin Sommerblätter genannt hatte. Diese waren in einer so schönen Schachtel, dass Valeria sie später, als sie größer war, als Schmuckschachtel benutzte. Merkwürdigerweise hatte sie das

Schreien so gut wie aufgegeben. Der König konnte sich das nicht erklären. Aber – wie Valeria Sophie anvertraute – wenn einem dreißig Leute sagen, dass man unbedingt schreien muss, dann verliert man eben mit einem Mal die Lust daran.

Sophie und Howl lebten wieder – nicht immer ganz harmonisch, wie man zugeben muss, aber es hieß, dass sie auf diese Weise einfach am glücklichsten waren – in ihrem fliegenden Schloss. Eine seiner Erscheinungsformen war ein vornehmer Landsitz im Tal-der-tausend-Späne. Als Abdullah und Blume-in-der-Nacht zurückkehrten, schenkte der König ihnen ebenfalls Land im Tal-der-tausend-Späne und gab ihnen die Erlaubnis, dort ein Haus zu bauen. Das Haus, das sie bauten, war eher bescheiden. Es hatte sogar nur ein Strohdach. Aber ihr Garten zählte bald zu den Wundern des Landes. Es hieß, Abdullah habe bei seiner Anlage Hilfe von mindestens einem der Königlichen Zauberer gehabt – denn wie hätte selbst ein Botschafter sonst einen Wald voller Veilchen haben können, der das ganze Jahr über blühte?